DER TRÄNENJÄGER

Kriminalhauptkommissar Bogner ist frustriert. Kein aktuelles Verbrechen fällt in die Zuständigkeit seiner Sonderabteilung für besonders grausame Gewalttaten, sodass er und sein Partner Speer sich mit alten ungelösten Fällen herumschlagen müssen. Das ändert sich, als sie zum Fundort einer bestialisch zugerichteten Leiche gerufen werden. Dem strangulierten Opfer wurden die Beine entfernt. Eine frische Rose in der Wohnung der Toten scheint ein Hinweis auf den Täter zu sein, der auch die Presse in sein Spiel einbezieht. Ein weiterer Mord geschieht, die gleiche Handschrift, wieder nimmt der Mörder eine Trophäe an sich, und sein Drang zu töten ist noch lange nicht gestillt. Die Ermittlungen führen die beiden Polizisten tief in die Vergangenheit und werden schließlich zu einem erbarmungslosen Kampf gegen die Zeit. Dabei steht für einen von ihnen alles auf dem Spiel und letztlich entscheiden nur wenige Sekunden über Leben und Tod.

Chris Karlden, geb. 1971, studierte Rechtswissenschaft und schrieb bereits in dieser Zeit Kurzgeschichten und Drehbücher. Nach seinem Examen arbeitete er zunächst als Videojournalist und gestaltete tagesaktuelle Fernsehbeiträge. Im Anschluss nahm er eine Tätigkeit als Jurist auf, die er über viele Jahre hinweg ausübte. Mit seinem Psychothriller »Das Medikament«, veröffentlicht 2018, gelang ihm ein Nr. 1-Bestseller. Chris Karlden widmet sich beruflich mittlerweile ausschließlich dem Schreiben von Spannungsromanen und lebt mit seiner Familie als freier Autor im Saarland.
Mehr unter: https://chriskarlden.de

Besuchen Sie Chris Karlden auch auf Facebook und Instagram.

CHRIS KARLDEN

DER TRÄNENJÄGER

THRILLER

Der Tränenjäger: Thriller

Chris Karlden
c/o skriptspektor e. U.
Robert-Preußler-Straße 13 / TOP 1
5020 Salzburg
AT – Österreich
E-Mail: karlden@chriskarlden.de
https://chriskarlden.de

Umschlaggestaltung: Artwize, https://cover.artwize.de/
unter Verwendung eines Fotos von Depositphotos.com
Urheberrecht: chepko
url: https://depositphotos.com/53147149/stock-photo-beauty-girl-cry.htm

Lektorat: Philip Anton
Lektorat & Korrektorat: Heidemarie Rabe

Kapitel 1

Damals. Vier.

Elisabeth stellte sich vor dem Bauernschrank im Schlafzimmer auf die Zehenspitzen und zerrte den Reisekoffer, der seit Jahren unangetastet darauf lag, nach unten. Ihr Herz pochte wie wild. Dennoch war sie fest entschlossen.

Sie legte den Koffer auf ihr Ehebett und klappte ihn auf.

Ihr vierjähriger Sohn zupfte am Zipfel ihrer Bluse. »Mama, was machst du da?«

Sie wandte sich dem Jungen zu. Sie hatte ihn unter einem Vorwand früher aus dem Kindergarten abgeholt. Ihre Lippen bebten vor Aufregung und ihre Hände zitterten leicht. Sie strich ihm sanft über die Wange und lächelte ihn liebevoll an. »Wir verreisen für eine Weile. Weißt du, was das ist, verreisen?«

Er strahlte sie an und schüttelte den Kopf.

»Wir fahren in eine andere Gegend, sehen schöne Dinge und lernen nette neue Menschen kennen. Das wird dir sicher gefallen. Aber vorher müssen wir unsere Lieblingskleider einpacken. Die nehmen wir natürlich mit. Setz dich bitte auf den Stuhl. Du kannst mir dabei zuschauen.«

Sie öffnete den Schrank und nahm wahllos ein paar Hosen und Pullover heraus. Wenn sie fertig war, würde sie die Sachen ihres Kleinen aus dessen Schrank holen und dann würden sie für immer verschwinden.

Aber wohin? Sie hatte noch keinen Plan. Dafür hatte die Zeit nicht gereicht. Es würde sich schon ein Weg finden. Sie wusste auch noch nicht, ob sie zuerst eine neue Bleibe suchen oder zuvor die Polizei über diese furchtbaren Fotos informieren sollte. Sie kniff die Augen zusammen. Doch die grauenvollen Bilder in ihrem Kopf wollten nicht verschwinden.

Vollgepackt bis unters Kinn drehte sie sich um und ließ die Kleider in den Koffer fallen.

Ihr kleiner Sohn war auf den Stuhl geklettert, der unter der Dachschräge in der Ecke des Zimmers stand, und beobachtete seine Mutter mit großen Augen.

»Das geht ganz schnell«, sagte Elisabeth und rang sich ein Lächeln ab.

Es ging auf sechzehn Uhr zu. Erst vor einer Stunde hatte sie den Entschluss gefasst, ihren Mann zu verlassen. Hartmut war auf der Arbeit, seine Schicht ging bis zweiundzwanzig Uhr. Er hatte sein Portmonee vergessen. Sie hatte Bargeld benötigt und hineingeschaut. Hätte sie das nur nicht getan.

Sie hatte zwei Fotos darin entdeckt, auf denen Frauen abgebildet waren. Sie waren beide tot, ihre Leichen entsetzlich zugerichtet. Sie lagen auf einem Edelstahltisch und überall war Blut. Auf dem Tisch, auf dem Boden und an den Wänden. Was hatte das zu bedeuten? Sie wollte es sich nicht ausmalen. Aber ihre Phantasie spielte verrückt. Ihr Mann hatte diese brutale Seite.

Elisabeth klappte ihren Koffer zu. Sie hatte alles, was sie brauchte, um eine Zeit lang irgendwo unterzukommen. Nun musste sie nur noch die Sachen für den Kleinen einpacken, den Teddybären, ohne den er nicht einschlafen konnte, durfte sie auf keinen Fall vergessen.

»Kommt Papa auch mit?«, fragte ihr Sohn, dessen Hände sich seitlich an den Sitz des Stuhles klammerten. Seine Beine baumelten in der Luft. Sie waren noch zu kurz, um mit den Füßen den Boden zu berühren.

Sie ging zu ihm und sank vor ihm in die Knie. »Ich denke nicht.«

»Wenn er nicht mitkommt, dann will ich auch nicht weg«, erwiderte er.

Sie schluckte schwer, hielt inne und sah den Kleinen an. »Papa muss arbeiten. Er kommt nach«, log sie.

Das schien ihn nicht zu überzeugen, die Fröhlichkeit in seinem Gesicht war verschwunden.

Elisabeth lächelte. »Wir zwei werden bis dahin einen riesigen Spaß haben und du bekommst so viel Zuckerwatte, wie du möchtest.«

Sein Gesichtsausdruck hellte sich auf. »Versprochen?«

»Versprochen!«

Er lachte. »Juhu, Zuckerwatte. Gibt es da, wo wir hinfahren, auch Karussells?«

»Ja, natürlich«, sagte sie. Dabei hatte sie keine Ahnung, wie sie dieses Versprechen einlösen konnte. Es war ihr auf die Schnelle nichts Besseres eingefallen. Ihr Sohn liebte den Rummelplatz und das süße Zeug, das dort feilgeboten wurde. Sie würde es schon schaffen, ihm Zuckerwatte oder etwas, das dem nahekam, zu besorgen. Schließlich gab es einige Freizeitparks in der Umgebung.

Plötzlich vernahm Elisabeth ein Geräusch. Sie fuhr zusammen. Ihr Lächeln gefror. Jemand eilte polternd die Treppe herauf. Sie hörte jeden Tritt auf den alten Holzstufen.

Sie bewohnten das Obergeschoss im Elternhaus ihres Mannes. Von der Diele unten führte die Treppe hinauf.

Im Erdgeschoss lebte nur noch ihre Schwiegermutter. Sie war eine sehr liebe Frau, ihr Gatte war schon in jungen Jahren an Krebs gestorben. Ihr kleiner Enkelsohn war ihr Ein und Alles und sie kochte ihm immer, worauf er Lust hatte.

Die Wohnungstür wurde hastig geöffnet und fiel schallend ins Schloss. Ihre Schwiegermutter hätte angeklopft, bevor sie die Tür öffnete.

»Lisa!«, rief ihr Mann.

Elisabeth erstarrte in der Bewegung. Das konnte nicht sein. Warum war er hier?

Ihr Sohn sprang freudestrahlend vom Stuhl. Es plumpste dumpf, als seine Füße den Holzboden berührten.

»Bleib hier«, herrschte Elisabeth ihn im Flüsterton an. Sie legte so viel Strenge in ihren Tonfall, dass der Kleine eingeschüchtert auf halbem Weg zur Tür stehen blieb.

Sie hörte, wie ihr Mann in die Küche ging. Als er die Kühlschranktür aufzog, klirrten die Bierflaschen, die aufgereiht in der Ablage standen.

»Unters Bett mit dir, schnell, versteck dich da«, zischte sie ihrem Jungen zu. Er blieb bewegungslos stehen und starrte sie mit großen Augen an.

»Unters Bett und kein Mucks! Egal, was passiert. Du bleibst versteckt! Niemand darf dich finden.«

»Ist das ein Spiel?«

»Ja und wenn du gewinnst, bekommst du etwas Tolles geschenkt.«

»Und unsere Reise?«

»Später. Jetzt husch unters Bett! Papa darf dich nicht sehen und nicht hören. Wenn er dich findet, hat er gewonnen und du verloren. Das willst du doch nicht?«

Ein breites Grinsen legte sich auf das Gesicht ihres Jungen. Blitzschnell begab der sich auf alle viere, krabbelte zum Bett und kroch darunter. Sie kniete sich hin, bückte sich zu ihm hinunter, so dass er ihr Gesicht sehen konnte, und legte den Zeigefinger vor die geschlossenen Lippen.

»Kein Mucks, egal was passiert!«

Ihr Sohn nickte freudig und grinste bis über beide Ohren.

Sie setzte sich auf die Matratze und unternahm den Versuch, ruhig zu wirken. Die Tür schwang auf.

»Hier bist du also«, polterte ihr Mann los. Ungläubig betrachtete er den Koffer auf dem Bett. Er trat ins Zimmer, schloss langsam die Tür und stellte seine halb geleerte Bierflasche auf ihrem Schminktisch ab. »Warum antwortest du nicht, wenn ich nach dir rufe?«

Sie atmete durch. »Ich weiß nicht. Ich habe nicht mit dir gerechnet.«

»Das glaube ich dir gern«, ächzte er. »Ich hab meinen Geldbeutel vergessen. Wollte ihn nur eben holen.« Er nickte missmutig in Richtung des Koffers. »Was soll das?«

Elisabeth erhob sich, um etwas Selbstbewusstsein auszustrahlen. In den Jahren ihrer Ehe war ihr das nie gelungen, und so auch jetzt nicht. Er trat nahe an sie heran. Sein Schweiß und sein bierfauliger Atem schlugen ihr entgegen. Sie begann zu zittern, kaum merklich. Aber ihm genügte es. Wie ein Hund, der die Furcht eines Menschen instinktiv witterte, schien auch ihr Mann zu spüren, dass sie entsetzliche Angst vor ihm hatte. Er grinste sie an.

Oft hatte er sie grundlos geschlagen. Heute gab sie ihm zum ersten Mal einen Anlass, wütend auf sie zu sein.

Dennoch oder gerade deshalb nahm sie ihren ganzen Mut zusammen und reckte das Kinn vor. »Ich verlasse dich.«

Er kam noch näher, nur wenige Zentimeter trennten seinen Mund von dem ihrem. Er fuhr ihr mit der Zunge über die Lippen, trat zurück und lachte. Seine schweißnassen Haare strich er mit der Hand zurück.

»Du kannst mich nicht verlassen! Wie stellst du dir das vor? Wir haben ein Kind.«

Sie nahm nochmals allen Mut zusammen. »Unser Sohn geht mit mir.«

Abermals lachte er laut auf.

»Aus heiterem Himmel willst du abhauen. Hast du jemand anderen?« Er durchbohrte sie mit seinem Blick. »Oder hast du vielleicht in meinen Geldbeutel geschaut?«

Sie musste schwer schlucken und sie merkte, wie ihr Kehlkopf dabei nach oben und wieder nach unten wanderte. Sollte sie ihm sagen, dass sie die Fotos gesehen hatte? Das war gar nicht nötig. Er konnte es in ihren Augen lesen und in der Furcht, die jede Faser ihres Körpers in Besitz genommen hatte und den Ausdruck in ihrem Gesicht prägte. Sie war noch nie ein Mensch gewesen, der seine Gefühle verstecken konnte.

Wie aus dem Nichts verpasste er ihr mit dem Handrücken eine Ohrfeige, die so große Wucht besaß, dass es sie auf die Matratze schleuderte.

Der Gedanke an ihren kleinen Sohn unter dem Bett blitzte auf. Hatte er bemerkt, dass hier kein Spiel ablief? *Bleib, wo du bist!*

Im nächsten Augenblick war er über ihr. Ein Speichelfaden tropfte von seiner Lippe auf ihre Wange. Sie schloss die Augen.

»Warum willst du gehen?«

Sie sagte nichts. Er ließ von ihr ab, stellte sich vors Bett und hielt seinen Geldbeutel hoch.

»Du hast hineingeschaut. Du hast gesehen, was nicht für deine Augen bestimmt ist.« Er schüttelte den Kopf. »Das hättest du nicht tun dürfen.«

Sie biss in die Bettdecke, um ihr Wimmern zu dämpfen. *Bleib, wo du bist, keinen Laut.*

Die Augen ihres Mannes veränderten sich. Sie wurden glasig und dunkel. Er stürzte sich auf sie. Ohne ein weiteres Wort. Ohne jegliche Vorwarnung.

Seine Hände umklammerten ihren Hals. Sie wehrte sich, zappelte wie ein Fisch, der an der Angel aus dem Wasser gezogen wurde. Er drückte fester zu, zog sie vom Bett auf den Boden und setzte sich auf sie. Seine Kraft, die sie schon immer als unmenschlich empfunden hatte, lag gebündelt in den Griffen um ihren Hals. Sie war sicher, er würde gleich ihren Kehlkopf zerquetschen. In ihrer Panik bäumte sie sich auf, zerrte an seinen Handgelenken. Doch sie war viel zu schwach. Sie hatte ihm nicht das Geringste entgegenzusetzen. Erbarmungslos drückte er weiter zu. In ihren Ohren erklang ein tosendes Rauschen und ihr Verstand schrie nach Sauerstoff. In ihrer Brust dominierte unendlicher Schmerz.

Elisabeths Arme und Beine sanken kraftlos nieder. Sie vermochte noch ihren Kopf zur Seite zu drehen, sodass sie unter das Bett schauen konnte. Ihr war klar, dass es der letzte Blick ihres Lebens sein würde. Bewegungslos lag ihr Sohn etwa einen Meter von ihr entfernt auf dem Bauch und sah sie mit weit aufgerissenen Augen an. Aus seiner Perspektive konnte er nur ihren reglos am Boden ausgestreckten Körper sowie die Hände sehen, die seine Mutter würgten. *Bleib still. Keinen Mucks!* Es waren ihre letzten Gedanken. Tränen rannen an ihren Wangen herab und fielen auf das schäbige abgewetzte Parkett.

Ihr Sohn streckte den Arm nach ihr aus, seine Finger berührten den Boden. Er war zu weit weg, um sie zu erreichen. Der Schock hatte seine Gesichtszüge verzerrt.

Die Farben lösten sich in Grautöne auf. Die Konturen verschwammen. Ein kurzes, unkontrolliertes Zappeln durchfuhr ihre Gliedmaßen, bevor ihr Körper erschlaffte. Der Schmerz verblasste und verschwand. Dann wurde alles schwarz und still.

Kapitel 2

Heute. Montagnachmittag.

Hauptkommissar Robert Bogner rutschte in seinem Bürostuhl hin und her und presste den Rücken in die Lehne, die sich unter seinem Gewicht nach hinten neigte.

»Ich weiß nicht, was das soll?«, knurrte er.

Adrian Speer seufzte und sah über den oberen Bildschirmrand zu seinem Partner. »Was meinst du damit?«

Bogner faltete die Hände hinter dem Kopf. »Ungelöste Fälle. Jahre alt. Daran haben sich die Kollegen schon die Zähne ausgebissen und nun sollen wir die Täter aus dem Hut zaubern. Dabei sind die Spuren eiskalt.«

»Das fällt nun mal in unseren Zuständigkeitsbereich«, erwiderte Speer.

Tatsächlich oblag es der achten Berliner Mordkommission, deren Leiter Bogner war, sich um alte Mordfälle zu kümmern, bei denen bisher kein Ermittlungserfolg zu verzeichnen war.

Sinn und Zweck war es, mit einem frischen Blick auf die Akten und neuen Ermittlungsmethoden diese Verbrechen einer späten Aufklärung zuzuführen. Außerdem waren sie für alle besonders grausamen Gewalttaten jüngerer Zeit zuständig. Für die Zuteilung dieser speziellen Fälle war ihre Vorgesetzte Kriminalrätin Fernanda Gomez als Leiterin des Morddezernats verantwortlich. Nach ihrer Einschätzung lag aber derzeit kein Tötungsdelikt dieser Kategorie vor. Bogner teilte diese Ansicht nicht, und er machte keinen Hehl daraus, dass er es hasste, sich mit angestaubten Fällen zu befassen.

»Das ist reine Zeitverschwendung. Es liegen genügend aktuelle Morde vor, die Gomez uns zuschustern könnte«, tarierte Bogner weiter.

Speer schüttelte den Kopf und verzog einen Mundwinkel nach oben. »Mag sein. Aber dennoch, die Hinterbliebenen der Toten dürfen erwarten, dass sich jemand um eine Aufklärung bemüht. Wir sind sozusagen ihre letzte Hoffnung auf Sühne.«

Bogner lachte verächtlich. »Das hast du schön gesagt. Wie aus dem Lehrbuch. Aber was ist mit den Angehörigen von Mordopfern, deren Blut kaum getrocknet ist? Es gibt genug aktuelle Tötungsdelikte, die unserer Ermittlungsarbeit bedürfen. Einige davon wurden sicher von brandgefährlichen Psychos begangen, die schon das nächste Opfer im Visier haben könnten. Wir könnten dazu beitragen, dass die Täter zeitnah überführt werden, und dafür sorgen, dass diese Fälle gar nicht erst Jahre später ungelöst auf unserem Schreibtisch landen.«

»Das ist Aufgabe der Kollegen, und die sind nicht sonderlich scharf auf unsere Hilfe.«

»Ach, Scheiße«, ächzte Bogner und erhob sich von seinem Stuhl. »Du hast ja recht.«

Robert Bogner hatte es sich im Laufe seiner Dienstzeit mit fast allen anderen Mordermittlern verscherzt. Er galt als aufbrausend und überheblich. Außerdem neigte er dazu, die Dinge beim Namen zu nennen, ohne darüber nachzudenken, wie das bei seinem Gegenüber ankam. Aber er hatte das Herz am richtigen Fleck und brannte wie Speer für seine Arbeit. Speer konnte sich keinen besseren Partner vorstellen. Sicher gab es auch zwischen ihnen

Reibereien. Doch insgesamt harmonisierten sie gut miteinander und bildeten ein effektives Team. Vielleicht lag das gerade an ihren unterschiedlichen Charakteren, die sich gegenseitig ausglichen. Bogner war impulsiv und leicht auf die Palme zu bringen, Adrian Speer hingegen in sich gekehrt, und er wog seine Gedanken ab, bevor er sie aussprach. Auch ihr Kleidungsstil war grundverschieden. Speer trug zumeist Jeans, T-Shirt und Sneakers oder Stiefel. Bogner stand auf teure maßgeschneiderte Anzüge sowie Hemd, Krawatte und elegante Schuhe. Ein weiterer Umstand, der ihn auf die Kollegen arrogant und abgehoben wirken ließ. Wenn man ihn aber näher kennenlernte, erkannte man, dass dieser Schein trog und man mit ihm Spaß haben und sich als Freund in allen Lebenslagen auf ihn verlassen konnte.

Vor ein paar Jahren hatte man Robert Bogner zum Leiter einer neuen Mordkommission befördert, deren Spezialzuständigkeit nur auf den ersten Blick beeindruckte. In der Realität war ihr Tätigkeitsfeld eingeschränkt und sie galt als Abstellgleis für schwierige Charaktere, die man gern loswerden wollte. Deshalb waren sie auch in einem schlecht isolierten Dachgeschoss untergebracht, in einem anderen Gebäudetrakt als der Rest des Kommissariats.

Neben Speer, der mit seinem Lebenslauf ebenfalls nirgendwo hineinzupassen schien, war nur noch Tina Jeschke Bestandteil der Achten. Tina pflegte einen ausschließlich schwarz gehaltenen Kleidungsstil. Hatte Piercings in Nase und Ohren sowie neuerdings auch schwarze Tätowierungen, die von den Handgelenken bis zum Hals hinaufreichten. All das mochte dazu beigetragen haben, dass sie sich in allen ihren bisherigen Abteilungen einem schmerzhaften Mobbing ausgesetzt sah. Mit Bogner und Speer schien sie jedoch Kollegen gefunden zu haben, die sie ausschließlich nach ihren Fähigkeiten als Ermittlerin beurteilten.

»Am ersten Tag nach deinem Urlaub habe ich dich ein wenig entspannter erwartet«, stichelte Speer.

Bogner warf ihm einen langen Blick zu. Speer konnte sehen, dass die Wangenmuskeln seines Gegenübers zuckten.

»Wenn man eine Zeit lang hier raus war, merkt man erst wieder, wie öde unsere Arbeit in dem Bereich ist«, entgegnete Bogner. Er raufte sich seine kurzgeschnittenen dunkelblonden Haare, die an den Schläfen ergraut waren. »Und Urlaub kann man das, was ich hatte, nicht nennen. Das Wetter war mies und es war nur eine freie Woche.«

»Immerhin.«

Bogner winkte ab. »Julias Freund hat Schluss gemacht, Laura lag mit Magen-Darm im Bett und mir ist zu Hause die Decke auf den Kopf gefallen.«

Julia war Bogners mittlerweile achtzehnjährige Tochter und Laura seine Frau, mit der er seit über zwanzig Jahren verheiratet war.

Speer lächelte. »Das erklärt natürlich einiges. Von Erholung also keine Spur.«

»Julia war am Boden zerstört. Wenn die erste große Liebe den Bach runtergeht, dann entfacht das schon mal einen emotionalen Tsunami, vor dem niemand in der Familie geschützt ist. Sorry, dass du meine Laune ertragen musst«, sagte Bogner versöhnlich und setzte sich zurück an seinen Schreibtisch. »Trinken wir nachher ein Feierabendbier bei *Henriette*? Geht natürlich auf mich.«

Henriettes Eck hieß die nahe gelegene Kneipe, deren Publikum weitestgehend aus Polizisten bestand. An den Samstagen schauten sie dort öfter zusammen die Spiele der

Bundesliga an. Vor ein paar Jahren hatte Bogners Affäre mit einer Studentin, die dort gekellnert hatte, seine Ehe fast auseinanderbrechen lassen. Doch Laura und er hatten die Kurve wieder gekriegt und nach einigen Monaten, in denen er von zu Hause ausgezogen war, als Paar wieder zueinandergefunden.

Speer nickte und hob die Augenbrauen. »Gerne. Auf mich wartet ja zu Hause niemand.«

Adrian Speer war nach der Scheidung von seiner Frau Franziska allein geblieben. Er führte dies darauf zurück, dass er sie noch immer liebte. Grund für die Trennung war die Entführung ihrer damals elfjährigen Tochter Lucy gewesen. Speer trug die Schuld daran.

Er hatte sie alleine in der Wohnung gelassen, um zu einem Informanten zu fahren. Es war eine Falle gewesen mit dem Ziel, ihn fortzulocken. Damals hatte er noch bei der Drogenfahndung gearbeitet. Die organisierte Kriminalität hatte mit der Entführung seine Ermittlungen stören und ihn treffen wollen.

Mehr als zwei Jahre hatte seine Suche nach Lucy gedauert und am Ende hatte er sie tatsächlich gefunden. Ohne Franziska, Robert Bogner und Tina Jeschke hätte er es nicht geschafft und er war ihnen für immer zu Dank verpflichtet. Die Suche nach Lucy hatte die Kollegen an ihre persönlichen Grenzen gebracht und zusammengeschweißt. Niemand verlor ein Wort darüber. Aber er wusste, jeder würde, wenn es nötig wäre, für den anderen einstehen, und das war ein gutes Gefühl.

Bogner warf Speer einen ernsten Blick zu und räusperte sich. »Willst du damit sagen, dass ich besser gleich nach der Arbeit nach Hause fahren soll?«

Speer winkte lächelnd ab. »Ach wo.«

Bogner legte den Kopf schief. »Du hast zwar keine Frau daheim. Aber Lucy und Jonathan freuen sich bestimmt auch, wenn du zum Abendessen erscheinst.«

»Touché«, sagte Speer.

Er bewohnte mit seiner Schwester Marlene und deren Tochter Leandra die große Wohnung in der Brunnenstraße, in der er einst mit seiner Familie gelebt hatte.

Seine Kinder Lucy und Jonathan, die mit Franziska und ihrem Freund Arthur außerhalb von Berlin in dessen Neubauvilla lebten, waren noch für eine Woche bei ihnen zu Besuch.

Franziska hatte sich Urlaub genommen und war mit Arthur nach Malta gereist, wo dieser sich Locations für einen Historienfilm, den er produzieren würde, ansehen wollte.

Speer seufzte. »Als Lucy und Jona noch klein waren, haben sie mich stürmisch begrüßt, wenn ich nach Hause kam und die Wohnungstür aufgesperrt habe. Ich sehe noch vor mir, wie sie durch den langen Flur auf mich zurannten und jeder Erster sein wollte, um mir um den Hals zu fallen. Lucy ist jetzt fünfzehn und widerspricht grundsätzlich allem, was ich sage, und Jona ist seit Ende letzten Jahres volljährig. Arthur hat ihm zur bestandenen Führerscheinprüfung ein Auto geschenkt. In jeder freien Minute düst er damit mit ein paar Freunden durch die Gegend und kommt meist erst spätnachts heim. Ich frage mich, wann er für seine Abiturprüfungen büffelt.«

»Ist ihm nicht zu verdenken, dass er die neuen Freiheiten der Volljährigkeit genießt«, sagte Bogner. »Julia hat nächste Woche ihre praktische Fahrprüfung. Ich hoffe, dass sie bis dahin ihren Liebeskummer einigermaßen überwunden und einen freien Kopf hat. Macht Leandra auch den Führerschein?«

»Tatsächlich wird sie in ein paar Tagen auch schon achtzehn. Aber sie will den Führerschein nicht machen. Sie hält nichts von Autos. Die widersprechen ihrem Umweltbewusstsein.«

Sie wandten sich beide wieder der elektronischen Akte auf ihren Bildschirmen zu und widmeten sich dem ungelösten Mordfall. Daneben gab es noch eine Ermittlungsakte mit dem gleichen Inhalt in Papierform, die Bogner bei sich liegen hatte.

Das Opfer war vor einem Jahr im Grunewald von dem Hund eines Spaziergängers gefunden worden. Die Leiche lag in einer flachen Grube bedeckt von einer dünnen Schicht Erde und Zweigen etwa zehn Meter neben einem Weg.

Die Obduktion hatte ergeben, dass die Frau an einem anderen Ort getötet wurde. Der Täter hatte versucht, ihre Verwesung zu verzögern, indem er den Körper mit ätherischen Ölen und Harzen einbalsamiert hatte.

Außerdem hatte der Täter das Blut durch einen verwesungshemmenden Wirkstoff ersetzt, der auf Formalin basierte. Dadurch war ihm vermutlich eine Verzögerung des Zerfalls des Leichnams gelungen.

Der geschätzte Todeszeitpunkt lag etwa zwei Monate vor dem Auffinden der Toten im Wald. Dort hatte sie ungefähr drei bis vier Wochen gelegen.

Die Frau konnte als die damals achtundzwanzigjährige und als vermisst gemeldete Vanessa Baumann identifiziert werden.

»Keine Zeugen. Keine Hinweise auf einen Täter aus ihrem näheren Umfeld. Alle in Betracht gezogenen Verdächtigen haben wasserdichte Alibis«, resümierte Bogner. »Wo sollen wir da ansetzen?«

»Zum Beispiel bei dem Unbekannten, der am Tag ihres Verschwindens in der Buchhandlung, in der sie beschäftigt war, kurz vor Feierabend eine Unterhaltung mit ihr geführt hat.«

»Und der bisher unauffindbar ist. Aber selbst wenn wir den Typen aufstöbern, ist die Chance, dass er der Täter ist, gering.«

»Mag sein. Dennoch wäre es ein Anfang.«

Bogner schlug die vor sich liegende Akte auf. Als er die gesuchte Seite gefunden hatte, legte er seinen Bleistift auf eine bestimmte Stelle und ging den Text nach unten durch.

»Die übrigen Angestellten haben den Mann nur von hinten gesehen«, erklärte er. »Eine Überwachungskamera in der Nähe des Buchladens hat eine Aufzeichnung geliefert, auf der Vanessa Baumann nach Feierabend in Begleitung eines Mannes die Treppe zur U-Bahnstation hinuntergeht. Darauf ist er wieder nur von hinten zu sehen. Außerdem war es dunkel und die Aufnahme ist deshalb unscharf. Die Angestellten der Buchhandlung meinten aber einhellig, dass es mit hoher Sicherheit der gleiche Mann gewesen sei, der sich mit dem Opfer zirka fünfzehn Minuten im Laden unterhalten hat.«

»Fragt sich, warum die junge Frau mit einem Unbekannten mitgegangen ist. Oder kannten sich die beiden doch? Vielleicht war der Täter auch ein Stammkunde, den die anderen Angestellten von hinten nicht erkannt haben.«

»Das wäre schon möglich«, überlegte Bogner. »Dann haben wir noch die Angestellte vom Friseursalon neben der Buchhandlung. Sie kam dem Opfer und dem Mann auf dem Gehweg entgegen und hat flüchtig das Gesicht des Begleiters gesehen. Das auf ihren Angaben beruhende

Phantombild war dürftig und im Hinblick auf eine mögliche Identifizierung des Mannes vage.«

»Die Veröffentlichung in den Medien hat keine Ergebnisse gebracht«, bestätigte Speer.

Bogner steckte sich einen Kaugummi in den Mund und seine Kiefer begannen zu arbeiten. »Wir könnten das Bild wieder über Social Media ins Netz stellen. Vielleicht haben wir jetzt ein Jahr später mehr Glück.«

»Schaden kann es nicht«, sagte Speer. »Außerdem haben wir fremde DNA unter den Fingernägeln der Leiche sicherstellen können.«

Bogner strich sich mit dem Finger über die Lippen. »Das hilft uns erst, wenn wir jemanden haben, mit dem wir einen Abgleich vornehmen können.«

Speer nickte. »Ich bin dafür, dass wir nochmals die Kolleginnen des Opfers und die Frau aus dem Friseursalon befragen.«

Bogner sah auf die Uhr. »Okay, aber jetzt machen wir Schluss für heute, in Ordnung?«

Speer schmunzelte. »Ich habe Verständnis dafür, dass du deinen ersten Arbeitstag nicht mit Überstunden beenden möchtest.«

»Wie geht es eigentlich Franziska?«, lenkte Bogner ab, während er den Schreibtisch aufräumte und den Computer herunterfuhr.

Speer stand bereits wartend an der Bürotür. »Das erzähle ich dir gleich bei einem Bier.«

Kapitel 3

Heute. Montagabend.

Sybille Morgenstern drückte ihre Stirn gegen die Fensterscheibe des Linienbusses und seufzte. Sie war total erschöpft. Ihre Schicht im Callcenter hatte um neunzehn Uhr dreißig geendet. Da sie den Kühlschrank am Wochenende praktisch leer gegessen hatte, war sie anschließend in den Supermarkt einkaufen gegangen. Sie atmete aus. An der nächsten Haltestation könnte sie endlich aus dem miefigen Bus aussteigen und die letzten fünfhundert Meter zu ihrer Wohnung zu Fuß zurücklegen.

»Du siehst müde aus«, sagte ihre Sitznachbarin.

Sybille drückte das Kreuz durch und sah die junge Mutter neben sich an. Anna war zwei Jahre älter als sie und arbeitete in einem Kaufhaus in der Nähe des Callcenters, in dem Sybille schuftete. Ihre beiden Schichtpläne waren ähnlich, weshalb sie regelmäßig im Bus aufeinandertrafen. Irgendwann war aus einem freundlichen Kopfnicken ein Gruß und schließlich ein Gespräch geworden und nun setzten sie sich, wann immer sie zusammen fuhren und sich Sitzgelegenheiten boten, nebeneinander. Anna stieg zwei Haltestationen später aus.

»Irgendwie fehlt mir hier drin die Luft zum Atmen und heute hatte ich auch noch überdurchschnittlich viele anstrengende Kunden in der Leitung.«

»Verstehe. Wütend, verärgert, unzufrieden. Die rauben einem zuerst die gute Laune und am Ende den letzten

Nerv. Und ja, ich finde auch, die Luft im Bus ist heute besonders ätzend.«

Sybille nickte. Sie war froh, dass jemand Verständnis für sie zeigte. »Hast du nach der Arbeit auch noch eingekauft?«

Anna hob stolz ihre Plastiktasche aus dem Discounter an, die sie zwischen ihre Füße gestellt hatte. »Alles bio. Brokkoli. Salat. Karotten.«

»Bei mir gibt´s heute Abend nur eine Fertigpizza«, sagte Sybille. »Ausnahmsweise«, fügte sie hinzu, und das stimmte auch. In der Regel ernährte sie sich gesund. Auch wenn sie keine Bioprodukte kaufte. Aber ihre Figur war ihr wichtig und gerade in letzter Zeit war es ihr gelungen, ein paar Kilo abzuspecken, sodass sie nun ihr Idealgewicht erreicht hatte. Allerdings gab es Ausnahmetage, wie den heutigen, an denen sie sich erlaubte, alles zu essen und zu trinken, wozu sie Lust hatte.

»Die gab es bei mir früher manchmal dreimal in der Woche. Schmeckt ja auch gut und ist nicht teuer. Aber seit unsere kleine Maus da ist, hat sich das gewandelt. Wie sieht es eigentlich mit deiner Familienplanung aus?«

»Ich will keine Kinder«, sagte Sybille. »Na ja, vielleicht später mal. Zuerst will ich was von der Welt sehen.«

Und damit würde sie beginnen, sobald sie ihren üblen Job gekündigt hatte. Die Lasten des Lebens schlagen sich auch auf den Hüften nieder, hatte ihre Großmutter oftmals als Binsenweisheit verlauten lassen. Sybille glaubte, dass das zutraf.

Eine dieser Lasten, ihren Freund, war sie kürzlich losgeworden, sie hatte die Beziehung beendet. Es hatte sich mit ihm mehr und mehr wie eine Zweckgemeinschaft angefühlt. Sie fand ihn nicht mehr interessant. Außerdem hatte er sich angemaßt, sie andauernd zu kontrollieren. Irgendwann war ihr aufgefallen, dass sie lieber allein die Tage verbrachte als mit ihm. Deshalb hatte sie einen Schlussstrich gezogen.

Und morgen würde sie endlich auch noch den Mut fassen, ihrem Chef ihr Kündigungsschreiben in die Hand zu drücken. Ihre Kündigungsfrist betrug sechs Wochen zum ersten Juli und danach wäre sie vom Joch des Callcenters befreit.

Sie hatte genug Geld gespart, um ein halbes Jahr davon leben zu können, und plante eine dreiwöchige Reise durch Norwegen. Nur sie allein. Sie hatte vor, sich dafür ein Wohnmobil zu mieten. Raus aus der Stadt, rein in die unberührte Natur. Das war ihr Traum. Zugleich ängstigte sie der Gedanke ein wenig, alleine eine solche Reise anzutreten. Aber keinesfalls würde sie auf die Mitreiseanfrage dieses Typs eingehen, der sich in Norwegen so gut auskannte und mit dem sie über Facebook in Kontakt gekommen war. Sie wollte über ihr Leben nachdenken. Dem Wandern auf dem Jakobsweg zog sie einen Roadtrip durch Skandinavien hierfür allerdings vor.

Ein Gong kündigte den nächsten Stopp des Busses an und riss Sybille aus ihren Träumereien. Anna erhob sich und ließ Sybille in den Gang treten.

In ihrer Jutetasche hatte Sybille eine Flasche Rotwein, Chips, eine Tiefkühlpizza und einen Eisbergsalat. Sie hatte sich für heute Abend vorgenommen, sich zuerst an dem Salat satt zu essen und anschließend dem ungesunden Teil ihres Einkaufes zuzuwenden.

»Bis die Tage«, sagte Sybille und hob zum Abschied die freie Hand.

»Ja, bis dann«, rief Anna ihr zu.

Der Busfahrer bremste scharf ab. Sybille stolperte nach vorne und ergriff fluchend die Stange über ihrem Kopf.

Als sie mit zwei weiteren Fahrgästen aus dem Bus auf den Haltesteig trat, hielt sie kurz inne und atmete tief ein und wieder aus. Sie sah in den dunklen Himmel, konnte aber keine Sterne sehen. Das würde sich ändern, wenn sie am Nordkap angekommen wäre. Wenn sie Glück hätte, würde sie sogar die grün leuchtenden Polarlichter sehen.

In den letzten Tagen hatte es geregnet, aber ab morgen war viel Sonne vorhergesagt. Kühl war es heute Abend, aber auch das sollte sich laut Wetterbericht bald ändern und die bevorstehenden Osterfeiertage sollten besonders schön werden.

»Hallo«, hörte sie eine männliche Stimme. Sie wandte den Kopf nach rechts.

»Darf ich dich zum Essen einladen?«

Sybille schluckte. Wut kroch ihre Kehle hinauf. Erst vergangenen Freitag hatte der Typ sie an der gleichen Stelle angesprochen und sie hatte ihm unmissverständlich klargemacht, dass sie nicht mit ihm reden wollte. Woher wusste er überhaupt, wann sie hier ausstieg? Oder hatte er einfach nur stundenlang gewartet?

Sie unterdrückte ihren ersten Impuls, ihn anzuschreien und ihn aufzufordern, sich zu verpissen. Plötzlich schien ihr Mitleid mit dem jungen Mann eher angebracht. Er hatte dunkelblondes Haar, ein hageres bleiches Gesicht und trug einen Seitenscheitel, wie er in den Siebzigern modern gewesen war. Sie atmete noch einmal durch und zwang ein schmales Lächeln auf ihre Lippen. Sie war sich fast sicher, dass der Mann geistig zurückgeblieben sein musste.

»Es tut mir leid. Ich habe kein Interesse«, sagte sie und wandte sich zum Gehen um.

»Moment«, erklang hinter ihr seine Stimme.

Sie drehte sich um. Er stand nah vor ihr und hielt ihr eine Rose hin, die er vorher hinter seinem Rücken versteckt haben musste.

Sybille machte einen Schritt rückwärts und hob abwehrend die Hände. »Die kann ich nicht annehmen. Ich habe einen Freund«, log sie.

Er senkte den Blick und sein ausgestreckter Arm glitt nach unten. Plötzlich sah er wieder auf. »Hast du nicht«, widersprach er in einem beleidigten Tonfall.

Jetzt wurde Sybille doch sauer. »Was bildest du dir ein, mich einfach auf der Straße anzusprechen? Du bist nicht mein Typ. Und jetzt hau ab. Such dir von mir aus eine andere. Ich will nichts mit dir zu tun haben.«

Er machte einen Schritt auf sie zu. Sie wich zurück und sah sich dabei hektisch um. Dabei stellte sie fest, dass sie inzwischen mit ihm allein an der Haltestelle stand. Es war fast dunkel und nirgendwo sonst war jemand zu sehen.

»Hau ab!«, kreischte sie. Dann drehte sie sich um und rannte, so schnell sie konnte, davon. Die Welt war einfach nur scheiße, dachte sie. Warum hatte dieser Irre sich ausgerechnet sie ausgesucht? Als sie sich umsah, stand er noch an der gleichen Stelle und sah ihr hinterher. Erleichtert atmete sie aus. Bald wäre sie zu Hause.

*****

Seine Hand, in der er die Rose hielt, öffnete sich und die Blume fiel hinab auf den Asphalt. Er hielt den Atem an, hob den Kopf und sah ihr nach. Sie war so schön und bewegte sich so graziös. Er kniff die Augen zusammen und verzog schmerzerfüllt das Gesicht. Die Erinnerung, die über ihn hereinbrach, konnte er am ganzen Leib spüren.

»Sie hat uns verlassen«, sagte sein Vater.

»Nein, jemand hat ihr wehgetan«, entgegnete sein kindliches Ich.

Eine schallende Ohrfeige traf seine linke Wange und brachte ihn zum Schweigen.

»Deine Mutter hat uns alleingelassen. Ist durchgebrannt mit einem anderen Kerl. Die Schlampe wollte dich nicht mehr. Kapier das endlich mal!«

Er weinte nicht. Zu oft hatte er diese grässlichen Worte aus dem Mund seines Vaters gehört und Prügel dafür bezogen, dass er gesagt hatte, was er glaubte, gesehen zu haben.

Sein Vater verließ das Kinderzimmer und schloss die Tür von außen ab.

Er lag auf dem Bett, starrte auf die vergilbte Zimmerdecke und strich über seine heiß brennende Wange. Er spürte keinen Schmerz. Aber sein Inneres hatte neue Risse dazubekommen. Neben den vielen anderen aus den Jahren zuvor, seit die Tränen seiner Mutter auf dem Holzboden versiegt waren.

Der Flashback hatte nur einen Augenblick gedauert. Mit den Jahren war er sich zunehmend unsicherer geworden, ob das, woran er sich zu erinnern glaubte, wirklich geschehen war. Sein Vater bestritt, dass seine Erinnerung der Realität entsprach. »Das war ein böser Traum, den du als Kleinkind hattest und der dich bis heute verfolgt. Deine Mutter hat uns verlassen. Sie hat dich und mich alleingelassen. Weil du das als Kind nicht akzeptieren wolltest, hast du dir eine alternative Wahrheit konstruiert.«

Sybille war noch nicht weit gelaufen. Sein Herz begann zu rasen. Er konnte nicht zulassen, dass auch sie sich aus seinem Leben stahl wie seine Mutter. Sie musste bei ihm bleiben. Keinen weiteren Riss durfte sie ihm zufügen. Er kam sich schon löchrig und instabil genug vor, nur ein bisschen mehr und er würde in sich zusammenfallen und zu einem Haufen Staub zerbröseln.

Erst jetzt bemerkte er, dass seine Fäuste geballt waren und die Haut über seinen Fingerknochen weiß vor Kraftanstrengung war. Es kochte in ihm. Seine Halsschlagader pulsierte. Warum tat sie ihm das an? Er liebte sie doch so sehr. Er lief auf die gegenüberliegende Straßenseite. An der nächsten Ecke bog er ab. Kurz dahinter hatte er seinen Wagen in einer Nische geparkt. Er stieg ein. Für einen Moment umklammerte er das Lenkrad. Dann steckte er den Zündschlüssel ins Schloss und startete das Auto.

Kurz darauf sah er seine Angebetete. Sein Herz schlug schneller. Sie hatte ihr Wohnhaus fast erreicht. Hundert Meter blieben ihm noch. Langsam ließ er den Wagen heranrollen. Dabei sah er sich nach allen Seiten um. Niemand war zu sehen.

Als er Sybille zum ersten Mal auf einem Foto im Internet gesehen hatte, war es um ihn geschehen gewesen. Es hatte ihm den Atem geraubt. Einer seiner wenigen Freunde kannte Sybille und hatte ihm ihre Adresse verraten. Fortan hatte er sie unbemerkt verfolgt und jedes Detail ihres Lebens auskundschaftet. Je länger er sie beobachtete, desto mehr begehrte er sie.

Als er sie vor ein paar Tagen zum ersten Mal angesprochen hatte, war ihre Reaktion ablehnend gewesen. Er hatte ihr das nicht übel genommen und es darauf zurückgeführt, sie zu sehr überrumpelt zu haben.

Heute Abend hatte er es erneut versuchen wollen. Er hatte beobachtet, wie sie nach Arbeitsende in den nahen Supermarkt gegangen war. Er hatte einen Bus ihrer Linie genommen und wie beim letzten Mal an ihrer Haltestelle auf sie gewartet. Doch auch heute hatte sie ihm zu verstehen gegeben, dass sie ihn nicht wollte.

Sybille tauchte in den Schatten einer Häuserfront ein. Das war der richtige Moment. Er trat auf das Gaspedal, fuhr vor ihr über den Bordstein quer auf den Gehweg und versperrte ihr den Weg. Sie war zu überrascht, um zu reagieren, blieb einfach wie festgenagelt stehen und ließ vor Schreck ihre Jutetasche mit den Einkäufen zu Boden fallen.

Ohne den Motor abzustellen, sprang er aus dem Wagen, lief um das Heck herum und stürzte sich auf sie.

Es gelang ihr noch, sich umzudrehen und einen Schritt nach vorn zu machen. Dann war er bei ihr und hielt ihr von hinten den Mund zu. Der Gurt ihrer Handtasche glitt von ihrer Schulter. Mit roher Gewalt schleifte er sie zum Kofferraum seines Wagens. Ihrer Gegenwehr war er mühelos gewachsen.

»Kein Mucks, sonst bist du tot«, hauchte er ihr ins Ohr. Mit einer Hand öffnete er den Kofferraum. Er hob sie hoch, warf sie auf die Ablagefläche und knallte den Deckel zu.

Keuchend lehnte er sich an den Wagen, wischte sich den Schweiß von der Stirn und sah sich dabei um. In der Ferne ging jemand in seine Richtung. Hinter den meisten Fenstern der umliegenden Wohnhäuser brannte Licht. Vielleicht hatte jemand beobachtet, was geschehen war. Aus dem Kofferraum drang ein Wimmern. Er klopfte auf den Deckel. »Bleib ganz ruhig, dann geschieht dir nichts.«

Schnell sammelte er ihre Einkäufe und ihre Handtasche vom Gehweg auf und warf sie beim Einsteigen auf den Beifahrersitz.

Entschlossen zog er die Fahrertür zu, setzte den Wagen zurück auf die Straße und fuhr los. Sybille war die Erste, die ihm helfen würde, seine Mutter endlich heimkehren zu lassen.

Kapitel 4

Damals. Acht.

Seine Großmutter Frida war eine liebe Frau. Die meiste Zeit verbrachte er unten im Erdgeschoss bei ihr. Sie unternahm viel mit ihm und am liebsten fuhren sie beide mit dem Fahrrad. Oft wählten sie für ihre Ausflüge den Radweg rund um den See. Wann immer er Lust dazu hatte, backte sie Waffeln für ihn. Sie schmeckten so gut, dass er meist zu viel davon aß und anschließend Bauchschmerzen bekam. Seine Oma sprach ihn mit Julius an. Papa hatte sich den neuen Namen für ihn ausgesucht, kurz nachdem Mama weggegangen war. Sein richtiger Vorname gefiel Papa nicht. »Den hat deine Mutter im Alleingang bestimmt«, hatte er gesagt.

Deshalb hatte er ihn in Julius umbenannt. Niemand im Haus durfte seinen alten Namen aussprechen. Selbst die Lehrer hatte Papa aufgefordert, seinen Sohn fortan Julius zu nennen. Die meisten entsprachen diesem Wunsch und mit den Jahren nannten ihn alle so.

Seinen Großvater hatte Julius nie kennengelernt. Opa Paul war schon vor vielen Jahren an Krebs gestorben. Manchmal schaute Oma Frida mit ihm gemeinsam Urlaubsfotos an, auf denen auch sein Opa zu sehen war. Die beiden waren in jedem Sommer auf dem gleichen Campingplatz an der Ostsee gewesen. Daher ähnelten sich die Fotos auch sehr. Sein eigener Vater war von klein auf mit auf den Bildern zu sehen. Als Junge am Strand beim Bauen einer Sandburg sah Papa so friedlich aus. Er erkannte ihn und zugleich erkannte er nicht den Mann, vor dem er später einmal Angst haben musste. Der seinem Sohn das Fürchten lehren und ihm Schmerzen zufügen würde, damit aus ihm ein richtiger Kerl und keine verweichlichte Memme werden würde.

Julius schlug sein Matheheft zu. Wie immer waren die Hausaufgaben ein Klacks gewesen. Er trank den letzten Schluck seines Kakaos aus, den Oma ihm zubereitet hatte. Sie saß ihm gegenüber am Küchentisch und löste Kreuzworträtsel. Sie sah auf und lächelte ihm zu.

Als die Haustür ins Schloss fiel, zuckte er auf seinem Stuhl zusammen. Ängstlich sah er auf die Wanduhr. Es war kurz nach siebzehn Uhr.

Sein Vater kam in die Küche und baute sich breitbeinig vor ihm auf. Julius rutschte von seinem Stuhl. Unangekündigt traf ihn eine Ohrfeige.

Ihre Wucht ließ ihn straucheln und er sah nach unten. Seit langem hatte er gelernt, seine Tränen zu unterdrücken. Wenn er weinte, machte das seinen Vater nur noch wütender.

Seine Großmutter stand auf. »Hartmut«, fuhr sie ihren Sohn entsetzt an. »Was soll denn das?«

»Halt du dich da raus, Mutter!«

»Wir haben dich niemals geschlagen.«

Sein Vater drehte den Kopf zu Frida. »Du weißt nicht alles, was dein Mann getan hat.« Er machte eine Pause. »Es ist mein Recht, meinen Sohn zu erziehen, wie ich es für richtig halte«, brüllte er.

Großmutter ließ sich konsterniert auf den Stuhl sinken. Er hätte sich gewünscht, dass sie ihm half. Aber er wusste, dass sie es nicht konnte.

Er traute sich, seinem Vater in die vor Wut funkelnden Augen zu sehen. »Es tut mir leid«, sagte er.

»Was tut dir leid?«

Er zuckte die Achseln.

»Du weißt es gar nicht und entschuldigst dich, das ist feige«, rief er und holte zu einer weiteren Ohrfeige aus.

»Hartmut«, rief seine Großmutter. »Es reicht. Oder ich hole die Polizei.«

Sein Vater ließ die Hand sinken. »Das tust du nicht.«

Julius nahm seinen ganzen Mut zusammen. »Was habe ich denn getan?«

»Ich hatte einen Termin bei deiner Lehrerin. Sie hat mir gesagt, dass du für drei deiner Klassenkameraden die Hausaufgaben machst. Nimmst du wenigstens Geld dafür?«

Julius schüttelte den Kopf.

»Das macht es noch schlimmer. Warum tust du es dann?«

Julius schwieg.

»Du brauchst es nicht zu sagen. Ich weiß es von deiner Lehrerin. Ein Mädchen aus deiner Klasse hat es ihr verraten. Die drei Jungen piesacken dich. Sie haben dir das Kleingeld abgenommen, das ich dir für alle Fälle mitgegeben habe. Sie klauen deine Schulbrote, die deine Großmutter dir jeden Morgen liebevoll schmiert, und werfen das Essen in den Müll. Sie machen sich über dich lustig und schubsen dich rum, wann immer du ihnen über den Weg läufst.«

Er schluckte. »Seit ich die Aufgaben für sie mache, lassen sie mich in Ruhe.«

Eine weitere Ohrfeige traf ihn. Sein Vater beugte sich zu ihm herunter, kam ganz nah an ihn heran, sodass sich ihre

Nasenspitzen fast berührten. »*Das* solltest du mit denen machen. Dann respektieren sie dich.«

»Ich kann mich nicht mit ihnen schlagen. Sie sind zu dritt. Außerdem sind sie viel größer und stärker als ich.«

Sein Vater stellte sich gerade hin und sah verächtlich auf ihn hinab. »Wir werden sehen. Und jetzt ab nach oben mit dir. Du gehst sofort in dein Zimmer. Abendessen gibt es für dich heute nicht.«

Aus den Augenwinkeln sah Julius, dass seine Oma weinte. Er lief an seinem Vater vorbei in den Flur, die Treppe hinauf in sein Kinderzimmer. Es war der kleinste Raum im Haus. Dort gab es nur eine Dachluke und er musste sich auf seinem Bett auf die Zehenspitzen stellen, um hinausschauen zu können.

So schnell er konnte, zog er sich aus, schlüpfte in seinen Schlafanzug, den seine Großmutter frisch gewaschen hatte, und kroch unter die Bettdecke.

Es war Januar und wie immer um diese Jahreszeit bitterkalt in seinem Zimmer, da das Haus über keine Zentralheizung verfügte und nur die Wohnzimmer und die Küchen mit Ölöfen gewärmt wurden.

Starr vor Angst und die Bettdecke bis zum Kinn gezogen, sah er an die Decke.

Als die Zimmertür krachend gegen den Kleiderschrank schlug, riss es ihn aus dem Schlaf. Der helle Lichtschein fiel aus dem Flur in den Raum und die dunkle Silhouette seines Vaters zeichnete sich im Türrahmen ab. Verschreckt rieb er sich die Augen. Die Leuchtdioden seines Radioweckers zeigten zwanzig Uhr dreißig. Vor zwei Stunden hatte er das letzte Mal auf den Wecker geschaut und gebetet, dass er endlich einschlafen würde, was ihm aber wegen seines schmerzhaft knurrenden Magens einfach nicht gelingen wollte.

Kurz glaubte er, sein Vater habe ihn geweckt, weil er sich eines Besseren besonnen habe und ihm doch noch etwas zu essen bringen wollte. Doch dann nahm er den Geruch wahr, der in der Luft lag. Ein Schauder überlief seinen Rücken und die Härchen auf seinen Unterarmen stellten sich auf.

»Deine Mitschüler haben dich noch aus einem anderen Grund verhöhnt«, sagte er. »Sie haben dich ausgelacht, weil deine Mutter uns verlassen hat.«

Der Gestank von Alkohol, der aus dem Mund seines Vaters ins Zimmer waberte, ließ Übelkeit in ihm aufkommen. Saurer Magensaft drängte seine Speiseröhre hinauf. Sein Vater zog den Gürtel aus seiner Jeans.

»Nicht genug, dass du diesen Bengeln keine Tracht Prügel verpasst hast. Nein, du hast auch noch gelogen. Du hast behauptet, deine Mutter habe uns gar nicht verlassen. Deine Mutter sei tot, hast du gesagt.« Er schwang den Gürtel in der Luft. »Aus dem Bett mit dir. Es wird Zeit, dass ich dir Zucht und Ordnung beibringe.«

Julius stieg aus dem Bett und fröstelte mehr vor Angst als vor der Kälte, die über seine nackten Füße seinen Körper emporkroch. Sein Vater machte die helle Deckenlampe an.

»Zieh dein Oberteil aus und leg dich mit dem Bauch aufs Bett.«

Er befolgte den Befehl seines Vaters. Der Gürtel zischte durch die Luft und peitschte auf seinen Rücken. Er schrie und biss in den Bezug seines Kopfkissens.

»Wenn deine Mutter tot wäre, wo ist dann ihr Grab?«

Wieder zischte es und ein weiterer Peitschenhieb kerbte sich in seinen Rücken. Abermals schrie er und bog den Körper vor Schmerz durch.

»Wenn deine Mutter gestorben wäre, dann hätte es eine Beerdigung geben müssen! Kannst du dich an eine solche erinnern? Ich kann es nämlich nicht und deine Großmutter kann es auch nicht.«

Ein dritter und letzter Hieb ließ seinen Rücken bluten. Er verlor die Kontrolle über seine Blase und durchnässte sein Bett.

»Deine Mutter war eine billige Hure und sie hat uns für einen anderen Mann verlassen. Sie hat dich nicht geliebt. Und das ist die Wahrheit.«

In dieser Nacht blieb er wach bis zum Morgengrauen, wimmernd vor Schmerzen, kalt und nass von seinem Urin. Diese Nacht war auf immer unvergesslich und präsent wie die Narben von den Gürtelschlägen auf seinem Rücken.

Kapitel 5

Heute. Montagabend.

Speer hatte es mit Bogner bei nur einem Bier in *Henriettes Eck* belassen. Das Gespräch war wie so oft auf ihre Familien gekommen und Bogner hatte unter anderem wissen wollen, wie es Franziska ging. Bei einem ihrer letzten Fälle war sie zur Zielscheibe eines Mörders geworden. Speer konnte nur erahnen, wie es im Inneren seiner Exfrau aussah, aber nach außen hin legte sie Wert darauf, es so wirken zu lassen, als sei alles in Ordnung und nichts Besonderes geschehen. Es beruhigte ihn ein wenig, sie über Ostern mit Arthur auf Malta im Urlaub zu wissen. Es würde ihr sicher guttun.

In Gedanken war er noch bei Franziska, als er gegen achtzehn Uhr die Wohnungstür aufschloss. Er hatte ihr Bild vor Augen bei einem Picknick im Frühling zu einer Zeit, in der sie noch glücklich verheiratet und die Kinder klein gewesen waren.

Während Lucy und Jona auf der Wiese in einem Farbenmeer aus Blumen tobten, hatten Franziska und er auf einer Decke gesessen und ihnen beim Spielen zugeschaut. Im Licht der untergehenden Sonne hatte ihn Franziskas Schönheit noch mehr als sonst überwältigt.

Er liebte alles an ihr, ihr strahlendes Lächeln ebenso wie ihr lockiges dunkelbraunes Haar, das sich nicht bändigen ließ und kurz nach dem Kämmen wieder in alle Richtungen abstand.

Die Geräusche eines Playstation-Spiels, die aus Leandras Zimmer in den Flur drangen, rissen ihn aus seiner Erinnerung.

Er hängte seine Jacke an die Garderobe und begab sich ins Wohnzimmer. Lucy saß auf der Couch und schaute eine Netflixserie.

»Hallo«, begrüßte er sie und ließ sich auf seinem Lieblingssessel nieder.

»Hi Papa«, sagte sie und lächelte kurz. Sie drückte den Pauseknopf auf der Fernbedienung. Auf dem Bildschirm erschienen Informationen zu der Serie. Sie hieß *Riverdale*.

»Ist die gut?«, fragte Speer.

»Ja und gerade ist es ziemlich spannend. Kann ich bitte allein weiterschauen?«

»Darf ich nicht mitschauen?«

»Ist eher was für Mädchen in meinem Alter«, sagte sie.

Speer stieß einen innerlichen Seufzer aus. Er musste sich langsam damit abfinden, dass seine Tochter kein Kind mehr war und nicht mehr gern gemeinsam mit ihm vor dem Fernseher saß.

»Klar«, sagte er und stand auf.

»Weißt du, wo Jona ist und wann er wiederkommt?«

Lucy zuckte mit den Schultern. »Keine Ahnung.«

Speer ging in die Küche, nahm sich eine Flasche Bier aus dem Kühlschrank und setzte sich auf einen der Barhocker an die Küchentheke.

Wenig später hörte er, wie die Wohnungstür geöffnet wurde. Kurz darauf kam Marlene mit zwei Einkaufstaschen in den Raum. Seine Schwester sah ein wenig abgekämpft aus.

»Hast du auch eins für mich?«, fragte sie und nickte in Richtung der Flasche, die vor Speer auf dem Tresen stand.

Er lächelte. »Sicher.« Er ging zum Kühlschrank und nahm eine Flasche heraus.

»Ich hab mir vorgenommen, heute Abend was Leckeres zu kochen«, sagte Marlene und wuchtete die Taschen auf die Arbeitsplatte.

Speer öffnete die Flasche und reichte sie seiner Schwester. Sein Blick ging Richtung Wohnzimmer. »Wer hätte gedacht, dass aus Kindern irgendwann tatsächlich Teenager werden«, stellte er fest.

»Man muss es erlebt haben, um bei dem Thema mitreden zu können«, erwiderte Marlene und prostete ihm zu.

Sie tranken beide einen großen Schluck.

»Was hast du denn als Abendessen geplant?«, fragte Speer.

»Ich dachte an Süßkartoffelpommes, Steaks und Salat.«

»Klingt hervorragend. Kann ich dir irgendwie helfen?«

Marlene nahm eine Tüte mit Süßkartoffeln aus ihrer Einkaufstasche und stellte sie vor ihrem Bruder auf die Theke.

»Kartoffeln schälen und in Form von Pommes schneiden wäre nicht schlecht.«

»Das kann ich«, sagte Speer und nahm ein Küchenmesser aus der Schublade.

Marlene bestellte über eine sprachgesteuerte Soundbox, die mit dem Internet verbunden war, Songs von *James Bay*. Wenige Sekunden später erklang die gewünschte Musik.

»Hast du vielleicht eine Idee, was ich Leandra zum Geburtstag schenken könnte?«, fragte Speer.

Marlene seufzte. »Ich kann es nicht fassen, dass sie nächste Woche schon achtzehn wird. Keine Ahnung, was du ihr schenken könntest. Am besten gebrauchen kann sie sicher Geld.«

Speer nickte zustimmend. Das war zwar nicht besonders originell, würde ihm aber lästige Wege ins Kaufhaus ersparen. Während er mit den Kartoffeln beschäftigt war, beobachtete er unauffällig seine Schwester, die sich um die Steaks kümmerte.

Seitdem sich ihr letzter Freund als Serienkiller entpuppt hatte, der sie benutzt hatte, um an ihn heranzukommen, war sie nicht mehr dieselbe. Sie war nicht mehr so impulsiv und wesentlich introvertierter als früher. Ganz im Gegenteil zu Leandra. Die junge Dame war sehr direkt und nahm kein Blatt vor den Mund. Nie war sie um eine Widerrede oder einen flotten Spruch verlegen. Überall wo sie auftauchte, versprühte sie eine unbändige Lebenslust. Speer hoffte, dass sich seine Nichte diese Eigenschaften für immer beibehielt.

Kurz kamen ihm seine Eltern in den Sinn. Als Adrian Speer fünfzehn war und Marlene sechs, kam ihr Vater, der sein Geld als Berufssoldat verdient hatte, bei einer Explosion auf dem Kasernengelände ums Leben.

Speer hatte sich seitdem für seine kleine Schwester verantwortlich gefühlt. Doch mit sechzehn geriet Marlene in falsche Gesellschaft. Sie kam mit Drogen in Kontakt und lief von zu Hause weg.

Er war zu dieser Zeit als Polizeiausbilder im Ausland gewesen. Als er zurückkam, holte er sie aus diesem Milieu heraus und brachte sie in eine Entzugsklinik.

Keinen Tag zu spät, denn dort stellte sich heraus, dass Marlene schwanger war. Wer der Vater war, hatte sie bis heute niemandem verraten, vielleicht, weil sie es selbst nicht genau wusste.

Nach dem Klinikaufenthalt zog sie wieder zu Hause bei ihrer Mutter ein. Von Drogen hatte sie seitdem die Finger gelassen. Aber ihre einstige Sucht war der Grund gewesen, warum Speer in Berlin bei der Drogenfahndung angefangen hatte.

Ihre Mutter verstarb an einem Aneurysma im Gehirn. Damals war Marlene neunzehn und Leandra zwei Jahre alt gewesen. Es schien Speer in diesem Moment, als sei all dies eine Ewigkeit her.

Marlene hielt inne und wandte sich von der Arbeitsplatte, an der sie den Salat zupfte, zu ihm um. »Ich wollte mich bei dir bedanken.«

Speer stutzte. Das kam unerwartet. »Für was denn?«

»Für alles. Du warst immer da, wenn ich dich gebraucht habe. Du bist der beste Bruder, den man sich wünschen kann.«

»Das sind ja ganz neue Töne«, witzelte Speer, den der feierliche Ton zunächst etwas unangenehm berührt hatte. Tatsächlich war er solche Rührseligkeiten seiner Schwester nicht gewohnt.

Marlene zuckte mit den Schultern und wandte sich wieder der Arbeitsplatte zu. »Wir haben doch nur noch uns als Familie. Ich wollte das schon lange einmal sagen. Es hat nur irgendwie immer der passende Moment gefehlt.« Sie drehte ihm den Kopf zu und setzte eine gespielt strenge Miene auf. »Aber bilde dir nur nichts drauf ein und sieh zu, dass du die Kartoffeln ordentlich zurechtschneidest.«

»Zu Befehl«, sagte Speer und lächelte. Eine Zeitlang hatte Marlene eine Kurzhaarfrisur. Inzwischen trug sie ihre blonden Haare wieder lang, was ihr seiner Meinung nach besser stand. Ihre Arbeit an der Rezeption einer Tierarztpraxis machte ihr Spaß und Speer hatte den Eindruck, dass seine Schwester glücklich war.

Jonathan kam und streckte den Kopf zur Tür herein. »Wann gibt´s denn was zu essen?«

Überrascht blickten sie ihn an. Sie hatten wegen der Musik in der Küche überhört, dass er zur Wohnungstür hereingekommen war.

Speer und Marlene warfen sich schmunzelnd einen Blick zu. Sie brauchten es nicht auszusprechen, um zu wissen, dass sie das Gleiche dachten. Irgendwann kommt der Zeitpunkt, ab dem die Kinder nur noch der Hunger, das Bett und das WC nach Hause treiben.

»In etwa einer Dreiviertelstunde«, antwortete Marlene.

»Okay, ich bin bei Leandra. Sie hat behauptet, dass sie mich bei FIFA auf der Playstation schlagen wird. Ich glaube, da hat sie den Mund etwas zu voll genommen.«

Jona verschwand aus dem Türrahmen.

»Du solltest dich in Acht nehmen. Leandra hat sich den ganzen Tag über warmgespielt«, rief Marlene ihm hinterher.

Sie hörten ihn bei Leandra anklopfen und die Tür hinter sich schließen.

Als sie später gemeinsam am Tisch saßen und sich das Essen schmecken ließen, überkam Speer ein ungewohntes Gefühl der inneren Ruhe.

»Ich hab´s ja gesagt, dass ich gewinne«, feixte Leandra.

Jona sah entrüstet zu ihr hinüber. »Du hattest einfach nur Glück. Nach dem Essen will ich eine Revanche.«

Speer nahm einen Schluck Rotwein. Franziska fehlte ihm noch immer. Säße sie hier neben ihm am Tisch, wäre es perfekt. Aber sie hatte ein neues Leben mit Arthur und die Kinder waren nur zu Besuch bei ihm.

»Wie fühlt es sich an, wenn man von einem Mädchen beim Fußballspielen an der Konsole geschlagen wird«, stichelte Lucy.

Jona zog daraufhin ein so schmerzverzerrtes Gesicht, dass alle am Tisch außer ihm lachen mussten.

Nach dem Essen übernahmen Marlene und Speer gerne den Abwasch, damit Jonathan zu seiner Revanche kam. Anschließend saßen sie am Küchentisch und tranken Wein, während sie sich Erlebnisse aus ihrer Kindheit und Jugend in Erinnerung riefen.

Als er zu Bett ging, konnte Speer sich nicht erinnern, wann er zuletzt einen so friedlichen und schönen Abend mit seiner Schwester und den Kindern verbracht hatte.

Kapitel 6

In den ersten Minuten der Fahrt lag Sybille zusammengekrümmt wie ein Embryo im Kofferraum. Sie kämpfte gegen ihre Todesangst an, die ihren Körper lähmte.

Obwohl sie wimmerte und ihr Herz galoppierte, hegte sie die irrationale Hoffnung, alles würde gut und was auch immer er mit ihr vorhatte, sie würde mit dem Leben davonkommen. Dass der Irre anhalten und sie gehen lassen würde, dass er ihr nur einen Schrecken hatte einjagen wollen. Dass dies nicht die Realität war und sie gleich aus einem Albtraum erwachen würde.

In Gedanken sprach sie sich beruhigende Worte zu und versuchte, ihren hechelnden Atem unter Kontrolle zu bringen. Doch je mehr Zeit verging, desto klarer wurde ihr, dass sie ihre Angst überwinden und etwas unternehmen musste.

Sie stemmte sich zuerst mit den Händen, dann mit den Füßen gegen den Kofferraumdeckel, gab jedoch nach ein paar Versuchen auf. So würde sie ihn nicht aufbekommen.

Panisch tastete sie in der Dunkelheit, fand aber nichts, das sie als Waffe gegen ihren Entführer einsetzen konnte, wenn er den Kofferraum öffnete.

Hätte sie doch ihre Handtasche hier drin bei sich, in der ihr Handy war. Aber so dumm, die Tasche ebenfalls in den Kofferraum zu legen, war der Typ nicht. Erst jetzt fiel ihr das Pfefferspray ein, das sich ebenfalls in den Tiefen ihrer Handtasche befand und das sie sich vor einem Jahr zum Schutz vor männlichen Übergriffen zugelegt hatte.

Trotz der Angst vor ihrem Peiniger überkam sie nun ein verzweifelter Ärger über sich selbst. Warum hatte sie nicht an das Pfefferspray gedacht, als er sie angegriffen hatte? Der Wagen wurde langsamer. Die Räder rumpelten über ein paar Bodenunebenheiten. War er auf einen Waldweg abgebogen? Das Abrollgeräusch der Reifen war dafür zu leise und es holperte nun auch nicht mehr.

Sie musste etwas tun! Jetzt! Wenn sie an die Rückleuchten herankäme, könnte sie diese außer Kraft setzen, indem sie die Verkabelung herauszog. Vielleicht würde ein Polizeiwagen dadurch auf den Wagen aufmerksam. Ihre Gedanken zuckten wie Blitze durch ihr Hirn und verpufften, ohne zu Ende gedacht zu sein. Sobald der Kofferraum aufging, würde sie ihm ihren Fuß in den Körper rammen, herausspringen und weglaufen. Ja, das war es. Das konnte gelingen. Sie robbte auf dem Rücken liegend in eine Position, aus der heraus sie das Bein am besten nach oben stoßen konnte.

Der Wagen bremste ab und hielt an. Die Fahrertür wurde geöffnet. Ein Quietschen, als ob ein altes Tor geöffnet würde, dann ging die Fahrt ein kleines Stück weiter. Er stellte den Motor ab. Die Wagentür fiel ins Schloss. Schritte näherten sich dem hinteren Teil des Wagens.

Sybille hielt den Atem an. Ihr Herz trommelte dumpf und schnell in ihrer Brust.

Der Kofferraumdeckel wurde aufgerissen. Sie nahm eine dunkle Silhouette vor dem gleißenden Licht einer Straßenlaterne wahr. Bevor sie das Bein nach oben schnellen lassen und der Gestalt einen Fußtritt verpassen konnte, traf sie ein brennender Schmerz im Gesicht und in den Augen. Sie schrie auf, wand sich hin und her und presste die Lider zusammen.

Tränen rannen ihr die Wangen hinab. Der Scheißkerl musste ihre Handtasche durchwühlt und ihr Pfefferspray gefunden haben. Das Mittel, das sie hätte schützen und retten können, hatte er nun gegen sie eingesetzt.

Er griff ihren Arm und zerrte sie aus dem Kofferraum. Als sie wild kreischend um sich trat, packte er sie an den Haaren und schleifte sie ein paar Meter weit. Sie schrie aus Leibeskräften, angefeuert vom Schmerz und von der Angst. Er ließ von ihr ab. Noch immer blind, rutschte sie auf dem Boden im Kreis herum, der sich wie nackter kalter Asphalt anfühlte. Dann traf sie wie aus dem Nichts ein mächtiger Schlag gegen die Schläfe und sie kippte zur Seite. Wie in Trance nahm sie wahr, dass jemand um sie herumschlich. Dann verlor sie das Bewusstsein.

Sybille kam langsam zu sich. Sie fühlte sich benommen und orientierungslos. Doch bereits im nächsten Moment war sie schlagartig hellwach und sie riss die Augen auf. Die Angst schnürte ihr die Kehle zu. Ihr Körper war mit Seilen auf einer Liege fixiert. Gleißendes Licht einer an der Decke befestigten Neonröhre brannte auf ihrer Netzhaut. Ihren Impuls zu schreien, verschluckte ein Stoffballen, der als Knebel in ihrem Mund steckte. Ihre Muskeln spannten sich an und sie versuchte, sich aufzurichten. Wenige Millimeter nur konnte sie ihren Oberkörper anheben. Sie bäumte sich mit all ihr zu Verfügung stehenden Kraft gegen die Fesselung auf. Es war aussichtslos. Selbst wenn sie die Kraft eines Ringers gehabt hätte – das dicke Seil, das mehrfach um sie und den Tisch, auf dem sie lag, gebunden war, hätte sie nicht zerreißen können. Sie gab bald auf, begriff, dass sie keine Chance hatte zu entkommen, und begann leise zu wimmern.

»Ich wollte dich nicht schlagen, ich wollte dich noch nicht einmal hierherbringen. Das hast du dir selbst zuzuschreiben.«

Seine Stimme kam aus dem Bereich hinter ihr. Dorthin konnte sie nicht sehen. Plötzlich stand er direkt neben ihr und zog ihr den Stoffballen aus dem Mund.

»Wo bin ich?«, schluchzte sie und wandte den Kopf zur Seite. Sie erkannte einen riesigen gläsernen Wassertank in der Mitte des Raumes. Er stand auf einem grob gemauerten Steinpodest und hatte die rechteckige Form eines Aquariums. Fast zwei Meter lang und einen Meter hoch und breit, schätzte sie. Ein darauf gerichteter Deckenstrahler ließ die darin befindliche Flüssigkeit hellgrün schimmern. Die Wände des Raumes, die aus roten Backsteinen bestanden, waren von einer Schmutzschicht überzogen. Es roch modrig und die Luft war feucht und kalt. Zum Glück hatte er sie nicht ausgezogen, als sie bewusstlos gewesen war. Verzweifelt versuchte sie zu durchschauen, was er mit ihr vorhatte.

»Warum ich? Was hab ich dir denn getan?«

Er antwortete nicht. Seine Hand berührte ihr Haar. Sie wandte den Kopf zur anderen Seite.

»Wenn du mich gehen lässt, nehme ich deine Einladung an und gehe mit dir essen«, schluchzte Sybille.

Wieder musterte er sie nur schweigend mit seinen tiefdunklen Augen.

»Sag doch was!«

»Es ist zu spät.« Es klang bedauernd und endgültig zugleich. »Ich will nicht, dass du mich jemals verlässt.«

Sybille stieß die angehaltene Luft aus. Ein Schauder lief ihr über den Nacken. »Wie meinst du das?« Es gelang ihr nicht mehr, mit fester Stimme zu sprechen.

Brutal stopfte er ihr den Knebel zurück in den Mund und verschwand wieder in dem für sie uneinsehbaren Bereich hinter ihrem Kopf. Sybille riss die Augen auf und stieß gutturale Laute aus. Sie musste hier weg. Leben, einfach nur leben.

Plötzlich zerriss laute Musik die Stille und hallte an den Wänden wider. Sybille kannte den Song. Sie hatte ihn gemocht, in ihrer kleinen Wohnung verrückt zu dem stampfenden Rhythmus getanzt und den Text mitgegrölt.

Jetzt jagte *Freaks* von *Timmy Trumpet* und *Savage* ihr schreckliche Angst ein. Die Reibeisenstimme des Sängers, die elektronischen Beats, der militärische Stakkatorhythmus und die synthetischen Trompetenklänge erinnerten sie plötzlich an einen grausamen Schlachtruf.

Ein Zittern überfiel ihren gesamten Körper. Was sie noch an logischem Denkvermögen aufbrachte, signalisierte ihr, dass der Typ, der sie heimgesucht und hierher verschleppt hatte, ein Freak war und mit dieser Musik seine Show untermalte.

Sie war ihm ausgeliefert. Niemand würde ihr zu Hilfe kommen. Wenn auch nur der Hauch einer Chance bestand, dass jemand in der Nähe war, hätte er die Musik nicht derart laut abgespielt.

Sybilles Herz schlug so schnell, dass sie jeden Moment einen Kollaps erwartete. Vermutlich wäre das eine Gnade im Vergleich zu dem, was er mit ihr vorhatte. Ihre schrecklichsten Vorahnungen bestätigten sich, als ihr Entführer an eine Reihe von Wandhaken trat, die sich ebenso wie eine Werkbank und ein Metallschrank hinter dem Aquarium befanden. Er nahm einen grünen Regenponcho von der Wand und stülpte ihn sich über. Der Saum reichte fast bis zu seinen Knien.

Langsam, fast bedächtig nahm er eine Anglerhose vom Haken und schlüpfte in die angeschweißten Gummistiefel.

Ihr Vater besaß zum Angeln solch eine seltsam aussehende Bekleidung, die aus zwei Hosenbeinen mit Gurten zur Befestigung an der Hüfte bestand.

Vor ihrem Auge blitzte das Bild von ihr als Zehnjährige auf, wie sie im Frühjahr ihren Vater zum Angeln begleitet hatte. Er stand mit den Beinen im seichten Uferwasser des nahegelegenen Sees und ging völlig in dem Anblick auf, als die Sonne hinter den Bäumen aufging und auf dem still ruhenden Wasser glitzerte. Die Vögel zwitscherten und es roch nach blühenden Pflanzen und Kräutern.

Als ihr Entführer die Flügeltüren des Schrankes öffnete, erhaschte sie einen Blick auf den Inhalt. Diverse Werkzeuge, darunter eine elektrische Säge. Ihre Phantasie spielte verrückt. Die Synapsen in ihrem Gehirn explodierten.

Er zog sich die Kapuze des Ponchos über den Kopf und kam auf sie zu. Sybille stemmte sich gegen ihre Fesselung und schrie in ihren Knebel.

Der Song endete. Für einen kurzen Moment war es still. Sybilles Augen füllten sich mit Tränen. Dann begann *Freaks* von vorne. Eine Endlosschleife, wie Sybille selbst sie oftmals in ihrer Musikapp einstellte.

Als er wieder neben ihr stand, strich er mit den Fingern, die in durchsichtigen Plastikhandschuhen steckten, erneut durch ihr Haar. Er legte den Kopf schief. Die festgezurrte Kapuze umrahmte sein Gesicht. Mit ernstem Blick sah er sie an.

Er griff unter den Poncho. Sybille stockte der Atem. Als seine Hand wieder zum Vorschein kam, hatte er einen länglichen durchsichtigen Gegenstand in den Fingern. Erst auf den zweiten Blick erkannte Sybille, dass es sich um ein Reagenzglas handelte.

Bisher hatte sie noch einen Rest inneren Widerstands dem Irren gegenüber aufbringen können. Nun konnte sie sich nicht mehr beherrschen. Sie begann, hemmungslos zu weinen. Er drückte die Öffnung des Reagenzglases neben ihr linkes Auge und fing damit ihre Tränen auf. Als sie versiegten, begutachtete er den Inhalt des Glases und verschloss es mit einem Korken.

Er wirkte zufrieden und sein Antlitz verriet Ehrfurcht vor dem Inhalt des Röhrchens. Vielleicht war es nur das, was er von ihr gewollt hatte, fuhr es Sybille durch den Kopf. Sie zum Weinen bringen und ihre Tränen sammeln. Und er würde mehr davon brauchen, immer mehr. Und sie würde leben.

Die Musik lief weiter. Er drehte sich um, ging zur Wand hinter dem Aquarium und stellte das Reagenzglas in eine eigens dafür vorgesehene Vorrichtung, die sich auf einem Wandpodest befand.

Auf der Werkbank neben dem Schrank konnte Sybille nun einen Schraubstock und mehrere Kanister erkennen. Er kam mit der Sofortbildkamera, die ebenfalls darauf abgestellt gewesen war, zurück, richtete diese auf sie und blickte durch den Sucher. Sybille war wie erstarrt. Sie hätte die Augen schließen und den Kopf wegdrehen sollen. Doch sie wendete sich nicht ab. Er drückte den Auslöser, das grelle Blitzlicht blendete sie und schmerzte in ihren Pupillen.

Er hielt inne, Sybille hielt den Atem an. Ein quälender Moment des Stillstands. Dann zog er das Bild aus dem Ausgabeschacht und schlenderte erneut hinter das

Aquarium, wo er die Kamera wieder ablegte und das Ergebnis betrachtete. Nach einer Weile nickte er zufrieden und legte das Bild neben die Kamera.

Die ganze Zeit über hatte er kein Wort mehr gesprochen. Sybille durchzuckte erneut die Hoffnung, dass er sie gleich losbinden und gehen lassen würde.

Er sah sich zu ihr um und hielt kurz inne, schien zu überlegen. Dann wendete er sich dem offen stehenden Schrank zu, entnahm ein Stromverlängerungskabel und einen Gegenstand, den Sybille nicht sofort erkannte.

Als er entschlossen auf sie zukam, sah Sybille, um welches elektrische Werkzeug es sich handelte.

Ihre Blase entleerte sich und sie spürte die kalte nasse Flüssigkeit auf ihrer Haut. Sie zappelte und schrie, so vergeblich es auch sein mochte. Mit dem Knebel im Mund gegen die ohrenbetäubend laute Musik ankommen und irgendjemanden auf sich aufmerksam machen zu wollen, war sinnlos.

Ihre letzte Hoffnung bestand nur noch darin, dass sie ihren Verstand verlor, bevor er das Werkzeug in seiner Hand zum Einsatz brachte.

Kapitel 7

Ein Fahrradfahrer auf dem Weg zur Arbeit hatte die Leiche gegen sechs Uhr morgens entdeckt, als er vom Hinterhof des Gebäudekomplexes auf die Straße fahren wollte. Der leblose Frauenkörper lehnte an der Wand der Durchfahrt.

Als Adrian Speer eintraf, war es Viertel vor acht. Mobile Sichtschutzwände der Polizei schützten mittlerweile den Fundort vor unliebsamen Blicken.

Die Straße vor der Durchfahrt war in beide Richtungen mit Flatterbändern für Fußgänger und den Verkehr gesperrt. Zu beiden Seiten stand ein Streifenwagen mit eingeschaltetem Blaulicht quer auf der Straße. Vor den Absperrbändern versammelten sich neben Schaulustigen auch einige Journalisten, die mit Kameras und Mikrofonen bewaffnet waren. Hinter der Absperrung wimmelte es von Polizisten.

Speer parkte in zweiter Reihe unmittelbar hinter dem Wagen von Robert Bogner. Die beiden stiegen beinahe zeitgleich aus.

»Schickes neues Auto«, empfing Bogner den Kollegen, als Speer auf ihn zukam, und wollte wohl den Ernst der Situation noch für ein paar Sekunden von ihnen fernhalten.

Der Himmel war wolkenverhangen. Der Wetterbericht versprach gegen Mittag Regen und Temperaturen von neun Grad Celsius. Nicht gerade das, was man sich unter einem schönen Frühlingstag vorstellte.

»Danke«, sagte Speer und ging auf Bogners Spiel ein. »Wenn du möchtest, können wir den Kleinen gern als neuen Dienstwagen einsetzen.«

Bogner hob abwehrend die Hände und lächelte. »Gott bewahre. Das Angebot muss ich leider dankend ablehnen.«

»Aber warum?«, fragte Speer mit dem Unterton gespielten Unverständnisses. »Wir würden damit jede Menge Benzin sparen.«

Nach Lucys Entführung vor einigen Jahren hatte er bei dem anstehenden Autokauf dem Wunsch seiner Tochter entsprochen. Geräumig, Sicherheit suggerierend und schick sollte sein neuer Wagen sein. Er hatte sich nur deshalb den von ihr favorisierten SUV zugelegt. Inzwischen vermied Lucy es, darin mitzufahren, da dieses große und schwere Gefährt nicht zu ihren Klimaschutzbemühungen und Aktivitäten bei *Fridays for Future* passte.

Vor kurzem hatte Speer sich dann mit dem Kauf eines Kleinwagens, der nur vier Insassen Platz bot, für das genaue Gegenteil entschieden und damit mächtig Punkte bei seiner Tochter und seiner Nichte Leandra gesammelt.

Bogner gab sich überzeugt. »Wenn es in einem Wettbewerb darum ginge, am schnellsten eine Parklücke zu finden, wären wir mit dem Zwerg sicher auch im Vorteil. Aber dennoch ziehe ich einen kräftigeren Motor und mehr Knautschzone vor.«

Speer rieb sich das Kinn. »Du meinst doch nicht etwa Verfolgungsjagden und Situationen, bei denen jede Sekunde zählt, um von A nach B zu kommen.«

Bogner lachte. »Doch, so etwas soll vorkommen in unserem Job.«

»Gut, du hast mich überzeugt«, gab Speer nach.

Natürlich wussten sie beide, wie unverzichtbar das richtige Fahrzeug für ihre Arbeit war. Ihre Erfahrung hatte sie gelehrt, dass die Vorzüge eines schnellen, robusten Dienstwagens von großer Wichtigkeit sein konnten. Aber mittlerweile genossen sie es, sich gegenseitig ein wenig hochzunehmen, ohne dass der andere dies übelnahm. Diese kleinen Späße halfen, das Grauen und die menschlichen Abgründe, mit denen sie oftmals konfrontiert wurden, ein wenig besser zu ertragen.

Speer nickte in Richtung der Sichtschutzwände. »Jetzt hast du ja, was du wolltest. Einen neuen Mord mit einer grausamen Komponente, sonst wären wir nicht hier.«

Bogner kratzte sich am Kopf. »Das stimmt schon. Ich wollte aber nichts heraufbeschwören, als ich mich gestern über den Altfall beschwert habe.« Der Humor war endgültig aus seiner Stimme verflogen.

»Der ist jetzt erst mal nachrangig«, kommentierte Speer.

Sie gingen langsam auf die Menschentraube vor den Absperrbändern zu.

»So schnell und ohne Umschweife hat Gomez uns noch nie mit einem Fall betraut«, sagte Bogner.

Speer seufzte. »Ich bin gerade aus der Dusche gekommen, als sie mich anrief, und anschließend, so schnell es ging, hergefahren.«

»Ging mir ganz ähnlich. Gomez meinte, wir sollten uns ein eigenes Bild machen, bevor das Opfer abtransportiert wird. Außer der Adresse hat sie keine Details verraten.«

Sie mussten sich durch die Menschentraube bis nach vorn zur Absperrung drängeln. Ein Schutzpolizist überwachte, dass kein Unbefugter durchschlüpfte. Als sie ihre

Dienstmarken vorzeigten, nickte er ihnen zu und ließ sie auf die andere Seite.

Ein Journalist, der vorne stand, streckte den Arm aus und hielt Speer ein Mikrofon vor die Nase. »Wissen Sie schon Näheres zum Tathergang?«

Speer drehte sich weg, ohne die Frage zu beachten, und ging mit Bogner zu Oberkommissar Hans Lauer vom Kriminaldauerdienst, der vor der seitlichen Sichtschutzwand stand und rauchte.

Lauer war etwas korpulent und was seinen Kleidungsstil anging, von der alten Schule. Im Dienst trug er einen in der Regel schlecht sitzenden Anzug und ein Hemd mit bunter Krawatte.

Lauer hob zur Begrüßung die Hand. »Ihr seid aber fix heute.« Missmutig beäugte er die Zigarette in seiner Hand. »Fünf Jahre hab ich keine Kippe mehr angerührt. Jetzt bin ich seit einem Monat wieder am Qualmen. Ich könnte mir selbst in den Arsch treten.«

»Gomez hat uns vor Dienstbeginn aus dem Bett geholt, damit wir uns den Tatort schnellstmöglich ansehen«, entgegnete Bogner und warf sich einen Kaugummi in den Mund.

»Ich hab den Kollegen gleich gesagt, ich gehe jede Wette ein, dass die Achte anrückt, so wie das Opfer zugerichtet ist.«

»Dann bring uns mal auf den Stand der Dinge«, forderte Speer ihn auf.

Lauer zog noch einmal an dem Glimmstängel, blies den Rauch aus dem linken Mundwinkel nach oben aus und warf ihn dann vor sich auf den Boden, wo er ihn bedächtig austrat. »Bei der Toten handelt es sich um Sybille Morgenstern, siebenundzwanzig Jahre alt und ledig. Ihr Personalausweis steckte in ihrem Mund.«

Speer zog erstaunt die Augenbrauen zusammen. »Der Täter sorgt absichtlich dafür, dass wir die Tote sofort identifizieren können. Das ist sonderbar.«

Lauer zuckte mit den Schultern. »Das hab ich auch noch nicht oft erlebt.«

»Eventuell will er uns damit sagen, dass er keine Angst vor uns hat«, meinte Bogner.

»Sehe ich auch so«, pflichtete Speer seinem Partner bei. »Er scheint sich seiner Sache ziemlich sicher zu sein. Er will uns herausfordern oder mit uns spielen.«

»Das Opfer ist vor zwei Jahren von Templin nach Berlin gezogen«, fuhr Lauer fort.

Bogner seufzte. »Die Eltern müssen schnellstmöglich benachrichtigt werden.«

»Ist schon in Arbeit«, sagte Lauer. »Die Templiner Kollegen sind informiert und auf dem Weg zu ihnen, um die Nachricht zu überbringen. Wir hielten es für zwingend nötig, das so schnell wie möglich zu erledigen.«

»Wegen der Aasgeier?«, fragte Bogner und nickte mit dem Kopf in Richtung der immer zahlreicher werdenden Journalisten.

Tatsächlich war es ein großes Problem, dass die Angehörigen von ihrem schrecklichen Verlust immer öfter durch die Presse erfuhren, noch bevor die Polizei sie darüber informieren konnte.

»Da machen wir uns weniger Sorgen. Von denen war keiner schnell genug hier, um Bildmaterial vom Tatort zu erhaschen, bevor die Schutzwände aufgebaut waren.«

»Warum dann die Eile?«, wollte Speer wissen.

»Einer der Bewohner des Hauses, zu dem die Hofzufahrt gehört, ist Freddie Färber. Er war mit einigen anderen Mietern vor dem Haus, bevor die erste Streife ankam.«

»Heilige Scheiße«, entfuhr es Bogner und für einen Moment hörte er auf, seinen Kaugummi zu bearbeiten. Damit war klar, warum die Eltern des Opfers möglichst schnell informiert werden mussten.

Freddie Färber war einer der schillerndsten Polizeireporter Berlins. Niemals hätte er es sich entgehen lassen, Fotos zu schießen, bevor der Tatort abgeriegelt wurde. Damit stand auch zu befürchten, dass er das Bildmaterial bereits an die Zeitung, für die er arbeitete, weitergeleitet hatte. Das *Berliner Boulevardblatt* verfügte über verschiedene Social-Media-Kanäle, wodurch die Aufnahmen des Opfers innerhalb kürzester Zeit einer breiten Öffentlichkeit zugänglich sein würden.

»Freddie behauptet, keine Fotos gemacht zu haben, aber ihr kennt ihn ja«, sagte Lauer. »Wir haben ihn vorsichtshalber im Hinterhof festgehalten, damit er keine Dummheiten machen kann. Vielleicht noch rechtzeitig.«

»Gut gemacht. Wir werden uns Freddie gleich vorknöpfen«, meinte Bogner.

»Möglicherweise hat einer der Anwohner den Täter gesehen oder sonst etwas Auffälliges bemerkt«, schlug Speer vor.

»Daran haben wir natürlich auch gleich gedacht. Die Kollegen sind dabei, alle infrage kommenden Wohnungen abzuklappern und die Bewohner zu vernehmen.«

Zu dritt schritten sie an der Sichtschutzwand vorbei. Kurz blieben sie vor der Durchfahrt auf dem breiten Bürgersteig stehen. Von hier aus hatten sie einen guten Überblick.

Mehrere Scheinwerfer auf Stativen leuchteten die umbaute Zufahrt bis in den letzten Winkel aus.

Mit Nummern versehene Schilder waren neben möglichen Beweismitteln aufgestellt. Im Hintergrund auf dem vom Tageslicht erhellten Hof standen zwei Streifenpolizisten. Offenbar hatte Lauer die beiden dort platziert, um den Zugang von Unbefugten zum Tatort von dieser Seite zu verhindern.

Bei ihnen war Freddie Färber, der nervös von einem Bein auf das andere trat. Ab und an reckte er neugierig den Kopf und spähte in Richtung der Leiche.

Ein Strahlerpaar war frontal auf die tote Frau gerichtet, die etwa in der Mitte der Durchfahrt mit dem Rücken an der Wand lehnte. Das grelle Licht ließ das schreckliche Ausmaß der Verstümmelung erkennen.

Speer hatte schon einige übel zugerichtete Leichen gesehen. Dennoch war er im ersten Augenblick so sehr geschockt, dass es ihm den Atem verschlug. Er hielt noch neben Lauer inne, während Bogner sich bereits in Bewegung setzte und sich dem Opfer näherte. Speer schluckte, gab sich einen Ruck und schloss zu Bogner auf.

Als Martin Klamm, der Leiter der Spurensicherung, sie bemerkte, kam er mit ernster Miene auf sie zu.

»Guten Morgen. Bevor ihr fragt, wir haben noch nichts entdeckt, das sich eindeutig einem Täter zuordnen lässt. Möglicherweise gibt es Spuren auf der Haut des Opfers oder der Folie, auf der er es abgelegt und die ihm vermutlich auch zum Einwickeln beim Transport gedient hat. Außer dem Personalausweis haben wir keine persönlichen Gegenstände, die der Toten gehört haben könnten.«

Bogner und Speer nickten. Während Klamm sich wieder seiner Arbeit zuwandte, gingen sie nahe an das Opfer heran und betrachteten schweigend das Werk eines Täters, der, so viel war klar, geisteskrank sein musste.

Lediglich den Oberkörper hatte er hier platziert. Beide Beine der jungen Frau fehlten. An den Stellen, an denen sie vom Hüftgelenk des Beckens abgetrennt waren, war die Haut stark ausgefranst. Er musste die Beine mit einem groben Werkzeug amputiert haben. Da sich auf der Plastikfolie, auf der er den Oberkörper drapiert hatte, lediglich eine kleine Lache aus Blut gebildet hatte, war davon auszugehen, dass der Mörder den Körper nach der Tat zunächst hatte ausbluten lassen, bevor er ihn hertransportiert hatte. Das Opfer war vollständig bekleidet, hatte aber Würgemale um den Hals. Der Kopf war zur Seite auf die Schulter gekippt. Die blau-violette Gesichtshaut war überzogen mit punktförmigen Blutungen, den Zeichen des Todes durch Ersticken.

Speer und Bogner traten zurück. Mit versteinerten Mienen wandten sie sich Hans Lauer zu, der hinter ihnen zurückgeblieben war.

»Schätze, er hat die Beine mit einer Säge vom Hüftgelenk abgetrennt«, sagte Bogner. »Wann kommt denn endlich der Gerichtsmediziner?«

»Der war da und ist schon wieder weg«, antwortete Lauer. »Es war ein Kollege aus dem Team von Professor Dr. Eisenbeiß. Hat sich als Dr. Ulf Rettig vorgestellt. Der Professor hat ihn beauftragt, sich um die Untersuchung des Opfers zu kümmern.«

Speer hatte den Namen schon des Öfteren gehört. Persönlich kennengelernt hatte er Dr. Rettig jedoch noch nicht. Aber sein Chef Dr. Bernd Eisenbeiß war eine Koryphäe auf seinem Gebiet. Er war Chef der Gerichtsmedizin an der Charité und Professor für forensische Pathologie und Toxikologie an der Universitätsklinik Berlin.

»Und was meinte Rettig?«, fragte Speer.

»Nicht viel. Nur, dass die Verstümmelung postmortal erfolgte und der Tod vor ungefähr acht bis elf Stunden eingetreten sei. Der Fundort war nicht der Ort, an dem Sybille Morgenstern getötet wurde, was uns aber sowieso schon klar war. Ach ja, er meinte noch, die Haut des Opfers sei vermutlich mit einem chlorhaltigen Bleichmittel gereinigt worden. Näheres stehe wie immer im Bericht.«

»Wir müssen also befürchten, dass der Täter großen Wert darauf gelegt hat, keine Spuren zu hinterlassen«, stellte Speer fest.

»Warum er dann aber das Risiko eingegangen ist, die Tote hierherzubringen, erschließt sich mir auf die Schnelle nicht«, führte Bogner aus. »Er hätte sie an einem weniger belebten Ort ablegen können. Und vor allem, wo sind die Beine?«

»Die Fragen zu klären, ist dann wohl jetzt euer Job«, sagte Lauer. »Ich werde den Kollegen noch bei der Befragung der Anwohner helfen und anschließend meinen Bericht schreiben. Das war´s dann für mich«, verabschiedete er sich.

Bogner rief einen der Leichenbestatter an, deren Telefonnummern auf seinem Diensthandy gespeichert waren, und erteilte den Auftrag, die Tote in die Abteilung für Rechtsmedizin an der Charité zur Obduktion zu transportieren. Als er sein Telefon weggesteckt hatte, wandte er sich Speer zu. »Ich denke, wir sollten uns jetzt Färber vornehmen.«

Kurz darauf standen sie dem Reporter im Hinterhof gegenüber. Freddie gab das Klischee des schmierigen Großstadtreporters. Er war klein, dick und ungepflegt. Seine zotteligen Haare glänzten vor Fettigkeit. Er galt als äußerst mürrisch und trank gerne einen über den Durst. Sein rundes Gesicht war von zahlreichen geplatzten Äderchen überzogen. Seinem Erscheinungsbild nach traute man es ihm nicht zu, aber die Statistik sprach für ihn: Keinem anderen Polizeireporter Berlins gelang es so häufig, weit vor den anderen Journalisten an den Verbrechensschauplätzen aufzutauchen und dort die besten Fotos abzusahnen. So gut wie jedem Kripobeamten war sein Name ein Begriff. Doch die wenigsten wussten, dass Freddie in Wirklichkeit Paul hieß. Freddie war nur ein Spitzname, der auf eine riesige Brandnarbe zurückzuführen war, die fast seine gesamte linke Gesichtshälfte verunstaltete und die ihm in Anlehnung an den Serienmörder Freddie Krüger aus den *Nightmare*-Filmen diesen Rufnamen eingebrockt hatte. Freddie hatte Speer dies vor ein paar Jahren in *Henriettes Eck* erzählt, als sie beide ein paar Bier zu viel intus hatten. Speer hatte ihm sogar angeboten, ihn zukünftig bei seinem eigentlichen Namen zu nennen, aber dem Reporter schien sein übler Spitzname sogar zu gefallen. Er meinte, Freddie sei vollkommen in Ordnung.

Jetzt wollte sich Speer nicht so einfühlsam zeigen und verzichtete auf jede Form der Begrüßung. »Hast du Fotos von dem Opfer gemacht?«

Ein Ausdruck von Ungehaltenheit legte sich auf Freddies Gesicht. »Seht ihr hier irgendwo eine Kamera bei mir?«

Speer zog die Augenbrauen hoch und gab Freddie damit wortlos zu verstehen, dass er kein Idiot war und es diesem ein Leichtes gewesen wäre, seinen Fotoapparat vor Eintreffen der Polizei in seiner Wohnung verschwinden zu lassen.

»Mir ist kalt. Ich will in meine Wohnung«, schmollte Freddie.

Bogner sah Freddie mit einem vorwurfsvollen Blick an.

»Ohne Scheiß«, sagte Färber. »Für wen haltet ihr mich. Ich schwör's euch. Keine Fotos.«

Ein Streifenpolizist eilte mit erhobenem Smartphone von der Straßenseite aus durch die Durchfahrt auf sie zu.

»Ich denke, das dürfte Sie interessieren.«

Das Display zeigte ein Foto der Toten auf der Facebookseite des *Berliner Boulevardblatts.* Die zugehörige Schlagzeile lautete »*Mörder trennt Opfer die Beine ab*«.

Freddie reckte den Kopf zwischen ihre Schultern und sah das Bild nun ebenfalls. »Das war ich nicht«, brüllte er aufgeregt.

»Wer soll denn das sonst gewesen sein?«, fuhr Bogner ihn an. »Du bist ein kleiner Wicht, Freddie. Und das hier wird dir noch verdammt leidtun.«

»Moment«, sagte der uniformierte Polizist. »Die Meldung ist nicht exklusiv«. Er wischte weiter über den Bildschirm. »Alle lokalen Berliner Medien berichten laut Google bereits online darüber. Auch der Name des Opfers wird genannt.«

Bogner ging nahe an Freddie heran und hielt ihm den Zeigefinger nah vors Gesicht. »Du wolltest wohl das ganz große Geld mit den Bildern machen.«

Freddie wich zurück. »Hey, ich weiß echt nicht, was hier abgeht.«

Speer hielt Bogner, der auf Freddie losgehen wollte, an der Schulter zurück.

»Langsam, Robert. Das bringt uns jetzt nicht weiter. Wir müssen der Sache nachgehen, bevor wir Anschuldigungen erheben.«

Bogner sah ihn mit einem Funkeln in den Augen an. »Sag das mal den Eltern.«

Schnellen Schrittes stapfte Bogner davon. Seine rote Gesichtsfarbe verriet seine Wut.

Kapitel 8

Damals. Elf.

Als Julius früh am Morgen erwachte, spürte er sofort, dass es wieder geschehen war. Warm und eklig feucht klebte seine Schlafanzughose an seinem Po und an seinen Beinen. Er schrak hoch, schwang die Füße auf den Boden und saß kerzengerade auf der nassen Matratze.

Ängstlich starrte er auf den Wecker, der auf seinem Nachttisch stand. Es war kurz vor halb sieben. In wenigen Minuten wäre es Zeit, sich für die Schule fertig zu machen. Das hieß, ihm blieb kaum Zeit, um das Malheur zu beseitigen. Er sprang auf und öffnete das schräge Dachfenster, auf das der Regen trommelte. Draußen war es noch dunkel. Ein grauer Novembertag kündigte sich an. Die ersten Anwohner auf dem Weg zur Arbeit fuhren in ihren Wagen unten auf der Straße vorbei. Viel schneller als die erlaubten dreißig Stundenkilometer, was seinen Vater grässlich aufregte, wenn er es mitbekam. Noch viel wütender war er jedoch, wenn sein Sohn ins Bett nässte.

Hastig zog Julius das Spanntuch von der Matratze und zerrte die Überzüge von seinem Kopfkissen und der Decke. Er stopfte alles in die Ecke seines Kleiderschrankes auf den Boden. Er würde das Zeug waschen, wenn sein Vater am Nachmittag bei der Arbeit wäre. Wenn doch Oma noch leben würde. Sie fehlte ihm so sehr. Eines Morgens war sie nicht mehr aufgewacht. Ihr Herz war stehen geblieben. Das war jetzt ein halbes Jahr her und seitdem gab es niemanden mehr, der seinem Vater Einhalt gebot, wenn er sich an ihm abreagierte mit Schlägen, die er Erziehung nannte.

Einzig seine Mathematiklehrerin meinte es gut mit ihm. Er ging jetzt in die siebte Klasse auf dem Gymnasium. Nie ließ sie eine Gelegenheit aus, ihn zu loben. Heute hatte er eine Doppelstunde bei ihr. Eigentlich war das ein Grund, sich auf die Schule zu freuen und heute gerne dorthin zu gehen. Doch alles, was er fühlte, war die Scham, sein Bett zum wiederholten Mal beschmutzt zu haben, und die Angst davor, sein Vater könnte es bemerken.

Nachdem er sich im Bad gewaschen und angezogen hatte, ging er in die Küche, um sich einen Toast zu machen. Plötzlich öffnete sich die Tür und sein Vater kam herein.

Er blickte mit grimmigem Gesicht auf ihn herab. Schlagartig wurde Julius der Fehler bewusst, den er begangen hatte. Er hatte seinen Schlafanzug im Bad liegen lassen. Nun warf sein Vater ihm denselben vor die Füße. »Was man so alles findet, wenn man pinkeln geht.«

Julius senkte den Kopf. »Das passiert nicht wieder.«

Ohne Vorwarnung versetzte sein Vater ihm eine heftige Ohrfeige. »Das hast du beim letzten Mal auch gesagt. Also lüg mich nicht an. Jetzt sehen wir uns dein Zimmer an.«

»Nein, bitte nicht«, flehte Julius.

»Komm schon!« Sein Vater zerrte ihn am Arm in sein Zimmer und stieß ihn vors Bett, sodass er hinfiel und sich das Knie aufschlug.

»Au«, entfuhr es ihm.

»Ich gebe mir wirklich alle Mühe, dich auf das Leben vorzubereiten. Aber du machst dich über mich lustig. Wie es scheint, war ich noch nicht streng genug«, brüllte sein Vater.

Er zog ihn an den Haaren vom Boden hoch, schubste ihn auf die nasse Matratze und drückte seinen Kopf gegen die feuchte Oberfläche. »So macht man das, wenn ein Köter ins Haus pisst, um ihn zu lehren, dass er was falsch gemacht hat. Ich hoffe, es hilft bei dir auch.«

Julius' Magen rebellierte.

»Das ganze Zimmer stinkt nach deiner Pisse«, schrie sein Vater. Er ließ von Julius ab und riss die Schranktüren auf. Er nahm die zusammengeknüllte Bettwäsche und warf sie auf Julius. »Magst du den Gestank deines Urins?«

»Nein«, wimmerte Julius.

»Dann benutz das nächste Mal das Klo. Und jetzt wirfst du das Zeug in die Waschmaschine.«

Sein Vater folgte ihm in den Waschraum und sah zu, wie er die Maschine befüllte. »Jetzt gehst du in den Garten«, befahl er, als die Maschine lief.

»Ich komme zu spät in die Schule«, erwiderte Julius.

Eine weitere Ohrfeige war die Antwort.

»Ich schreibe dir eine Entschuldigung. Heute gebe ich dir Unterricht. Raus mit dir.«

Julius musste sich ohne Jacke mitten in den Garten stellen. Der kalte Regen durchnässte ihn. Nach einer Viertelstunde fror er so sehr, dass er zitterte und seine Zähne aufeinanderklapperten. Sein Vater ließ ihn über zwei Stunden in der Kälte stehen. Nie wieder sollte er sich so wertlos und gedemütigt fühlen wie an diesem Tag.

Kapitel 9

Heute. Dienstag.

Speer und Bogner fuhren zum LKA-Gebäude in der Keithstraße. Speer wollte dort seinen Wagen abstellen. Außerdem galt es, Oberkommissarin Tina Jeschke und Fernanda Gomez über die Eindrücke zu informieren, die sie am Fundort der Leiche von Sybille Morgenstern gewonnen hatten, sowie das weitere Vorgehen zu besprechen.

Tina war das dritte Mitglied in ihrer Mordkommission. Sie versah den Innendienst und war das Computergenie in ihrem kleinen Team.

Sie kamen überein, dass sie sich als Erstes die Wohnung des Opfers ansehen müssten. Als sie fast eine halbe Stunde später dort angekommen waren, rief Tina Jeschke auf Speers Telefon an.

»Zuletzt war das Handy des Opfers in der Nähe der eigenen Wohnung in das Funknetz eingewählt.« Tinas Stimme ertönte dank der Freisprechanlage über die Lautsprecherboxen des Wagens. »Wohin das Opfer von dort gebracht wurde, verrät uns das Gerät deshalb leider nicht.«

»Das wäre auch zu schön gewesen«, ärgerte sich Bogner. »Der Täter hat also vermutlich das Handy ausgeschaltet, nachdem er das Opfer überwältigt hatte.«

»So ist es wahrscheinlich. Oder er hat sie in der Nähe ihrer Wohnung überwältigt und ist mit ihr im direkten Umkreis geblieben.«

»Dann kämen die unmittelbaren Nachbarn als Täter in Frage«, überlegte Speer.

»Weshalb ich noch anrufe«, fuhr Tina fort. »Ich habe den Verwalter des Gebäudes kontaktiert. Der Hausmeister steht vor dem Eingang und erwartet euch mit dem Schlüssel zur Wohnung.«

»Danke, Tina«, sagte Bogner. »Gute Arbeit.«

Äußerlich gab sich Tina mit ihren Metallpiercings in Nase und Ohren, ihren Springerstiefeln und den schwarzen Klamotten tough, doch der Klang ihrer Stimme offenbarte den engagierten, mitfühlenden Menschen. Speer glaubte, dass ihre zur Schau getragene raue Schale nur der Schutzpanzer für einen weicheren Kern darstellte. Nach anfänglicher Distanz zwischen ihnen dreien war Tina inzwischen nahbarer und verstand es, Bogners teils derbe Sprüche mit einem Lächeln zu entkräften, statt mit einem wütenden Blick zu reagieren.

»Die Eltern des Opfers haben die Nachricht inzwischen erhalten. Es war ihre einzige Tochter, und sie sind natürlich am Boden zerstört. Wenigstens waren unsere Leute schneller als die Presse«, erklärte sie.

»Wir warten bis morgen, bevor wir mit ihnen reden. Dann haben sie sich vielleicht etwas gefangen«, sagte Speer.

»Ja, das wäre wohl das Beste«, stimmte Tina zu und beendete den Anruf.

Wenig später parkten sie auf dem Seitenstreifen etwa hundert Meter von dem Eingang des Hochhauses entfernt.

Der Hausmeister war von schmaler Statur, sein Blaumann schien einige Nummern zu groß. Nachdem sie ihm ihre Dienstausweise gezeigt hatten, folgten sie ihm ins Treppenhaus. Ein übler Geruch, der am ehesten als eine

Mischung aus faulen Eiern und Schweiß zu beschreiben war, schlug ihnen entgegen.

»Gut, dass ich noch nicht zu Mittag gegessen habe«, meinte Bogner und machte dabei ein angewidertes Gesicht.

»Tja, das sind hier nicht die besten Wohnungen, aber dafür sind sie auch sehr preisgünstig«, sagte der Hausmeister und verzog die Lippen zu einem schmalen Lächeln.

Gemeinsam fuhren sie mit einem Fahrstuhl, in dem die Luft zum Schneiden war, in den siebten Stock. Speer war froh, als sich die ruckelnde Kabine öffnete. Am Ende eines langen Korridors befand sich die Wohnung von Sybille Morgenstern.

Vor der Tür suchte der Hausmeister im diffusen Licht einer schwachen Deckenlampe an einem riesigen Bund nach dem passenden Schlüssel.

»Ah, hier haben wir ihn. Nummer 736.«

Er schloss auf und wollte vor ihnen in die Wohnung treten, doch Bogner hielt ihn an der Schulter zurück.

»Sorry, aber Sie dürfen da nicht rein!«

Der Hausmeister legte die Stirn in Falten. Es schien, als brauchte er einen Moment, um darüber nachzudenken, was Bogner gesagt hatte.

Dieser hielt ihm unterdessen die ausgestreckte Handfläche hin. »Den Wohnungsschlüssel bitte. Falls wir noch mal wiederkommen müssen.«

Der Hausmeister zog ein enttäuschtes Gesicht. Fast wie ein kleines Kind, das nicht das gewünschte Geschenk zum Geburtstag bekommen hatte, dachte Speer. Schließlich fingerte er den Schlüssel vom Bund ab und drückte ihn Bogner in die Hand.

»Danke«, sagte Bogner und fixierte sein Gegenüber, ohne mit der Wimper zu zucken.

»Sie finden allein raus?«

»Selbstverständlich«, antwortete Bogner. »Ist ja kein Labyrinth hier.«

»Dann geh ich mal«, entgegnete der Hausmeister, der immer noch zu hoffen schien, dass die Kommissare es sich anders überlegten.

»Tun Sie das«, half Bogner nach.

Dennoch hielt der Mann kurz inne, dann drehte er sich schließlich um und ging in Richtung Aufzug.

Sie traten in einen engen Flur. »Leute gibt's«, wunderte sich Bogner und schloss die Tür hinter ihnen.

»Er hat ein wenig Action in seinem Dienstalltag erwartet. Ging dir doch gestern genauso«, erinnerte ihn Speer.

»Soll ich jetzt ein schlechtes Gewissen haben, weil ich den Mann um sein Vergnügen gebracht habe«, brummte Bogner.

Speer ging durch den Gang voran. An der Garderobe hing nur eine Jacke und neben einem Sideboard standen Hausschuhe sowie ein Paar Wanderstiefel.

Im Vorbeigehen warfen sie einen Blick in die angrenzenden Räume. Die linke Tür führte in ein enges Schlafzimmer. Rechts gab es ein Bad ohne Fenster. Alles wirkte sehr aufgeräumt. Nirgendwo lag etwas herum, das dort nicht hingehörte.

Am Ende des Gangs hinter einer Tür mit Chinchillaverglasung befand sich das kleine Wohnzimmer, in dem es links den Eingang zu einer schmalen Küche gab. Auch hier herrschte Ordnung, lediglich die zur Hälfte geleerte Flasche Rotwein auf der Arbeitsplatte widersprach etwas diesem Eindruck.

Während Bogner die Küchenschränke inspizierte, widmete sich Speer dem Bad und dem Schlafzimmer. Er registrierte, dass es nur einen Zahnputzbecher gab.

Als Speer ins Wohnzimmer kam, war Bogner bereits dabei, den Inhalt eines Schreibtischcontainers in Augenschein zu nehmen. Speer sah sich das Bücherregal an, welches vor allem Thriller und Reiseliteratur beinhaltete. Ganz unten stand ein Ordner mit der Aufschrift *Schriftkram*. Darin fand er neben diversen Rechnungen, Versicherungsverträgen und dem Mietvertrag auch einen Handy- sowie den Arbeitsvertrag neben Gehaltsabrechnungen.

»Damit kommen wir ein Stück weiter«, stellte er fest und ging mit dem aufgeschlagenen Ordner zu Bogner und zeigte ihm den Inhalt.

Bogner wedelte mit einem kleinen schwarzen Büchlein herum. »Was da drin steht, erspart Tina jede Menge Arbeit«, sagte er.

»Passwörter?«, riet Speer.

»Ganz genau.« Bogner nahm den zusammengeklappten Laptop auf dem Schreibtisch an sich. »Als Nächstes sollten wir dem Arbeitgeber des Opfers einen Besuch abstatten.«

Speer nickte und wandte sich um. Sein Blick fiel auf den Couchtisch. In der Mitte neben der Fernbedienung für den Fernseher stand eine röhrenartige Glasvase mit einer einzelnen roten Rose darin.

Bogner folgte dem Blick seines Partners.

»Hast du sonst etwas entdeckt, das dafürspricht, dass Frau Morgenstern einen Freund oder Verehrer hatte?«, fragte Bogner.

»Nein, allerdings auch nichts, was dagegenspräche. Ich glaube nicht, dass sie sich die Rose selbst gekauft hat.«

»Vielleicht hat sie die von einem Bettler in die Hand gedrückt bekommen, das ist doch seit ein paar Jahren eine gängige Masche«, mutmaßte Bogner.

»Möglich.«

»Ihre Eltern, der Laptop und die Telefonverbindungen werden uns sicher mehr Aufschluss über ihr Privatleben verschaffen«, meinte Bogner.

Bevor sie zu der Telekommunikationsfirma fuhren, bei der Sybille Morgenstern beschäftigt gewesen war, brachten sie den Laptop zu Tina, damit sie mit der Auswertung der Festplatte beginnen konnte.

Gegen siebzehn Uhr waren sie zurück im Dienstgebäude und saßen gemeinsam mit Tina Jeschke am Tisch eines kleinen Besprechungsraumes. Kurz zuvor war auch der vorläufige Bericht der Spurensicherung eingetroffen. Es gab keine verwertbaren Hinweise rund um den Fundort. Am Opfer selbst waren keine fremden Fasern, Hautschuppen und kein Schweiß sichergestellt worden. Nichts, wodurch die DNA des Täters feststellbar gewesen wäre.

Der Obduktionsbericht beinhaltete nicht viel mehr, als der Rechtsmediziner Dr. Rettig am Morgen nach seinen Untersuchungen bereits verkündet hatte. Zusätzlich stand nun jedoch fest, dass kein sexueller Missbrauch stattgefunden hatte, und der Eintritt des Todes war mit der Zeit zwischen neun und elf Uhr des gestrigen Abends genauer bestimmt worden.

Im Institut für Rechtsmedizin wurde besonderer Wert darauf gelegt, dass ein Ermittler bei der Obduktion zum gegenseitigen Austausch der Erkenntnisse anwesend war. Mit einer gewissen Begeisterung hatte sich Tina bereit erklärt, den Medizinern beim Sezieren der Leichen über die

Schultern zu schauen. Bogner hatte diesen Part ihr gerne überlassen – als Abwechslung von ihrer Bildschirmarbeit.

Robert Bogner räusperte sich und wollte zum Sprechen ansetzen, als es kurz an der Tür klopfte und Fernanda Gomez hereinkam. »Ich wüsste gern, wo wir stehen«, stellte sie mit der für sie typischen versteinerten Miene fest und setzte sich kerzengerade auf den Stuhl neben Tina.

Gomez galt als eiserne Lady, die, wenn es notwendig war, streng durchgreifen konnte und eine extrem hohe Einsatzbereitschaft von ihren Untergebenen forderte. Wie immer, wenn sie im Dienst war, trug Fernanda Gomez eine weiße Bluse und einen dunkelblauen Anzug, in dem sie noch viel Luft hatte und der ihre hagere Statur etwas kaschierte.

Bogner war erstaunt. Es war nicht die Regel, dass die Leiterin des Morddezernats an einer ersten Lagebesprechung teilnahm.

»Mit Verlaub, Sie sehen ziemlich angespannt aus«, stellte er fest.

Gomez legte die Stirn in Falten und seufzte. »Die Presse und der Polizeipräsident sitzen mir in dem Fall im Nacken.«

»Normalerweise haben wir auch ein bisschen mehr Zeit, bevor so ein Verbrechen an die Öffentlichkeit dringt«, sagte Speer.

»Wenn die Presse so stark auf einen Mordfall anspringt, stehen die Ermittler immer unter besonderer Beobachtung.«

»Und unter mehr Druck. Das haben wir nur diesem verdammten Färber zu verdanken«, murmelte Bogner.

»Nein, das haben wir nicht«, sagte Tina und zog mit dieser Äußerung die fragenden Blicke aller auf sich. Sie richtete sich etwas auf und machte eine kurze Pause, bevor sie weitersprach.

»Ich habe mich auf die Suche nach der Quelle gemacht. Das Foto wurde anonym per E-Mail an eine Presseagentur gesandt. Es gab keine Honorarforderungen, dafür aber jede Menge Details zum Fundort und den Namen der Toten. Ich konnte nachvollziehen, dass die E-Mail aus einem öffentlichen WLAN am Potsdamer Platz gesendet wurde. Freddie Färber befand sich zu dem Zeitpunkt am Fundort der Leiche und damit kilometerweit davon weg.«

Bogner verzog missmutig das Gesicht. »Freddie hätte das Foto an einen Kontakt senden können, der es dann für ihn an die Agentur weiterleitet.«

»Das Foto an eine Presseagentur zu senden, wäre untypisch für Herrn Färber. Er arbeitete bisher immer exklusiv für das *Berliner Boulevardblatt*«, widersprach Tina. »Zudem gibt es noch etwas, das interessant sein dürfte.«

Bogner wippte ungeduldig mit dem Fuß auf dem Boden.

»Na los, sag schon. Spann uns nicht auf die Folter.«

»Das Foto wurde mit Blitzlicht gemacht. Als Freddie aus seiner Wohnung kam, war es draußen schon hell.«

Alle schwiegen.

»Außerdem trägt das Foto einen digitalen Zeitstempel und der besagt, dass es in der Nacht um zwei Uhr dreiundfünfzig aufgenommen wurde.«

»Das ist irre«, sagte Bogner und pfiff durch die Zähne.

»Das könnte bedeuten, dass der Täter selbst das Foto gemacht und es an die Presseagentur geschickt hat.«

Alle Blicke ruhten nun wieder auf Tina. Sie hob entschuldigend die Hände. »Der benutzte E-Mail-Dienst hat seinen Sitz in einem Drittstaat, der außerhalb unseres

Zugriffs liegt. Außerdem ließen die sicherlich falschen Accountdaten ohnehin keinen Schluss auf die wahre Identität des Absenders zu.«

»Der Mörder lässt uns wissen, wann er die Leiche abgelegt hat«, sagte Speer. »Einerseits verschafft uns das den Vorteil, die Anwohner und die Öffentlichkeit gezielt darauf ansprechen zu können, ob sie um die Uhrzeit etwas Auffälliges rund um den Fundort bemerkt haben. Aber andererseits gibt sich unser Täter dadurch so verdammt sicher. Er spielt mit uns. Deshalb auch der in den Mund gesteckte Personalausweis. Und vermutlich wusste er auch, dass Berlins Polizeireporter Nummer eins in dem Haus wohnt, und hat gehofft, dass dieser ein Foto des Opfers macht. Er hat dem Fotografen seine Beute geradezu vor die Füße gelegt. Freddie machte aber kein Foto, und so benutzte der Täter sein eigenes, das er zur Rückversicherung geschossen hatte. Dabei war ihm durchaus bewusst, dass wir ihm dies zuordnen können. Die Überheblichkeit, die dahintersteckt, bereitet mir Sorge.«

»Es geht ihm um maximale Aufmerksamkeit. Er könnte weitere Morde planen und diese in ähnlicher Weise inszenieren«, führte Gomez seine Gedanken zu Ende.

Speer nickte. »Aber ansonsten gibt es keinen Hinweis auf ein Motiv.«

»Umso mehr brauchen wir schnelle Ergebnisse. Spätestens morgen werden wir eine Pressekonferenz abhalten müssen«, machte Gomez Druck. »Also was haben wir bis jetzt?«

Bogner biss sich auf die Lippe. Gomez hatte recht. Sie brauchten dringend einen vorzeigbaren Ermittlungserfolg. Doch bis jetzt tappten sie im Dunkeln, die Zeit war bisher einfach zu knapp gewesen. Er räusperte sich. »Kommen wir mal zu dem, was wir bei dem Arbeitgeber des Opfers erfahren haben.«

»Ich bin ganz Ohr«, sagte Gomez.

»Der Leiter der Abteilung, in der Sybille Morgenstern arbeitete, war natürlich schockiert, als wir ihn eben über die Ermordung seiner Mitarbeiterin unterrichteten. Es gab nur eine Kollegin, die dem Opfer nahestand. Mit ihr haben wir uns ebenfalls unterhalten. Sie wusste, dass sich Frau Morgenstern erst kürzlich von ihrem Freund getrennt und er es wohl nicht gut weggesteckt hat. Sein Name ist Tilo Maurer.«

»Das stimmt mit dem überein, was ich über das Instagram Profil der Toten herausgefunden habe, auf das ich dank der Passwortliste zugreifen konnte«, warf Tina ein. »Das Postfach enthält einige böse Beschimpfungen, die von einem Tilo Maurer stammen.«

»Die Arbeitskollegin meinte, dass Sybille Morgenstern demnächst auch den Job kündigen und eine Reise durch Skandinavien antreten wollte«, ergänzte Speer.

»Sieht so aus, als wollte sie in ihrem Leben aufräumen«, folgerte Tina. »Freund weg, Job weg, reisen, das sind typische Zeichen eines geplanten Neuanfangs.«

»Handy, Hausschlüssel und Geldbörse des Opfers sind nach wie vor verschwunden?«, fragte Gomez.

Bogner nickte. »Wir vermuten, dass der Täter die Sachen an sich genommen oder entsorgt hat. In der Wohnung haben wir jedenfalls nichts davon gefunden.«

»Dafür aber eine frische Rose«, ergänzte Speer. »Wir werden diesen Tilo Maurer fragen, ob die von ihm stammt.«

»Maurer könnte unser erster Verdächtiger sein«, sagte Tina. »Ich habe zu seiner Person recherchiert. Maurer ist neunundzwanzig Jahre alt und vorbestraft wegen gefährlicher Körperverletzung. Die Tat hat er mit einundzwanzig begangen. Er hat seine damals vierzigjährige Nachbarin fast bis zur Besinnungslosigkeit gewürgt. Das Motiv dafür war ihre Beschwerde, dass sein Hund beim Gassigehen sein Geschäft regelmäßig auf dem Bürgersteig vor ihrem Haus verrichtete.«

»Die Tat liegt weit zurück. Und in der Zwischenzeit hat Maurer sich nichts mehr zuschulden kommen lassen?«, fragte Gomez.

»Jedenfalls nichts, das aktenkundig wäre und ihm nachgewiesen werden konnte«, erwiderte Tina.

»Wie hat sich der Angriff auf die Nachbarin damals abgespielt?«, wollte Speer wissen.

Tina rückte mit ihrem Stuhl näher an den Tisch. »Das ist es ja, was diesen Tilo Maurer ins Profil unseres Mörders passen lässt. Er agierte damals eiskalt und planmäßig. Er hat die Frau nicht sofort attackiert, sondern abgewartet, bis die Gelegenheit günstig war. Laut Aussage der Nachbarin reagierte Maurer zunächst freundlich und höflich und versicherte, er würde zukünftig den Hund von ihrem Bürgersteig fernhalten. Zwei Tage später klingelt er vormittags an ihrer Haustür, als ihr Mann bei der Arbeit ist und die beiden Kinder in der Schule sind. Als sie die Tür öffnet, drängt er sie in den Flur, schließt die Tür und geht auf die Frau los. Erst schlägt er sie zu Boden, dann würgt er sie. Nach Aussage der Nachbarin hatte sie Todesangst, was mehr als nachvollziehbar ist. Er hat offenbar in dem Moment von ihr abgelassen, als das Telefon klingelte. Dann ist er weggelaufen. Die Polizei konnte ihn ohne Gegenwehr zu Hause festnehmen. Er hat die Tat zwar abgestritten, aber dennoch neun Monate ohne Bewährung bekommen.«

»Das hätte man auch als versuchten Mord einstufen können«, überlegte Gomez.

»Wenn schon die Beschwerde der Nachbarin einen solchen Wutanfall auslöst ...«, sagte Speer. »Und jetzt hat ihn die Freundin verlassen.«

»Das hat bestimmt seine Sicherungen durchbrennen lassen und könnte der Auslöser für ihn gewesen sein, sie umzubringen«, komplettierte Bogner den Gedankengang seines Partners.

Kapitel 10

Damals. Dreizehn.

Sein Vater fuhr auf den Parkplatz neben der Autobahnbrücke und stellte den Motor aus. Fast bedächtig wandte er ihm den Kopf zu und fixierte seinen Sohn mit scharfem Blick.

Die Cockpituhr zeigte, dass noch fünf Minuten verblieben. Noch war der drei Jahre ältere Kerl, mit dem er hier ein Treffen vereinbart hatte, nicht erschienen. Julius hoffte, dass der Junge, vor dem er solche Angst hatte, nicht erscheinen würde. Doch bereits im nächsten Moment sah er ihn und zwei seiner Freunde mit den Fahrrädern eintreffen und hinter den Brückenpfeilern verschwinden.

»Na dann mal los«, sagte sein Vater.

Julius sah ihn geschockt an. »Die sind zu dritt. Das war nicht abgemacht.«

»Na und! Das Leben hält sich nicht an Abmachungen. Der heutige Tag wird dir eine Lehre sein und denen auch.«

»Hilfst du mir, wenn ich es nicht schaffe.«

»Du solltest dich daran gewöhnen, dass du deine Dinge allein regeln musst.«

Julius zitterte bereits jetzt am ganzen Körper, und er war noch nicht einmal aus dem Wagen ausgestiegen.

»Los jetzt. Sonst wittern die, dass du Schiss hast.«

Aber er hatte Angst. Warum verlangte sein Vater so etwas von ihm? Das konnte nicht normal sein. Es machte ihm Spaß, seinen Sohn leiden zu sehen, davon war Julius mittlerweile überzeugt. Vieles hatte er ertragen müssen, aber das, was sein Vater jetzt von ihm verlangte, übertraf alles bisher Dagewesene.

Mit Tränen in den Augen wandte er sich an seinen Vater.

»Bitte, lass uns wegfahren.«

»Das werden wir nicht. Denk nur daran, was er mit dir gemacht hat, wie er dich gedemütigt hat. Das kannst du ihm nicht durchgehen lassen.«

Im Grunde hatte sein Vater recht. Der ältere Junge hatte ihn erniedrigt. Und dabei wusste sein Vater nur die halbe Wahrheit. Julius hatte ihm erzählt, dass der Junge ihm aus Spaß auf dem Schulhof ein Bein gestellt hatte, als er an diesem vorbeigegangen war. Er sei hingefallen und habe sich die Knie und das Gesicht aufgeschürft. Aber es war viel schlimmer. Er hatte morgens eine Rose aus dem Garten zum Schulbus mitgenommen. Sie war für ein Mädchen aus der Parallelklasse bestimmt. Sie erinnerte ihn an seine Mutter. Blond, blauäugig. Seine Mutter duftete in seiner Erinnerung nach Rosen. Sie hatten einen Strauch im Garten und in der Blütezeit hatten sie gemeinsam jeden zweiten Tag eine frische Rose abgeschnitten und in eine Vase getan. Seine Mutter hatte oft die Blätter zwischen ihren Fingern zerrieben und ihn daran riechen lassen. Julius fand, dass eine Blume eine schöne Geste sei, die dem Mädchen zeigte, dass er sie mochte.

Der Elftklässler wohnte in einem Reihenhaus ganz in der Nähe und ging dicht hinter ihm zum Bus. Er machte sich darüber lustig, dass Julius eine Rose bei sich hatte. Als Julius nicht reagierte, stellte er ihm kurz vor der Bushaltestelle von hinten ein Bein. Julius stürzte. Alle an der Bushaltestelle lachten. Auch das Mädchen, dem er die Rose schenken wollte. Der ältere Junge trat neben ihn und zertrat die Blume.

Sein Vater ergriff seinen Unterarm und riss Julius aus seinen Gedanken.

»Du bist ein Kämpfer«, beschwor ihn sein Vater. »Du bist stärker als die. Und nun glaub an dich und geh da raus, sei ein Mann und lass dich von deiner Wut leiten.«

Die Worte seines Vaters halfen ihm nicht. Der Junge, der es auf ihn abgesehen hatte, war zwei Köpfe größer als er und wesentlich kräftiger gebaut. Alles, was er dagegenhalten konnte, war das Kampftraining, das sein Vater ihm einmal wöchentlich, meist sonntags, abverlangte. Immer die gleichen Griff- und Trittabfolgen übte er mit ihm. Julius hatte bei den Kämpfen, die den Abschluss jeder Übungseinheit bildeten, mehr als einmal eine blutige Nase davongetragen.

Als Julius nachmittags von der Schule heimkam, war die erste Frage seines Vaters, woher die Schürfwunden in seinem Gesicht stammten.

Julius wollte nicht lügen. Deshalb erzählte er, was passiert war. Jedoch nur einen Teil davon. Er hoffte, sein Vater würde es dabei bewenden lassen. Doch stattdessen versetzte der ihm eine Ohrfeige und ereiferte sich darüber, dass Julius sich nicht gewehrt und dem Jungen eine Tracht Prügel verabreicht hatte. Julius glaubte, sein Vater habe den Verstand verloren, als er ihm befahl, mit dem größeren Jungen einen Termin für eine Schlägerei auszumachen. Doch sein Vater hatte es ernst gemeint. Entweder Julius gehorchte, oder er würde ihn stärker verprügeln, als dieser Elftklässler es je vermochte.

Nun war es so weit. Nicht abgesprochen war, dass der Feigling zwei Kumpel als Verstärkung mitgebracht hatte.

»Wir kneifen nicht. Egal was kommt«, sagte sein Vater. Er beugte sich vor und langte über ihn hinweg zum Türgriff und öffnete die Beifahrertür.

Mit wackeligen Beinen stieg Julius aus. Als er langsam auf die drei Jungen zuging, blickte er sich auf halber Strecke um. Sein Vater nickte ihm zu. Julius verschwand aus seinem Sichtfeld hinter den Brückenpfeiler, wo die drei Schüler standen und rauchten.

»Ich hätte nicht gedacht, dass du dich hertraust«, empfing ihn der Elftklässler. »Du bist ein Schwachkopf. Anders lässt sich das nicht erklären.« Er und seine beiden Freunde lachten.

Plötzlich machte er ein paar schnelle Schritte auf Julius zu, warf seine Zigarette achtlos auf die Erde und stieß ihn mit der flachen Hand gegen die Stirn, sodass dieser mehrere Meter rückwärts ins Blickfeld seines Vaters taumelte. Die drei Jungs folgten Julius. Sein Widersacher baute sich breit vor ihm auf. »Ich sag es doch, du bist ein Idiot. Du willst dich mit mir prügeln. Dann musst du auf Schmerzen stehen, denn gleich wird es richtig wehtun.«

Julius verharrte regungslos. Kurz sah er zu dem Wagen hinüber, in dem sein Vater saß, den man aber nur schemenhaft hinter den Scheiben erkennen konnte.

»Letzte Chance für dich abzuhauen, du kleines Arschloch«, rief der Typ ihm zu.

Julius hatte entsetzliche Angst, aber rührte sich nicht vom Fleck.

Der Elftklässler wandte sich zu seinen Freunden um und breitete gönnerhaft die Arme aus. »Der Furz hat es nicht anders gewollt.«

Julius machte einen Satz nach vorn und rammte ihm eine Faust in die Nieren. Es gab ein Geräusch, als würde man auf einen Blasebalg treten, um die Luft rauszulassen.

Sein Gegner stöhnte auf und sackte auf die Knie. Sein Gesicht war schmerzverzerrt. Julius holte aus, um einen Treffer am Kopf des Jungen zu landen. Aber bevor er zuschlagen konnte, stürzten sich dessen Freunde auf ihn.

Es gab ein Gerangel. Aber gegen die beiden hatte Julius einfach keine Chance. Am Ende lag er auf dem Rücken. Einer der beiden hielt seine Arme nach hinten gebogen fest. Der andere saß rittlings auf ihm und schlug ihm mit der Faust ins Gesicht.

Seine Augenbraue platzte auf. Der Schmerz explodierte in seinem Kopf und Blut spritzte ihm ins Gesicht. Julius stellte die Beine auf und rammte die Füße in die Erde. Aber es gelang ihm trotz aller Anstrengung nicht, den älteren Jungen abzuwerfen. Sein eigentlicher Gegner stand plötzlich neben ihm und trat ihm in die Seite.

Wieder überrollte ihn eine Welle des Schmerzes. Doch dann geschah etwas Seltsames. Die Angst verschwand. An ihre Stelle trat Wut, die so schnell und heiß hochkochte wie Lava bei einem Vulkanausbruch.

Den nächsten Tritt spürte er kaum noch. Ebenso wenig den Faustschlag, der sein Nasenbein knirschend brechen ließ. Blut schoss daraus hervor. Die beiden, die ihn festhielten, schien dies zu erschrecken, sodass sie von ihm abließen. Julius nutzte den Moment instinktiv. Er warf den Jungen von sich. Setzte sich auf ihn und rammte ihm die Stirn mitten ins Gesicht. Die Nase knackte fürchterlich. Der Junge schrie wie am Spieß. Als die beiden anderen versuchten, ihn herunterzuzerren, entzog sich Julius geschickt ihrem Griff, wie sein Vater es ihn gelehrt hatte. Nun lief alles, was er tat, automatisch.

Mit gezielten Tritten auf die Knie ließ er beide zu Boden gehen. Als sie sich aufrappelten, versetzte er ihnen Schläge gegen ihre Schläfen. Entsetzt starrten sie ihn an. Dann sammelten sie ihren immer noch schreienden und blutenden Freund auf und suchten sich gegenseitig Halt gebend das Weite.

Blutüberströmt, aber aufrecht stehend blieb Julius zurück und sah ihnen hinterher. Er hatte gewonnen, und doch spürte er nichts. Keine Angst, keine Genugtuung, keinen Schmerz.

Langsam trottete er zum Wagen zurück, öffnete die Tür und setzte sich auf den Beifahrersitz. Sein Vater grinste. »Das hast du gut gemacht, mein Sohn. Vielleicht wird doch noch ein richtiger Mann aus dir.«

Kapitel 11

Heute. Dienstag.

Es war kurz nach sieben Uhr abends, als Speer und Bogner in die Siedlung einbogen. Ein langer Tag lag hinter ihnen. Dennoch hatten sie beschlossen, dem Exfreund von Sybille Morgenstern heute noch einen Besuch abzustatten. Falls er sie umgebracht hatte, wollten sie ihm keine Zeit einräumen, sich emotional von seiner Tat zu distanzieren und sich eine Lügengeschichte für sie auszudenken.

Die gepflegten Vorgärten der Ein- und Zweifamilienhäuser erzeugten ein Gefühl von Sicherheit und Geborgenheit. Doch der Schein trog. Nicht selten geschahen grausame Verbrechen auch in solch einem Vorzeigeidyll.

Tilo Maurer wohnte in einer Einliegerwohnung im Kellergeschoss seines Elternhauses.

Bogner parkte am Straßenrand. Auf dem zu Maurers Wohnung gehörenden Stellplatz stand ein schwarzer Ford Mustang neueren Baujahrs.

Speer und Bogner gingen über einen Weg aus Waschbetonplatten rechts am Haus vorbei. Eine Treppe führte hinunter zu dem separaten Seiteneingang.

Speer wollte gerade die Klingel drücken, als die Tür von innen geöffnet wurde.

Ein schmächtiger Mann, der allem Anschein nach keiner Fliege etwas zu Leide tun konnte, stand ihnen gegenüber und machte ein überraschtes Gesicht. In der einen Hand hielt er die Türklinke, in der anderen einen

Gitarrenkoffer. Für einen Moment musterten sie einander.

Bogner zog seinen Dienstausweis aus der Innentasche seines Jacketts und hielt die Plastikkarte hoch. »Kriminalhauptkommissar Bogner. Das ist mein Kollege Kriminalhauptkommissar Speer.« Speer wies sich ebenfalls aus.

Maurer wirkte konsterniert. Er stellte seinen Gitarrenkoffer neben sich ab. Er wirkte nervös und schluckte schwer. Sein vorstehender Kehlkopf wanderte dabei rauf und runter.

»Sind Sie Tilo Maurer?«, begann Bogner.

Aus dem Flur drang ihnen der süßliche Geruch von Marihuana entgegen.

»Kriminalpolizei?« Maurer schien irritiert. »Was wollen Sie denn von mir?«

Entweder wusste Maurer noch nichts vom Tod seiner Exfreundin oder er hatte sich gut auf das Gespräch vorbereitet.

»Dürfen wir reinkommen?«, überging Speer die Frage.

Maurer sah ihn schweigend an und befeuchtete mit seiner Zunge die Lippen. »Das kommt mir gerade ungelegen.«

»Uns interessiert es nicht, wie es bei Ihnen in der Wohnung aussieht und dass Sie Marihuana rauchen, ist uns im Moment auch egal«, sagte Bogner.

»Das ist gut zu wissen«, brachte Maurer in abgehackten Worten hervor. »Dennoch wäre es mir lieber, wenn wir hier vor der Tür reden. Oder haben Sie einen Durchsuchungsbeschluss?«

Bogner setzte einen grimmigen Blick auf.

»Wohin wollten Sie denn gerade mit dem da«, sagte Speer und zeigte auf den Gitarrenkoffer.

»Zur Bandprobe. Ich bin Musiker.«

»Und mit ein bisschen Dope flitzen die Finger gleich noch viel flinker über das Griffbrett«, stellte Bogner trocken fest. »Sicher fahren Sie als gesetzestreuer Bürger mit dem Taxi zur Probe. Das Problem ist nur, ich sehe hier kein Taxi.«

Speer warf seinem Partner, dem schon bald der Kragen zu platzen schien, einen scharfen Blick zu, damit er einen Gang herunterschaltete.

»Wie Sie wollen«, sagte Speer. »Wir sind hier, um Ihnen mitzuteilen, dass Ihre Exfreundin tot ist.«

Maurer klappte der Kiefer nach unten.

»Sybille?«

»Ja, sie wurde ermordet. Haben Sie denn heute noch keine Nachrichten gesehen oder gehört?«

»Nein. Das Elend gebe ich mir schon lange nicht mehr. Da höre ich lieber Musik.«

Maurer wirkte schockiert. Er senkte den Blick zu Boden. »Das kann doch nicht sein. Ermordet?«

»Dürfen wir jetzt reinkommen?«, fragte Speer.

Maurer schüttelte den Kopf und sah wieder zu ihnen auf. »Ich war im Knast. Aber das wissen Sie sicher schon.«

Darauf wollte Speer zunächst nicht eingehen. »Wie lange waren Sie beide als Paar zusammen?«.

»Fast ein Jahr. Für mich war es die beste Zeit meines Lebens.«

»Und wo haben Sie sich kennengelernt?«

»Ich habe sie nach einem unserer Konzerte an der Bar angesprochen und ganz klassisch auf einen Drink eingeladen.«

»Herr Maurer, wo waren Sie gestern Abend zwischen zwanzig Uhr und Mitternacht?«, übernahm Bogner.

Maurer sah Bogner entrüstet an.

»Wir würden Sie das auch fragen, wenn Sie nicht im Gefängnis gesessen hätten.«

»Zu Hause«, stammelte Maurer.

»Gibt es dafür Zeugen?«, bohrte Speer weiter.

»Nein. Ich habe mir allein eine Serie auf DVD angeschaut.«

»Sie haben die Trennung nicht gut verkraftet. Wir haben die Nachrichten gefunden, die Sie über Instagram an Ihre Exfreundin geschrieben haben.«

Maurer schnaubte. »Ich war wütend. Es gab keinen Grund, einfach so Schluss zu machen. Wir waren glücklich miteinander. Ich habe Sybille geliebt und sogar geplant, ihr einen Heiratsantrag zu machen.«

»Haben Sie noch einen Schlüssel zur Wohnung von Frau Morgenstern?«

Maurer holte aus seiner Hosentasche einen Schlüsselbund hervor.

»Sie wollte ihn wiederhaben.« Er löste einen Schlüssel vom Bund und hielt ihn Bogner hin. »Ich hab mich quergestellt. Aber hier ist er, nehmen Sie ihn bitte.«

Bogner steckte den Schlüssel in seine Jacketttasche. »Waren Sie in den letzten Tagen in der Wohnung?«

»Nein. Sybille hat vor drei Wochen Schluss gemacht. Seitdem war ich nicht mehr drin. Ich war ein paar Mal da und hab draußen geklingelt. Sie hat mich nicht reingelassen.«

»Wir haben eine frische Rose in der Wohnung gefunden. Kann es sein, dass Frau Morgenstern sich diese selbst gekauft hat?«, erkundigte sich Speer. Ihm war klar, dass sie die Antwort eines Tatverdächtigen auf diese Frage nicht bedenkenlos als wahrheitsgemäß werten durften. Dennoch wollte er den Mann damit konfrontieren und seine Reaktion darauf beobachten.

»Niemals. Sybille hasste Schnittblumen«, sagte Maurer wie aus der Pistole geschossen. »Als ich ihr am Anfang unserer Beziehung einen bunten Strauß schenkte, nahm sie ihn zwar dankend an, meinte aber, ich solle ihr nie wieder einen schenken. Sie mochte es nicht, wenn die Pflanzen verwelkten und weggeworfen werden mussten. Sie meinte, das sei Verschwendung.«

Speer hielt diese Aussage für glaubwürdig und sah Bogner an. Es war ihm anzumerken, dass er erwog, Maurer mit aufs Revier zu nehmen, um ihn dort auszuquetschen.

»Wie ist es denn passiert?«, wollte Maurer wissen.

Sein Gesicht war aschfahl und er ließ die Schultern schlaff nach vorn hängen. Entweder er war ein guter Schauspieler oder er hatte wirklich nichts mit dem Tod seiner Exfreundin zu tun, dachte Speer.

»Dazu dürfen wir nichts sagen«, entgegnete Bogner.

»Gut, das war's fürs Erste. Halten Sie sich zu unserer Verfügung. Wir haben sicher noch weitere Fragen an Sie«, beendete Speer das Gespräch und wandte sich zum Gehen.

Bogner folgte ihm nach kurzem Zögern.

»Ich hätte ihn gern mitgenommen«, meinte er, als sie wieder im Wagen saßen.

»Wir haben nichts gegen ihn in der Hand. Lass uns lieber noch eine Weile beobachten, ob er das Haus verlässt und zu seiner Bandprobe fährt. Das wäre für mich ein Indiz, dass ihn der Mord kälter lässt, als er den Anschein erwecken wollte.«

Bogner war einverstanden.

Als Maurer auch eine Stunde später noch nicht aus seiner Wohnung kam, brachen sie die Überwachung ab.

»Ab morgen setzen wir ein Observationsteam auf ihn an«, sagte Bogner und gab Gas.

Kapitel 12

Mittwoch

Gegen elf Uhr trafen sie vor dem Haus von Sybille Morgensterns Eltern ein. Sie waren ohne nennenswerte Verzögerungen durch den Straßenverkehr gekommen. Dennoch hatten sie eineinhalb Stunden gebraucht, um die Strecke von Berlin bis nach Templin im nördlichen Brandenburg zurückzulegen.

Bogner atmete durch. Herr und Frau Morgenstern wussten seit gestern Morgen, dass ihr einziges Kind tot war, Opfer eines grausamen Mordes.

Eine solche Nachricht zu überbringen, verlangte jedem Polizeibeamten etwas ab. Eltern mitzuteilen, ihr Kind sei tot, waren Worte, mit denen man diese auf einen Schlag vernichtete. Dennoch mussten sie ausgesprochen werden. Die Reaktionen der Angehörigen waren höchst unterschiedlich. Sie reichten von schmerzerfülltem Brüllen und dem Zertrümmern von Gegenständen bis zum Weglaufen oder einfach nur starrem Dasitzen unter leisem Gewimmer.

Bogner hatte schon oft solche schlimmen Nachrichten überbringen müssen und diese Verhaltensmuster von nahen Angehörigen selbst erlebt.

Er fragte sich, wie Bernhard und Eva Morgenstern mit dem Verlust ihrer Tochter umgingen, als er an der Haustür klingelte, und war auf alles gefasst.

Es war ein schönes Einfamilienhaus. Sicher voll von Erinnerungen an das Aufwachsen der Tochter, an

Geburtstagsfeiern und Weihnachtsfeste. Von nun an würden die einst freudigen Bilder der Vergangenheit nur noch den Schmerz des Verlustes heraufbeschwören und Stiche der Trauer in den Herzen der Eltern verursachen.

Bernhard Morgenstern öffnete ihnen die Tür. Er war groß und breit. Seine Gesichtshaut war bleich und faltig, die Augen rot unterlaufen.

Bogner zeigte ihm seinen Dienstausweis. »Kripo Berlin«, sagte er. »Mein Name ist Bogner und bei mir ist mein Kollege Speer. Dürfen wir hereinkommen?«

Der Mann nickte. Nach vorne gebeugt schlurfte er voran durch die Diele und führte sie durch eine zweiflügelige Tür ins Wohnzimmer.

Seine Frau saß auf dem Sofa. Sie war ein einziges Häufchen Elend. Den Kopf nach unten hängend, die Beine zusammengepresst und die Hände im Schoss zu Fäusten geballt, in der Rechten ein feuchtes zerknülltes Papiertaschentuch. Sie wippte leicht hin und her. Als sie zu ihnen aufsah, wimmerte sie und wischte sich mit dem Taschentuch die Tränen aus dem Gesicht. Sie und ihr Ehemann waren beide achtundfünfzig Jahre alt. Hätte Bogner ihr Alter schätzen müssen, hätte er auf Ende sechzig getippt.

Bernhard Morgenstern bat sie auf den Sesseln gegenüber der Couch Platz zu nehmen. Als sie dem nachkamen, setzte er sich neben seine Frau.

In Filmen kamen die Angehörigen meist in die Rechtsmedizin, um dem Opfer unter Tränen noch ein letztes Mal ins Gesicht zu blicken und dieses zu identifizieren. Tatsächlich widersprach dies aus mehreren Gründen der Realität. Unter anderem war der Anblick der Toten, die oftmals verwest oder verstümmelt waren, den Angehörigen einfach nicht zumutbar. Im vorliegenden Fall hatte der

Personalausweis Speer und Bogner ausgereicht, um das Opfer selbst eindeutig zu identifizieren.

»Zunächst möchten wir Ihnen unser Beileid aussprechen«, begann Bogner.

Eva Morgenstern schluchzte.

»Wir sind die zuständigen Ermittler in dem Mordfall an Ihrer Tochter«, fuhr Bogner fort. Er legte eine Karte mit den Kontaktdaten der achten Mordkommission und seiner Diensthandynummer auf den Couchtisch und schob sie bis in die Mitte des Tisches.

»Wie wurde sie umgebracht und von wem?«, wollte der Vater wissen.

»Ihre Tochter ... sie wurde erwürgt.«

Die Mutter schlug die Hände vors Gesicht und weinte. Der Vater schloss kurz die Augen. Seine Unterlippe zitterte. Bogner unterschlug absichtlich die amputierten Beine. Falls die beiden davon nicht schon aus der Presse erfahren hatten, wäre das wohl mehr gewesen, als sie im Moment auszuhalten imstande waren.

»Wir wissen noch nicht, wer der Täter ist. Deshalb sind wir hier. Leider müssen wir Ihnen ein paar Fragen stellen«, schaltete sich Speer in das Gespräch ein.

In achtzig Prozent der Tötungsdelikte stammte der Täter aus dem privaten Umfeld des Opfers. Die Eltern allerdings schlossen sie in der Regel aus. Und in diesem Fall aufgrund der Tatbegehung und der Präsentation der Toten in einer öffentlich zugänglichen Gebäudedurchfahrt erst recht.

»Wissen Sie, ob Ihre Tochter Feinde hatte? Jemand, dem Sie so eine Tat zutrauen würden? Oder hat ihr vielleicht jemand nachgestellt?«, fragte Bogner.

»Nein, da brauche ich nicht zu überlegen«, antwortete Herr Morgenstern. »Sie war schon immer ein liebes Kind und konnte keinen Streit ertragen. Niemand konnte ihr böse sein.«

»Gab es hier in Templin jemanden, den sie zurückgewiesen hat, einen enttäuschten Liebhaber?«, versuchte es Speer.

»Als Teenager war sie, bis sie zwanzig war, mit einem Jungen von hier zusammen. Der hat aber mit ihr Schluss gemacht und ist inzwischen verheiratet und hat zwei Kinder.«

Bogner ließ sich den Namen nennen und notierte ihn. Im Moment wollte er diese Richtung nicht weiterverfolgen. Zu vage war die Chance, dabei auf der richtigen Spur zu sein.

»Was halten Sie von Tilo Maurer, dem Exfreund Ihrer Tochter?«, übernahm Bogner wieder.

Der Vater seufzte. »Wir kennen nur diesen Namen, den hat sie uns mal beiläufig genannt. Aber vorstellen wollte sie uns ihren Freund nicht. Wir wussten auch bis jetzt nicht, dass sie nicht mehr mit ihm zusammen war.«

»Gab Ihre Tochter Ihnen gegenüber immer so wenig von sich preis?«, fuhr Bogner fort.

»Was tut das denn zur Sache?«, warf die Mutter ein.

»Wir möchten uns ein Bild von Ihrer Tochter machen«, antwortete Bogner. »Wenn wir Ihre Persönlichkeit einschätzen können, hilft uns das bei unseren Ermittlungen.«

»Sybille war sehr introvertiert und eine Einzelgängerin. Am liebsten war sie mit sich allein«, sagte Herr Morgenstern. »Sie hat uns so gut wie nichts von sich erzählt. Schon als Kind hat sie ihre Probleme lieber mit sich ausgemacht. Meinen Sie, dieser Tilo Maurer könnte sie umgebracht haben?«

»Dafür gibt es keine direkten Hinweise. Aber wir sind auch noch ganz am Anfang der Ermittlungen.«

Bogner sah Speer an und konnte dessem Nicken entnehmen, dass auch dieser vorerst keine weiteren Fragen hatte.

Sie hatten darauf gehofft, dass die Eltern ihnen eine neue Spur eröffnen würden. Aber das Glück blieb ihnen verwehrt. Als sie wieder im Wagen saßen, schlug Bogner gegen das Lenkrad.

»Wir haben nichts«, sagte er und raufte sich die Haare. »Da draußen läuft ein Irrer herum und plant vielleicht schon den nächsten Mord und wir können nur zusehen.«

»Wir werden schon noch etwas finden, das uns weiterhilft.«

Bogner ließ den Wagen an und fuhr los. Eine Dreiviertelstunde später rief Tina an. »Wie war´s?«, schoss es aus ihr heraus.

»Wir stehen nach wie vor mit leeren Händen da«, antwortete Speer.

»Da wird es euch freuen, dass sich hier etwas Neues ergeben hat.«

»Hat die Observierung von Maurer Ergebnisse gebracht?«, fragte Bogner neugierig.

»Nein, Maurer ist heute noch nicht vor die Tür gegangen. Aber ich habe einen interessanten Chatverlauf im Facebook Messenger des Opfers entdeckt.«

»Mit Maurer?«

»Nein, mit einem Maxim Krolinski.«

»Und was steht da drin?«

»Lasst mich erst noch ein bisschen recherchieren. Ich erzähle euch alles, wenn ihr wieder im Büro seid.«

Kapitel 13

Da der Fahrstuhl defekt war, mussten Speer und Bogner die Treppe hinauf bis ins Dachgeschoss zu ihren Diensträumen laufen.

Oben angekommen klopfte Speer an die Tür von Tinas Büro und streckte den Kopf hinein. »Wir haben etwas zum Mittagessen mitgebracht.«

Tinas Bürozimmer besaß die Größe einer kleinen Abstellkammer. Klaustrophobisch veranlagte Menschen hätten sich schwergetan, einen Arbeitstag darin zu überstehen. Seiner Kollegin schien die Enge hingegen nichts auszumachen. Sie wandte sich zu ihm um, reckte die Nase in die Luft und schnupperte. »Chinesisch?«

»Du hast es erraten«, verkündete Speer. »Der Imbiss lag praktisch auf dem Weg. Robert war übellaunig wegen seines knurrenden Magens und konnte einfach nicht daran vorbeifahren.«

»Ist auch für mich der richtige Zeitpunkt. Mein Bauch schreit nach Nahrung.«

Tina klappte ihren Laptop zu, klemmte ihn sich im Aufstehen unter den Arm und folgte Speer in das größere Büro ihrer Vorgesetzten.

Bogner packte die Essensboxen aus und verteilte das Besteck und die im Imbiss gekauften Coladosen.

»Guten Appetit«, sagte er.

»Einen Guten«, wünschten auch Speer und Tina.

Sie setzte sich auf den Besucherstuhl ans Kopfende von Speers Schreibtisch, stopfte sich etwas von ihrem Chop

Suey in den Mund und klappte den Laptop neben ihrem Essen auf.

»Wir brennen darauf, zu erfahren, was du herausgefunden hast«, erklärte Bogner mit halb vollem Mund.

»Wollt ihr den Chat selbst lesen oder soll ich euch eine Zusammenfassung geben«, fragte sie und deutete auf ihren Laptop.

»Wir lesen später. Jetzt wäre uns eine Märchenstunde von Tante Tina lieber«, witzelte Bogner und nahm einen großen Schluck von seiner Cola.

»Ganz wie ihr wollt. Aber dann dürft ihr euch auch nicht daran stören, wenn ich währenddessen weiteresse«, erwiderte sie.

»Klar doch. Da sind wir überhaupt nicht empfindlich«, entgegnete Bogner und schaufelte sich wie zur Bestätigung eine weitere Gabel mit Nudeln in den Mund.

Tina trank noch etwas von ihrer Cola, bevor sie zu erzählen begann. »Sybille Morgenstern war Mitglied in einer Facebookgruppe mit dem Thema Reisen quer durch Skandinavien. Sie hat sich dort Informationen aus erster Hand zu den besten Routen und den Attraktionen der jeweiligen Länder abseits der Touristenhotspots besorgt. Im Sommer wollte sie mit ihrem Auto für mehrere Wochen durch Norwegen reisen.«

Tina stopfte sich eine weitere Gabel in den Mund und kaute.

»Wir wussten bereits, dass sie eine längere Reise plante.«, warf Speer ein.

Tina nickte, schluckte das Gekaute hinunter und spülte mit ihrem Getränk nach.

»Aber was jetzt kommt, ist neu. Mit einem Gruppenmitglied hat sie einen privaten Chat geführt. Der Mann heißt Maxim Krolinski. Bei Facebook sind ja viele nicht mit ihrem Realnamen angemeldet. Aber in dem Fall haben wir Glück. Es ist sein richtiger Name bzw. der Nachname ist ein Künstlername. Der Herr ist neunundzwanzig Jahre alt. Er malt und stellt Skulpturen aus Schrott her. Vermutlich nicht sehr erfolgreich, denn auf seiner Homepage bittet er um Spenden, damit er seine Kunst weiterbetreiben kann.«

»Wird es noch ein bisschen spannender?«, drängte Speer.

»Nur Geduld, kommt gleich. Krolinski reist nach eigenen Angaben durch die Welt, seit er achtzehn ist. Den Norden gibt er vor, besonders gut zu kennen. Anfangs antwortet er freundlich und sachlich auf die Fragen von Sybille Morgenstern, die sich rund ums Outdoor-Leben drehen. Doch dann möchte er sie persönlich treffen und schließlich will er, dass sie ihn auf ihre Reise mitnimmt. Das war vor zwei Wochen.«

»Das ist schon ziemlich auffällig«, bestätigte Speer.

Tina nickte. »Krolinski meinte, vor Ort könne er ihr alles noch viel besser zeigen und er selbst habe schließlich kein Geld für eine Reise. Als Sybille ablehnt und ihn auch sonst nicht persönlich kennenlernen will, wird er immer ungehaltener. Als sie den Kontakt abbrechen will, droht er ihr, dass es ihr noch leidtun werde, sie habe ihn mit ihren Fragen geködert und dann abblitzen lassen. Er wisse, wo sie wohne, und sie werde schon sehen, was sie davon hat.«

»Klingt nach einer labilen Persönlichkeit«, stellte Bogner fest.

»Das klingt nicht nur so. Krolinski schreibt über sich selbst, dass er in seiner Jugend mehrere Monate in der Psychiatrie saß«, bestätigte Tina.

»Nun wissen wir, wem wir jetzt gleich einen Besuch abstatten werden.« Bogner schob die Box mit dem Essen von sich.

»Das Beste habe ich noch gar nicht erwähnt. Krolinski wusste tatsächlich, wo Sybille wohnte.«

»Und woher weißt du das?«, fragte Speer.

»Er hat ihr per Kurier einen Strauß Blumen zustellen lassen. Das hat das Fass endgültig zum Überlaufen gebracht, und Sybille hat den Kontakt sofort abgebrochen. Jetzt ratet mal, aus welchen Blumen der Strauß ausschließlich bestand?«

»Rote Rosen«, tippte Speer.

Tina lächelte. »Hundert Punkte für den Kandidaten.«

Die Adresse, unter der Maxim Krolinski gemeldet war, führte sie vor eine Fabrikhalle. Dem Schild am Gebäude war zu entnehmen, dass es sich um eine Tischlerei handelte. Auf dem Parkplatz davor stand kein Fahrzeug und ein Wildwuchs an Unkraut spross zwischen den Pflastersteinen. In der Nachbarschaft befanden sich eine Stuckateurfirma, ein Bauunternehmer, ein Betonwerk und ein Hersteller von Naturdünger. Auf dem verrosteten Briefkasten, der neben einer Feuerschutztür an der Hallenwand hing, stand der Name Krolinski. Eine Klingel gab es auch bei dem daneben gelegenen Zufahrtstor nicht. Daher klopfte Bogner an der Tür. Es kam keine Reaktion. Von innen dröhnte jedoch laute Instrumentalmusik.

»Hört sich seltsam an, dieses Orgelgedudel«, sagte Bogner. »Hab ich noch nie gehört. Kennst du die Band?«

Speer nickte und schmunzelte. »Das sind *Booker T. & the M.G.'s*. Der Song heißt *Green Onions*.«

Bogner schüttelte den Kopf. »Du erstaunst mich immer wieder aufs Neue. Woher weißt du denn so was?«

»Ich mag eben nicht nur Jazz, sondern auch amerikanischen Soul und R&B der 60er-Jahre.«

Bogners Telefon klingelte. Genervt griff er in die Außentasche seines Jacketts, zog das Gerät hervor und blickte aufs Display. »Es ist Tina«, sagte er zu Speer, drehte sich von der Tür weg und nahm das Gespräch an.

Kurz hörte Bogner zu und sah dabei auf die Uhr. Sein Gesichtsausdruck verfinsterte sich zunehmend. »So ein Mist«, fluchte er schließlich. »Also gut. Bis nachher dann.« Er legte auf.

»Der Polizeipräsident sitzt Gomez im Nacken. Sie hat eine Pressekonferenz für halb fünf angesetzt«, informierte Bogner seinen Partner und schnaubte. »Ich weiß, wie das ausgeht. Wir haben nichts Vorzeigbares. Die Schreiberlinge werden uns wie Idioten dastehen lassen.«

»Das sind immerhin noch anderthalb Stunden bis dahin. Wenn Krolinski kein Alibi hat, haben wir einen Verdächtigen, den wir der Presse präsentieren können.«

»Ja, dann lass uns dem Künstler mal auf den Zahn fühlen«, stimmte Bogner zu.

Er wandte sich der Eingangstür zu und klopfte fester als zuvor, sodass das Blatt erzitterte. Nach etwa zehn Sekunden verstummte die Musik.

»Herr Krolinski, hier ist die Polizei«, rief Bogner. »Wir möchten mit Ihnen reden. Machen Sie bitte auf!«

Kurz darauf öffnete ein Mann die Tür. Da ein Porträtfoto des Künstlers auf der Homepage abgebildet war, wussten sie, dass es sich um Krolinski handelte.

Mittellanges dunkelblondes Haar. Hervorstehende Wangenknochen. Sein ganzes äußeres Erscheinungsbild schien wie aus der Zeit gefallen. Krolinski zog die Tür ganz auf. »Hereinspaziert. Ich wusste, dass Sie zu mir kommen würden. Es geht um Sybille Morgenstern, nicht wahr?«

Bogner nickte. »Kripo Berlin.« Sie zeigten ihre Dienstausweise vor.

Krolinski hatte einen Pinsel in der Hand. Sein Oberkörper war nackt und bunt beschmiert mit Farbe, ebenso wie seine graue Arbeitshose und seine Sneakers. Seine dunklen Augen flackerten. Er wirkte aufgedreht.

Sie folgten ihm über einen roten Teppich in den hinteren Teil der Halle, deren Wände aus Stahlblech bestanden. Eine Tischlerei existierte hier nicht mehr. Nirgendwo waren Holz oder Maschinen zu sehen. Stattdessen säumten skurrile Skulpturen, zusammengeschweißt aus Schrott, die an seltsam verrenkte menschliche Körper erinnerten, den Weg.

An der linken Hallenwand reihten sich Werkbänke, ein Schweißgerät und Regale. Rechts befand sich der Malbereich. Auf Staffeleien standen kleinere Bilder. Ein großes, noch nicht fertiggestelltes Gemälde, auf dem Speer mehrere miteinander verschmolzene abstrakte menschliche Körper auszumachen glaubte, lehnte an der Hallenwand. Speer ahnte, dass Bogner die Bilder als Schmierereien abtun würde, aber nach seinem Dafürhalten besaßen sie durchaus das Potenzial, dem einen oder anderen Kunstliebhaber zu gefallen.

Auf einem zirka zwei Meter hohen Podest, das auf Stahlträgern ruhte und zu dem eine Treppe hinaufführte, befand sich ein breites Bett. Darunter eine Wohnlandschaft, der Turm einer altertümlichen Stereoanlage samt Standlautsprechern und eine Plattensammlung. Auch ein riesiger Flachbildschirm fehlte nicht. Er hing an einer

Wand mit einem Fenster, durch das ein Büroraum zu sehen war. Die offen stehende Tür gab den Blick in einen Trakt frei, der vermutlich zu dem Büro und der Toilette führte.

Entweder der Typ war nur nervös oder er hatte Drogen genommen, dachte Speer, als Krolinski ihnen mit einem Armschwung und einer angedeuteten Verbeugung anbot auf der Couch Platz zu nehmen.

»Ist sicher ziemlich teuer, so eine Halle zu mieten«, eröffnete Speer das Gespräch und setzte sich. Bogner blieb stehen und stemmte die Hände in die Hüften. Dabei sah er sich mit einem argwöhnischen Gesichtsausdruck um.

Krolinski begab sich auf einen kunstvoll mit glitzernden Steinen verzierten Sessel, der an einen Thron erinnerte, und schlug die Beine übereinander. Es sollte lässig wirken, aber Speer kam es geschauspielert vor.

»Diese Halle gehört einem Freund von mir. Er lässt mich kostenlos hier wohnen und arbeiten.«

»Er ist also so was wie Ihr Mäzen«, folgerte Bogner.

»Ganz richtig. Ohne ihn könnte ich mir so ein Atelier wie dieses niemals leisten. Meine Kunst verursacht im Moment mehr Kosten als Einnahmen.«

»Und wovon leben Sie?«, fragte Speer. »Bekommen Sie Unterstützung von Ihren Angehörigen?«

Krolinski schüttelte den Kopf. »Meine Mutter ist mit einem anderen durchgebrannt, als ich ein kleines Kind war, und mein Vater lebt nicht mehr. Ich lebe von meinen geringen Einnahmen, Spenden und Sozialhilfe.«

»Der Tod von Sybille Morgenstern scheint Ihnen nicht nahe zu gehen«, stellte Bogner in trockenem Tonfall fest.

Krolinski zuckte mit den Schultern. »Ich kannte Sybille nicht persönlich, nur über das Internet. Aber Sie wissen sicher, in welcher Verbindung ich zu ihr stand, sonst wären Sie nicht hier.«

»Richtig«, bestätigte Bogner. »Wir haben die Chats gelesen, die Sie mit ihr geschrieben haben.«

Wenn es Bogners Plan gewesen sein sollte, Krolinski durch einen abrupten Themenwechsel zu verunsichern, dann war dieses Vorhaben missglückt, dachte Speer.

»Ich bin manchmal recht ungehalten«, räumte Krolinski ein. »Später tut es mir dann leid. Ich hätte Sybille nicht drohen dürfen. Das ging zu weit.«

»Sie haben ihr geschrieben, dass es ihr leidtun würde, Sie nicht nach Skandinavien mitzunehmen, und Sie haben Ihr Rosen geschenkt.«

»Ja, ich weiß. Ich wollte die Frau persönlich kennenlernen. Auf ihrem Profilbild sah sie total nett aus und sie gefiel mir auch. Sie hat mir anfangs verraten, wo sie arbeitet. Ich hab gewartet, bis sie Feierabend hat, und bin ihr, ohne dass sie es bemerkte, bis zu ihrem Wohnhaus gefolgt. Mit den Rosen wollte ich ihr anschließend nur ein bisschen Angst einjagen. Sicher hat das bei ihr den Eindruck erweckt, ich sei einer dieser durchgeknallten Stalker. Das war mir schon klar bei der Aktion und ich habe es ehrlich gesagt auch genau darauf angelegt. Schließlich habe ich ihr so viele Fragen zu ihrem Reisevorhaben beantwortet und dann wollte sie auf einmal nichts mehr mit mir zu tun haben.«

Auf Bogners Gesicht legte sich ein missbilligender Ausdruck, der keinen Zweifel daran ließ, dass er Krolinskis niederträchtiges Verhalten aufs Schärfste verurteilte.

»Wo waren Sie am Montagabend zwischen zwanzig und vierundzwanzig Uhr«, fragte Bogner mit rauem Ton in der Stimme.

Maxim Krolinski zog kurz die Stirn in Falten, dann lächelte er. »Da war ich bei Konrad Fritsch. Ihm gehört diese Halle. Sein Vater starb kurz vor der Rente. Konrad hat die Firma nicht weitergeführt und alles außer der Halle verkauft. Ich habe ihm ein kleines Gemälde als Geschenk vorbeigebracht und wir haben eine Flasche Wein zusammen getrunken.«

Bogner warf Speer einen deprimierten Blick zu.

»Geben Sie uns bitte die Adresse und die Telefonnummer von Herrn Fritsch«, verlangte Speer. »Wir müssen Ihre Angaben nachprüfen.«

»Klar«, erwiderte Krolinski und nannte ihnen Straße und Hausnummer. Er erhob sich schwungvoll von seinem Sessel.

»Ich hole schnell mein Handy. Es liegt hinten im Büro. Konrads Nummer ist darauf gespeichert.«

»Nur zu. Anrufen geht schneller und einfacher als hinfahren«, fand Bogner.

Krolinski verschwand durch die Tür in den hinteren Teil der Halle. Kurz sahen sie ihn durch das in die Trennwand eingelassene Fenster im Büroraum. Dann verschwand er wieder und kurz darauf hörten sie eine Toilettenspülung.

Speer überkam ein seltsames Gefühl. Bogner rutschte auf seinem Platz hin und her. »Ich schaue mal nach, wo er bleibt«, sagte Speer schließlich und erhob sich. Auch Bogner stand abrupt auf. Sie gingen zu der offen stehenden Tür.

»Herr Krolinski«, rief Speer.

Keine Antwort. Speer und Bogner traten durch den Türrahmen in einen beleuchteten Korridor. Fast wären sie zusammengestoßen.

»Herr Krolinski«, rief nun auch Bogner. Sie sahen kurz in die angrenzenden Räume. Von dem Künstler fehlte jede Spur.

Am Ende des Traktes befand sich ein Notausgang. Die Tür war nur angelehnt. Als sie ins Freie traten, war Krolinski bereits nirgendwo mehr zu sehen.

Kapitel 14

Unmittelbar nach Krolinskis Flucht fuhren sie zu Konrad Fritsch. Der Freund, bei dem Krolinski zur Tatzeit gewesen sein wollte, bewohnte ein Einfamilienhaus und war daheim.

Fritsch gab an, dass er Krolinski in einer Kneipe kennengelernt habe. Von da an hätten sie sich immer öfter gemeinsam ins Nachtleben gestürzt und über die Jahre sei eine enge Freundschaft entstanden. Er verfüge dank einer Erbschaft über mehr als genug Geld, sodass er es sich leisten könne, Krolinski die Industriehalle kostenlos als Wohnung und Atelier zur Verfügung zu stellen. Auf diese Weise würde die Halle zumindest keinen Vandalen zum Opfer fallen, was bei einem Leerstand zu befürchten sei.

Verkaufen wolle er das Objekt aus nostalgischen Gründen noch nicht. Seine halbe Kindheit habe er darin verbracht, während sein Vater darin getischlert habe und seine Mutter dort im Büro arbeitete.

Krolinski sei am Montagabend nicht, wie dieser behauptet hatte, bei ihm gewesen. Fritsch meinte, er könne sich aber nicht vorstellen, dass sein Freund ein Mörder sei. Gleichwohl sei dieser ein wenig verrückt und habe Probleme, auf Frauen zuzugehen. Ihm sei nicht bekannt, dass Krolinski in den fünf Jahren, seit sie sich kennen, jemals eine Freundin gehabt hätte.

Die Fahndung, die sie nach Krolinski eingeleitet hatten, war bisher erfolglos verlaufen.

Es war nach halb sechs abends, als Speer und Bogner auf den Parkplatz des LKA-Gebäudes traten. Die Pressekonferenz war so miserabel gelaufen, wie Bogner es vorhergesagt hatte. Zwar konnten sie Krolinski als Tatverdächtigen präsentieren. Dass er ihnen durch die Lappen gegangen und flüchtig war, warf aber kein gutes Bild auf sie.

Speer fühlte sich ausgelaugt. Er sah Bogner an, dass es ihm ebenso ging.

»Bis morgen«, sagte Bogner und hob die Hand zum Abschied.

»Sieben Uhr und du besorgst das Frühstück«, rief Speer ihm im Weggehen zu.

Bogner stieg in seinen Wagen. Speer wartete noch einen Moment und atmete ein paar Mal tief durch, bevor er sich in seinen Kleinwagen setzte. Die Ermittlungen schlauchten, und falls sie Krolinski nicht bald schnappen würden, konnten sich der Fall und die damit verbundenen Überstunden noch eine Weile hinziehen.

In letzter Zeit überfielen ihn schlagartige Beklemmungen, insbesondere wenn er mit dem Auto fuhr. Lag es an der Enge darin? Er hatte keine Ahnung, warum ihm die auf einmal etwas ausmachen sollte. Es kam vor, dass sich aus heiterem Himmel ein straffer unsichtbarer Gürtel um seine Brust spannte und sein Herz wie wild zu klopfen begann. Wahrscheinlich war es Stress. Darauf war angeblich fast alles in dieser verrückten Welt zurückzuführen.

Als er losfuhr, dachte er daran, was er Marlene versprochen hatte. Er war hundemüde, er hatte den ganzen Tag über keine Lust verspürt, Marlenes Einladung ins Kino zu folgen. Aber unter dem Gesichtspunkt der Entspannung würde ihm dies sicherlich guttun. Seine Schwester hatte recht, wenn sie sagte, man müsse auch mal raus und für

Abwechslung sorgen. Ein Lächeln stahl sich auf seine Lippen.

Er hatte seiner Schwester versprochen, sie im Gegenzug für die von ihr besorgten Tickets vor dem Film zum Essen einzuladen. Das würde den Abend abrunden. Marlene hatte neben dem Tapetenwechsel auch noch einen anderen Grund, warum sie ihn von zu Hause entführen wollte. Sie wollte über die Organisation von Leandras achtzehntem Geburtstag mit ihm sprechen, ohne dass ihre Tochter die Chance hatte, die Ohren zu spitzen und etwas davon mitzubekommen.

*****

Der junge Mann war auf der Konferenz zugegen gewesen. Er hatte einen gefälschten Presseausweis vorgezeigt und sein Äußeres ein wenig verändert. Darin war er gut. Er mochte es, in andere Rollen zu schlüpfen. Besonders die falsche Brille ließ ihn seriös wirken. Zusätzlich hatte er sich diesmal noch etwas Watte in die Backentaschen gestopft. Niemand hatte den leisesten Verdacht gehegt. Sein Vorgehen war unkonventionell, und genau das war sein Vorteil. Noch während die Journalisten ihre Fragen stellten, hatte er eine Münze geworfen, diese auf seinem Handrücken landen lassen und sie mit der anderen Hand abgedeckt. Kopf stand für Bogner, Zahl für Speer. Er konnte nur einem der beiden folgen. Als er seine Hand hob, war die Wahl auf Kommissar Speer gefallen.

Als das Auto des Ermittlers an ihm vorbeifuhr, startete er den Motor, lenkte seinen Wagen vom Seitenstreifen auf die Straße und nahm die Verfolgung auf. Aufgrund des dichten Berufsverkehrs gestaltete es sich schwierig, den

Anschluss zu halten, andererseits machte die Masse der Fahrzeuge es ihm leichter, nicht aufzufallen.

Die Fahrt führte durch den Tiergartentunnel und am Hauptbahnhof vorbei über die Gustav-Meyer-Allee in die Brunnenstraße. Um ein Haar hätte er den Wagen des Kommissars auf den letzten Metern aus den Augen verloren. Doch dann sah er ihn am Straßenrand parken. Er fuhr in ausreichendem Abstand in eine Parklücke und beobachtete, wie Adrian Speer ausstieg und ein mehrstöckiges Wohngebäude betrat. Hier wohnst du also, flüsterte er.

Eine Dreiviertelstunde später trat der Kommissar in Begleitung einer jüngeren Frau aus dem Haus. Kurz war er konsterniert. Dann gab er sich einen Ruck und folgte dem Paar, das sich ohne Hast in die entgegengesetzte Richtung zu Fuß in Richtung Bernauer Straße entfernte.

Mit der U-Bahn ging es bis zum Alexanderplatz. Er folgte ihnen zu einem Restaurant. Von außen sah er die beiden an einem der freien Tische nahe der Fensterfassade Platz nehmen. Der Anblick der Frau verschlug ihm fast den Atem. Erst jetzt sah er ihr Gesicht. Sie war wunderschön.

Ein Kribbeln überkam ihn, als er an Sybille dachte. Wie ihre Augen nach vorne getreten waren, als er sie würgte. Das Blut, dass auf seinen Umhang gespritzt war, als er ihre Beine, den schönsten Teil von ihr, an sich nahm. Erneut spürte er die Genugtuung, mit der er den Oberkörper in die Hausdurchfahrt gelegt hatte.

Er drehte sich um und schlenderte ziellos durch die Gassen, bis ein Drogeriemarkt seine Aufmerksamkeit erweckte. Schräg gegenüber blieb er nahe einer Gebäudewand stehen und beobachtete den Eingang. In der Mehrzahl waren es weibliche Kunden, die den Markt aufsuchten.

Nach zehn Minuten sah er eine junge Frau auf den Eingang zugehen, die sein Herz höherschlagen ließ. Er folgte ihr in den Markt und fand sie vor dem Regal mit den Shampoos. Unauffällig musterte er sie aus den Augenwinkeln, während er sich in ein paar Metern Entfernung dem gegenüberliegenden Regal zuwandte.

Ihre Beine waren nicht so perfekt wie die von Sybille. Dafür waren die übrigen Körperpartien umso besser. Die schlanke Taille, ihre nicht zu großen Brüste, deren Wohlgeformtheit er aufgrund des engen Shirts gut erahnen konnte. Nur ihr Gesicht wollte nicht so recht zu seinem Idealbild passen.

Langsam ging er so nah wie möglich an ihr vorbei. Unbemerkt von ihr inhalierte er den blumigen Duft ihrer Haare. Sein Blut kam in Wallung. Die feinen Härchen auf seinen Unterarmen stellten sich auf.

Er kaufte einen Schokoladenriegel und stellte sich hinter ihr an der Kasse an. Die eng anliegende Jeans spannte über ihrem Po. Ein prall gefüllter Sportrucksack hing auf ihrem Rücken. Auf Verlangen der Kassiererin öffnete sie ihn und er konnte einen Blick auf den Inhalt erhaschen.

Handtücher, Waschzeug und Sportkleidung. Während sie bezahlte, nahm er die Münzen für seinen Riegel auf den Cent abgezählt aus seinem Geldbeutel. Er durfte keine Zeit verlieren, wenn er sie nicht aus den Augen verlieren wollte.

Sie steckte das Shampoo in ihren Rucksack und verließ schnellen Schrittes den Markt.

»Einen Moment bitte«, sagte die Kassiererin zu ihm. »Ich muss eben eine neue Kassenrolle einlegen.«

Er fluchte in sich hinein. Durch die gläserne Schiebetür sah er seine neue Eroberung nach links abbiegen. Sein Atem ging schneller. Er biss die Zähne zusammen. Am liebsten hätte er die Kassiererin angefahren, sich gefälligst zu beeilen. Aber er durfte auf keinen Fall auffallen.

Inzwischen war das Objekt seiner Begierde aus seinem Blickfeld verschwunden. Endlich war das Band gewechselt und sein Riegel eingescannt. Er legte den Betrag hin und bemühte sich, gelassen zu bleiben.

»Brauchen Sie den Kassenbon?«

»Nein, danke«, sagte er, steckte den Riegel ein und verließ die Drogerie.

Draußen sah er in die Richtung, in die sie gegangen war. Es war inzwischen dunkel geworden. Nur die Straßenlaternen spendeten Licht. Er rannte los. Panik überkam ihn. Er wollte sie nicht verlieren. So schnell würde er eine wie sie nicht wiederfinden.

Vor ihm tauchte der Alexanderplatz auf. Menschen liefen kreuz und quer. Es war nahezu unmöglich, sie jetzt noch aufzustöbern. Er raufte sich die Haare, fluchte und stampfte mit dem Fuß auf den Boden. *Reiß dich zusammen, denk nach!* Die Sportsachen in ihrem Rucksack kamen ihm in den Sinn.

Wenig später lief er auf das nahe gelegene Fitnessstudio zu und konnte sein Glück kaum fassen. Da war sie. Er erkannte sie von Weitem an ihrem Rucksack. Sie durchschritt gerade die Eingangstür.

Er nahm auf einer öffentlichen Bank Platz, die im Schutz einer Baumkrone stand.

Das Fitnessstudio lag in der ersten Etage und hatte eine Fensterfront. Davor bildeten Laufbänder und Crosstrainer eine Reihe mit Blickrichtung nach draußen. Das Innere war hell erleuchtet.

Von seinem Platz aus konnte er Frauen und Männern zusehen, wie sie auf den Geräten trainierten. Die Luft war mild heute Abend. Er biss zufrieden in seinen Schokoladenriegel. Paare und einzelne Passanten schlenderten an ihm vorbei. Niemand schenkte ihm Beachtung.

Anderthalb Stunden später kam seine Auserwählte wieder raus. Es war halb zehn und nun waren deutlich weniger Menschen unterwegs.

In gebührendem Abstand folgte er ihr in die nächste U-Bahnstation und anschließend bis zur Eingangstür ihres Wohnhauses. Wenig später sah er in der dritten Etage ein Licht angehen.

Bis zu seinem Wagen benötigte er nur etwa zwanzig Gehminuten. Als er da war und in sein Auto stieg, überlegte er kurz, ob er nach Hause fahren sollte. Aber die Nacht war noch jung und ihr Bild bekam er einfach nicht aus dem Kopf. Also fuhr er zurück in die Straße, in der sie wohnte, und parkte mit Blick auf ihr Apartment.

Um elf Uhr erlosch das Licht. Als er den Anlasser seines Wagens betätigen wollte, ertönten im Radio die neuesten Meldungen des regionalen Nachrichtensenders. Er stellte den Ton lauter und lehnte sich in seinen Sitz zurück. Aufmerksam lauschte er. Die Suche nach ihm war noch immer die Topmeldung.

Er genoss es, im Mittelpunkt zu stehen. Wieder griff er zum Zündschlüssel und erneut hielt er inne. Eigentlich hatte er nach Hause fahren wollen, aber nun öffnete sich unerwartet die Haustür und heraus trat zu seiner Freude seine frische Entdeckung.

Sie trug einen Minirock, High Heels und die verwaschene Jeansjacke von vorhin. Was für ein verdammtes Glück für mich, was für ein dummes Pech für dich, dachte er und spürte sein Herz ein Stück höherschlagen.

Kapitel 15

Damals. Zwanzig.

Das Abitur hatte Julius mit Bravour bestanden. Für seine Leistungskurse Mathematik und Physik hatte er nie lernen müssen. Die anderen Fächer hatte er durch Fleiß gemeistert. Er hatte sich entschlossen, Mathematik zu studieren. Es fiel ihm so leicht, dass er sich in den Vorlesungen meistens langweilte.

Seit er sich im Alter von dreizehn Jahren mit den drei älteren Schülern geprügelt hatte, war er keiner körperlichen Auseinandersetzung mehr aus dem Weg gegangen.

Immer mehr neigte er dazu, Konflikte mit Gewalt zu lösen. Seine Mitschüler gingen ihm aus dem Weg. Er war schmächtig und trug eher langweilige Klamotten, da er weder Wert auf Äußerlichkeiten legte, noch sein Vater bereit war, für gerade angesagte Marken unnötig viel Geld auszugeben. Diese Einstellung hatte sich Julius zu eigen gemacht, als er über eigenes Geld verfügte.

In der U-Bahn oder wenn er sonst irgendwo allein unterwegs war, war es immer wieder vorgekommen, dass sich wildfremde Typen, die vor ihren Freunden angeben wollten, ihn beleidigten.

Wenn er keine Reaktion darauf zeigte, wurden sie in der Regel wütend. Sobald sie versuchten, ihn anzufassen, überschritten sie die magische Grenze, die er sich selbst gesetzt hatte, und er ließ seinem Hang zur Gewalt freien Lauf. Er setzte niemals halbherzige Schläge. Seine Fäuste und Tritte trafen nur dort, wo sie die meiste Schmerzwirkung entfalteten.

Freunde hatte er weder in der Schule noch im Verlauf seines bisherigen Studiums gefunden. Eine bedrohliche Aura schien seine Kommilitonen von ihm fernzuhalten. Manche belächelten ihn einfach. Auch ein nur vages Verständnis dafür konnte er seltsamerweise nicht aufbringen.

Auf einem seiner ausgedehnten Spaziergänge war er vor einem halben Jahr an einem Samstagmittag an einem Fußballstadion vorbeigekommen. Der Verein spielte in der dritten Liga. Fasziniert sah er einer Schar von Fans zu, die grölend und singend zum Eingangstor zogen. Spontan schloss er sich ihnen an.

Die Atmosphäre im Stadion nahm ihn gefangen, die Schlachtrufe und Gesänge. Er hatte keine Ahnung von Fußball, dennoch rissen ihn das Spiel und die Stimmung mit.

In den folgenden Tagen lernte er die Spielregeln und informierte sich über die anderen Mannschaften der Liga und auf welchem Tabellenplatz sein Team stand. Von da an fehlte er bei keinem Heimspiel.

In den Halbzeitpausen war er mit ein paar Fans in seinem Alter ins Gespräch gekommen. Am besten verstand er sich mit einem Achtzehnjährigen, der das Abendgymnasium absolvierte, um Medizin studieren zu können. Der Kerl wollte unbedingt Chirurg werden. Julius hielt ihn nicht für intelligent genug, um die dafür erforderliche Abiturnote zu schaffen. Aber er ließ dem Jungen seinen Traum, auch wenn der sicher zerplatzen würde.

Julius traf sich auch außerhalb der Spiele mit ihm und half ihm in Mathe. Interessant fand Julius die ausgefallenen Hobbys seines neuen Freundes. Er sammelte tote

Insekten und holte sich seinen Adrenalinkick, indem er auf den Brüstungsmauern von Hochhäusern balancierte und mit dem Fallschirm von allen möglichen hochgelegenen Plätzen sprang.

Sein Kumpel gehörte zu einer Gruppe, in der es einige Fans gab, die es regelrecht auf eine Schlägerei mit den Fans der gegnerischen Mannschaft anlegten.

Julius hielt sich da raus und sein Freund ebenfalls. Doch an einem Abend nach dem Spiel gingen die anderen voraus. Sie hatten den Anschluss verloren, weil sein Freund ihm von seinem letzten Walk auf einem Berliner Hochhaus erzählte und ihn anschließend mit Mathematikfragen bombardierte. Es war Spätherbst und schon dunkel, als sie auf eine Straßenbahnunterführung zugingen.

Zu spät bemerkten sie drei gegnerische Fans, die von rechts auf sie zukamen. Sie waren schneller vor der Unterführung und versperrten ihnen den Weg. Julius hatte keine Fankleidung an, sein Freund hingegen schon.

»Schätze, jetzt habt ihr ein Problem«, verkündete der Größte der drei, die sich nebeneinander vor ihnen aufbauten. Julius roch den Alkohol aus seinem Mund. »Hier endet der Weg für euch.« Er fixierte Julius‘ Freund aus trüben Augen und mit einem aggressiven Gesichtsausdruck. »Du ziehst dein Trikot aus und wirfst es mit deinem Schal auf den Boden, damit wir darauf pinkeln können, sonst gibt‘s was auf die Fresse«, befahl er.

Der Angesprochene machte einen Schritt zurück und zog Julius am Arm nach hinten. »Komm, lass uns abhauen«, flüsterte er.

Julius blieb wie angewurzelt stehen und konzentrierte sich auf die drei Kerle. Jeder Einzelne war größer und schwerer als er. »In so einer Situation gibt es in der Regel zwei Möglichkeiten. Flucht oder Angriff«, sagte er ruhig. Er spürte die Spannung in der Muskulatur seiner Arme und seiner Beine. Zur Lockerung wiegte er den Kopf erst zur linken Schulter und dann zur rechten. »Ich habe mich vor langer Zeit entschieden, niemals die Flucht zu ergreifen.«

Dann machte er einen Satz nach vorn und zertrümmerte dem Anführer das Nasenbein. Sein Angriff kam so schnell und überraschend, dass dieser es nicht schaffte, die Hände schützend vor den Kopf zu heben. Es knackte wie ein Ast am Waldboden, auf den ein Wanderer mit dem Fuß trat und ihn dabei zerbrach. Ein entsetzlicher Schmerzensschrei hallte durch die Unterführung, während oben knatternd die Straßenbahn über die Schienen raste. Die anderen beiden stürzten sich auf Julius. Es gab ein Gerangel, sie fielen alle zu Boden. Julius erhaschte einen Blick auf seinen Kumpel, der in Schockstarre der Schlägerei zusah, aber keine Anstalten machte, ihm zu helfen. Julius kannte solche Menschen. Der Junge war zwei Jahre jünger als er und hatte nie gelernt, zu kämpfen. Es war die schreckliche Angst vor Verletzungen und Schmerzen, die ihn lähmte.

Julius hingegen spürte nichts, nur das vom Adrenalin aufgepeitschte Blut, das laut in seinen Ohren rauschte. Seine Gegner waren geübte Kämpfer. Objektiv betrachtet hatte er kaum eine Chance. Doch was hieß das schon.

Sie landeten mehr Treffer als er. Vor allem, weil es dem einen gelang, ihn festzuhalten, während der andere zuschlug. Es war, als würde ihn jeder Schlag, den er einstecken musste, mit mehr Kraft aufladen. Er konzentrierte sich darauf, seinen Kopf, so gut es ging, zu schützen. Dabei hörte er die Worte seines Vaters. Wenn du zulässt, dass sie mit Kopftreffern deinen Verstand vernebeln, ist es vorbei. Er wand sich mit aller ihm zur Verfügung stehenden Kraft und Geschicklichkeit und schließlich gelang es ihm, sich aus der Umklammerung zu lösen. Blitzschnell ging er wieder zum Angriff über und verteilte Tritte und Schläge.

Schritte begleitet von Schimpfwörtern hallten aus der Unterführung zu ihnen. Bernie und Marlon aus ihrer Kurve rannten auf sie zu. Als die gegnerischen Fans einen Moment abgelenkt waren und sich umdrehten, nutzte er die Gelegenheit.

Dem einen rammte er die Faust in den Bauch. Dem anderen trat er mit dem Fuß im Bereich des Lendenwirbels in den Rücken. Sie strauchelten beide. Er hatte es fast geschafft. Ein Hochgefühl durchflutete seinen Körper.

Zusammen gaben sie den beiden den Rest. Beherzt stürzten sich Bernie und Marlon ins Getümmel und übersäten die beiden Hooligans mit Schlägen und Stiefeltritten.

Das Blatt hatte sich gewendet. Wenige Augenblicke später suchten die Gegner blutend, humpelnd und strauchelnd das Weite.

Bernie klopfte Julius grinsend auf die Schulter. »Denen hast du's aber kräftig gegeben. Respekt!«

Marlon kümmerte sich um Julius' Freund, der noch immer stocksteif dastand und wie betäubt wirkte. »Alles klar bei dir?«, fragte er und fasste ihn an der Schulter.

Der Junge nickte. »Wenn Julius nicht gewesen wäre, wäre ich jetzt tot.«

»Na ja, wohl nicht ganz«, lachte Bernie. »Danke im Namen unserer Allianz«, sagte er an Julius gewandt. »Es gehört schon was dazu, sich mit denen zu prügeln. Die beiden gehören zu den schlimmsten Schlägern.«

Julius wischte sich das Blut aus dem Gesicht, das er von den anderen abbekommen hatte. Er spürte nun die

Schmerzen von den Schlägen und Tritten gegen seinen Körper.

»Ihr wart auf einmal nicht mehr hinter uns. Da sind wir zurückgekommen, um zu schauen, wo ihr abgeblieben seid«, sagte Marlon, während sie sich durch die Unterführung in Richtung der Gruppe in Bewegung setzten.

»Danke«, sagte Julius.

»Ach, ich glaube, mit den beiden Idioten wärst du auch allein fertiggeworden.«

»Das wäre er«, sagte Julius' Kumpel mit unverhohlener Bewunderung. »Ich finde, er könnte eine echte Bereicherung für unser Team sein.«

»Kann schon sein«, sagte Bernie.

»Von was redet ihr da?«, wollte Julius wissen.

»Von einem Spiel für echte Männer«, erklärte Marlon. »Es geht um Mut, Stärke und Ehre.«

»Ich bin auch dabei. Meine Aufgabe ist es, darauf zu achten, dass bestimmte Grenzen der Fairness nicht überschritten werden«, meldete sich Julius' neuer Bewunderer wieder zu Wort.

»Ja, er ist unser Betreuer«, sagte Marlon. »Wir sind Fans und wir kämpfen gegen die Fans anderer Mannschaften im Wald. Mann gegen Mann. Wenn du willst, kannst du bei uns mitmachen.«

Kapitel 16

Heute. Donnerstag.

Ingo gab seiner Frau, die noch gemütlich eingekuschelt im Bett ihres Reisemobils lag, einen Kuss. »Bis gleich«, sagte er und zog die Schiebetür des Kastenwagens auf.

Die Temperatur lag draußen bei zwei Grad und es nieselte. Unzählige Vögel zwitscherten in den Baumwipfeln. Er spürte, wie die Kälte von draußen schnell im Inneren Einzug hielt.

Hektor, ihr kleiner Pekinese, der auf ihren Ausflügen und Reisen immer dabei war, gab einen hellen Kläfflaut von sich und trippelte voran über die Trittstufe auf den festgefahrenen Untergrund des Waldparkplatzes.

Ingo folgte ihm und zog die Tür hinter sich sofort wieder zu, damit nicht unnötig Wärme verloren ging. Er stand gerne früh auf. Es machte es ihm daher nichts aus, dass er es meistens war, der mit Hektor morgens den ersten Spaziergang unternahm, damit das Tier sein Geschäft verrichten konnte.

Die Nacht war sehr ruhig gewesen. Lediglich gegen drei Uhr hatten sie ein gutes Stück weiter weg den Motor eines Wagens gehört, und das auch erst, nachdem Hektor auf das Geräusch angeschlagen hatte. Ansonsten wären sie vermutlich davon nicht aufgewacht.

Nach wenigen Minuten war das Auto wieder weggefahren. Solche Störungen kamen hin und wieder vor. Oft handelte es sich um junge Leute, die nach Plätzen suchten, wo sie ungestört für sich sein konnten.

Zufrieden registrierte Ingo, dass sie noch immer vollkommen alleine auf dem kleinen Parkplatz standen. Sicherlich hatte das angekündigte schlechte Wetter dafür gesorgt, dass die sonst an solchen Spots zahlreichen Wanderer heute ausblieben.

Hektor war ein Stück vorausgelaufen und hinter einer etwa zehn Meter entfernten Reihe von Sträuchern verschwunden. Dort befand sich ein Weg in den Wald. Plötzlich kläffte der Hund aufgeregt.

»Hektor, bei Fuß!«, rief Ingo. Der Hund hörte nicht. Ingo stieß einen lauten Pfiff aus und rief Hektor erneut herbei. Kurz darauf rannte der Hund bellend auf ihn zu.

Ingo wunderte sich nicht weiter. Sobald Hektor ein anderes Tier witterte, hörte er so schnell nicht mehr auf, sich lautstark bemerkbar zu machen. Und der Wald war schließlich voll von Nagern und anderen Viechern, die insbesondere in den frühen Morgenstunden auf Futtersuche waren. Ingo tätschelte Hektor den Kopf und der Hund war wieder still.

Er atmete die frische Waldluft tief ein und wieder aus. So war es seiner Frau und ihm am liebsten. Allein in freier Natur und nicht eingeengt wie in einer Sardinenbüchse auf einem offiziellen Stellplatz. Zudem lebten sie auf diese Weise sparsam.

Zwar war es verboten, auf einem Parkplatz Tisch und Stühle herauszuholen oder sonstiges Camperverhalten an den Tag zu legen, aber gegen eine Übernachtung hatte kaum jemand etwas einzuwenden, solange dies kein spezielles Verbotsschild untersagte.

Außerdem verließen sie die Plätze, ohne Müll zu hinterlassen, und auch sonst so, wie sie diese vorgefunden hatten.

Ingo leinte Hektor an, zog den Reißverschluss seiner Outdoorjacke zu und ging mit ihm in die Richtung, aus der der Hund gerade gekommen war.

Er bog um die Sträucher und ging geradeaus auf den Waldweg zu. Eingerahmt von Bäumen befand sich etwa zehn Meter vor ihm der Einstieg in einen Wanderweg, markiert durch ein aus dünnen Pfosten gezimmertes Tor und ein Schild. Daneben stand eine Bank am Wegrand. Als sein Blick darauf fiel, blieb er abrupt stehen. Für einen Moment konnte er die Augen nicht abwenden. Ein Brechreiz überkam ihn. Er beugte sich vor und würgte einen Schwall Magensäure vor seine Füße.

*****

Aufgebahrt auf einer Bank im Wald lagen die Überreste eines Menschen. Beine, Arme und ein Kopf mit Hals. Der Torso fehlte. Es grenzte an ein Wunder, dass sich bis zum Zeitpunkt des Auffindens der Leichenteile noch kein Tier des Waldes daran zu schaffen gemacht hatte.

Speer und Bogner hatten sich den Fundort der Leichenteile angesehen. Der Anblick war erschütternd und grausam gewesen.

Der Camper, der das Opfer gefunden und den Notruf getätigt hatte, stand unter Schock. Er musste ärztlich und psychologisch betreut werden.

Im Mund der Toten steckte der Personalausweis. Und später konnten sie in der Wohnung der jungen Frau eine frische Rose sicherstellen, die in einem Wasserglas auf dem Küchentisch stand. Den Fund einer Rose in der Wohnung des ersten Opfers hatten sie nicht öffentlich gemacht. Nur der Täter selbst kannte dieses Detail. Sie mussten daher davon ausgehen, dass der Mörder von Sybille Morgenstern auch für diesen zweiten Mord verantwortlich zeichnete.

Die Leichenteile hatte er wie bei der ersten Tat mit Bleiche gesäubert. Anders als beim letzten Mal fanden sie aber das ausgeschaltete Smartphone des Opfers sowie Schlüsselbund und Geldbörse auf dem Boden neben der Bank. Zweifellos hatte der Täter die Dinge absichtlich dort hinterlassen.

Mittlerweile war es dreizehn Uhr. Gemeinsam mit Tina Jeschke saßen sie in ihrem Büro zur Lagebesprechung.

Das Opfer hieß Adea Schmill. Sie war vierundzwanzig Jahre alt und studierte im dritten Jahr an der Freien Universität Berlin Publizistik und Kommunikationswissenschaften. Ihrem Smartphone, zu dem sich Tina Zugang verschaffen konnte, hatten sie entnehmen können, dass sie in der Mordnacht um halb zwölf mit ihrer Freundin und Kommilitonin in einer Disko verabredet gewesen war, wo sie aber nicht auftauchte.

Die Freundin hatte unzählige Male versucht, das Opfer anzurufen und Nachrichten geschickt. Gegen halb zehn war Adea Schmill das letzte Mal gesehen worden, als sie das Fitnessstudio verließ. Dies bedeutete, der Täter hatte die junge Frau etwa zwischen zehn und elf überwältigt und verschleppt.

Fernanda Gomez hatte ihnen zur Vernehmung möglicher Augenzeugen vier Ermittler anderer Mordkommissionen zugeteilt. Diese waren noch mit der Befragung der Anwohner beschäftigt.

Der Zeitpunkt des Todes lag zwischen null und ein Uhr. Verwertbare Spuren gab es bisher nicht. Das Camperpärchen hatte in der Nacht in der Ferne einen Wagen gehört, aber ein eindeutiges Reifenprofil ließ sich nicht zuordnen.

»Was sagt uns der zweite Mord innerhalb von nur achtundvierzig Stunden und die Art der Ausübung über den Täter?«, fragte Bogner. Er stand mit einem Stift in der Hand neben dem Whiteboard, das an der Wand über dem hüfthohen Schrank hing, auf dem die Kaffeemaschine platziert war.

»Er wird immer mutiger«, stellte Tina fest. »Beim ersten Mord hat er nur den Ausweis des Opfers hinterlassen. Jetzt legt er auch noch die persönlichen Gegenstände für uns bereit. Er hält sich definitiv für schlauer und glaubt nicht, dass wir in der Lage sein werden, ihn zu überführen.«

»Ja, er steigert sich«, stimmte Speer zu. »Das lässt für die Zukunft nichts Gutes erahnen. Allerdings hat er diesmal kein Foto der Leichenteile an die Presse geschickt.«

»Mit seiner ersten Tat hat er dadurch schon maximale Aufmerksamkeit erzielt. Die ist ihm seitdem sicher, daher verzichtet er auf weitere Fotos«, überlegte Bogner.

»Das ergibt Sinn. Außerdem spart er sich den Aufwand und das Risiko der Nachverfolgung bei der Versendung des Fotos per E-Mail«, pflichtete Tina ihm bei.

»Maxim Krolinski ist unser Hauptverdächtiger. Dennoch sollten wir ihn nicht vorschnell als Täter festlegen, oder was meint ihr?«, stellte Bogner zur Diskussion.

Speer seufzte. »Maxim Krolinski ist auf der Flucht, was klar gegen ihn spricht. Wenn wir eine Verbindung zwischen ihm und Adea Schmill herstellen, können wir fast sicher sein, dass er unser Mann ist. Gibt es eine solche Verbindung nicht, könnte es sich auch um jemanden handeln, der seine Opfer zufällig auswählt. Tilo Maurer, der Exfreund von Sybille Morgenstern, ist für mich hingegen aus dem Rennen.«

»Auch wenn vieles für Krolinski als Täter spricht, bin ich auch dafür, dass wir uns nach außen hin noch nicht festlegen und weiterhin andere Möglichkeiten in Betracht ziehen«, sagte Tina.

Bogner nickte und schrieb die Namen Krolinski und Schmill an die Wandtafel und verband beide mit einem Strich, über den er das Wort *Verbindung* mit einem Fragezeichen notierte.

»Gut. Dann komme ich zu dem Punkt, der uns wohl allen im Magen liegt, vor dem wir aber die Augen nicht verschließen können«, übernahm Bogner wieder die Regie. »Der Täter sammelt Leichenteile seiner Opfer. Im ersten Fall legt er den Leichnam ohne Beine ab. Im zweiten Fall fehlt der Rumpf. Ich fürchte, er mordet so lange weiter, bis er eine komplette weibliche Leiche aus den Körperteilen zusammensetzen kann.«

Der schriftliche Obduktionsbericht lag noch nicht vor. Aber Speer war in der Charité dabei gewesen, als Dr. Eisenbeiß die Körperteile untersucht hatte. Im Anschluss hatte er für die Kollegen zusammengefasst, was sich dabei ergeben hatte.

Nach einem kurzen erdrückenden Schweigen ergriff Speer das Wort. »Wenn wir deiner Theorie folgen, fehlen dem Täter für eine komplette Leiche jetzt noch die Arme und ein Kopf samt Hals. Das würde bedeuten, dass wir mit mindestens einem, eher zwei weiteren Opfern rechnen müssen, und das in kurzen Abständen.«

»Oh mein Gott«, entfuhr es Tina. Bogner wandte sich ab und raufte sich die Haare. »Hoffen wir, dass es Krolinski war und wir ihn bald schnappen. Ansonsten läuft uns die Zeit weg und wir können schlimmstenfalls nur zusehen, wie der Irre sein Puzzle vervollständigt.«

»Krolinski ist Künstler«, flüsterte Tina. »Er malt und erstellt verschrobene Skulpturen, die an Menschen erinnern. Vielleicht will er jetzt ein Kunstwerk aus Fleisch und Blut erschaffen.«

Speer runzelte die Stirn. »Ich tippe auch auf Krolinski. Allerdings wurden Dr. Eisenbeiß zufolge die Gliedmaßen so sauber und fachmännisch vom Rumpf getrennt, dass er bei dem Täter anatomisches Wissen voraussetzt. Auch die Schnitte seien zu sauber geführt, als dass es sich um einen Laien handeln könnte.«

»Ich kann mich nicht erinnern, dass etwas in der Art im Obduktionsbericht des ersten Opfers stand«, meinte Bogner.

»Du hast recht«, bestätigte Speer. »Das müsste vermerkt sein, wenn dem so war.« Er nahm den Bericht über die Obduktion von Sybille Morgenstern hervor und überflog ihn. »Nein, nichts. Kein Wort über das Vorgehen beim Abtrennen der Beine.«

Speer machte eine Notiz auf dem vor sich liegenden Block. »Diesbezüglich werde ich auf alle Fälle bei Dr. Rettig nachfragen. Ich bin gespannt, was er als Leiter der Obduktion dazu sagt.«

»Die anatomischen Kenntnisse könnte sich Krolinski übrigens auch selbst angeeignet haben«, warf Tina ein. »Zum Zwecke seiner künstlerischen Ambitionen wäre das durchaus denkbar, insbesondere, wenn man sich seine Skulpturen in Menschengestalt betrachtet.«

»Das sehe ich eigentlich auch so«, stimmte Bogner zu. »Jetzt müssen wir den Kerl nur noch finden.«

»Wir sollten eine Warnung an die Bevölkerung rausgeben«, mahnte Speer. »Beide Opfer ähnelten sich auf frappierende Weise in Größe, Augenfarbe, der schlanken

Körperform und beide hatten blonde lange Haare. Vom Alter her würde ich sein Beuteschema auf Anfang zwanzig bis Mitte dreißig schätzen.«

Bogner nickte heftig. »Ist gut. Tina, gib bitte eine entsprechende Meldung an die Presse und über unsere Social-Media-Kanäle raus. Lass die Aktion aber vorher von Gomez absegnen. Sie wird sich das Okay dafür vom Polizeipräsidenten einholen wollen. Die Warnmeldung, dass ein Serienkiller in Berlin umgeht, wird schließlich einschlagen wie eine Bombe.«

»Ich glaube, genau das wollte der Irre«, brummte Speer.

»Psychisch krank ist der Mörder auf alle Fälle«, pflichtete Tina ihm bei. »Laut Dr. Eisenbeiß wurden Adea Schmill wie Sybille Morgenstern erwürgt. Anschließend hat er die Gliedmaßen und den Hals mit einer Säge abgetrennt. Laut Gerichtsmediziner hat er dafür vermutlich neben einem Skalpell eine elektrische Handsäge mit feinem Sägeblatt benutzt.«

»Es wirkt fast wie eine Gnade, dass er seine Opfer nicht bei lebendigem Leib mit der Säge bearbeitet und zuvor auch nicht sexuell missbraucht«, sinnierte Bogner. »Wenn wir jetzt Franziska hier hätten, würde uns das sicher helfen.«

Speers Exfrau arbeitete als Fallanalytikerin in der Außenstelle des BKA in Berlin. Bei Franziska war die Fähigkeit, sich in andere Menschen hineinzuversetzen, noch viel ausgeprägter als bei ihm. Es schien, als könne sie vollständig mit den Gehirnen, dem Denken und Empfinden anderer Menschen verschmelzen. Wegen dieser Eigenschaft hatte man sie beim BKA nach der Polizeischule für eine Ausbildung zur Fallanalytikerin angenommen. Danach avancierte sie innerhalb weniger Jahre zu einer der besten Profilerinnen. In Berlin war sie neben der Aufklärung von Mordfällen auch für Entführungsfälle zuständig.

Speer schüttelte den Kopf und winkte ab. »Wenn du darauf anspielst, dass ich sie anrufe und mit dem Fall belämmere, dann vergiss es. Franziska würde Stunden brauchen, um sich einzuarbeiten. Sie ist aber mit Arthur im Urlaub, den sie beide wirklich gebrauchen können. Ich störe sie nicht. Wir lösen den Fall auch ohne sie.«

»Fragt sich nur, wann«, murmelte Tina.

Bogner zog nur die Augenbrauen hoch und ging ansonsten nicht weiter auf Speers Abwehrverhalten ein. »Fassen wir nochmals zusammen«, sagte er stattdessen und notierte stichwortartig, was sie zuletzt besprochen hatten. Anschließend wandte er sich seinen Kollegen zu. »Wir müssen die Fahndung nach Krolinski intensivieren. Tina, bitte versuche herauszufinden, ob es eine Verbindung zwischen ihm und dem zweiten Opfer gibt. Die Observierung von Tilo Maurer beenden wir. Bleibt noch zu hoffen, dass einer der Nachbarn von Adea Schmill letzte Nacht etwas bemerkt hat, das uns weiterhilft.«

Bogners Diensttelefon klingelte. Er sah kurz aufs Display. Dann zwinkerte er Tina zu, die daraufhin lächelte.

Er hob ab. »Hallo Franziska, wie geht es dir?«, flötete Bogner ins Telefon. »Danke, dass du dich so schnell meldest.«

Dabei sah er Speer mit einem spitzbübischen Grinsen an, stellte das Telefon auf laut und lehnte sich in seinen Stuhl zurück.

Kapitel 17

Damals. Zwanzig.

Die Sonne war kurz davor unterzugehen. Der Geruch von Tannenharz und feuchter Erde lag in der Luft. Es war Ende Mai und in den letzten Tagen hatte es viel geregnet. Entsprechend morastig war der Untergrund auf der Lichtung, die sie für den Kampf ausgesucht hatten.

Julius trug Turnschuhe. Festeres Schuhwerk, insbesondere Stiefel, waren nicht erlaubt. Er scharrte mit dem Fuß über den Boden, um ein Gefühl dafür zu bekommen, wie glitschig er war.

Elf gegen Elf. Der Einsatz von Waffen jeglicher Art war verboten. Teilnehmen durften nur volljährige Männer. Wer am Boden lag, durfte nicht mehr attackiert werden. Je eine nicht kämpfende Person für jede Seite achtete auf die Einhaltung der Regeln. In ihrem Fall war es Julius' Freund.

Das Spiel endete, wenn der Song vorbei war. Die beiden Schiedsrichter standen auf einem Jagdhochsitz. Sie schalteten die mitgebrachten Akku-Fluter ein, die das Feld, da es nun fast dunkel war, in ein gespenstisches Licht tauchten.

Die Hooligans auf der anderen Seite der Lichtung rangierten in der internen Liga auf Tabellenplatz eins. Die *Smarten Kannibalen*, so hieß das Team, dem Julius angehörte, auf Platz zwei.

Hinter den gegnerischen Reihen zeichneten sich die dunklen Baumkronen vor dem ergrauten Himmel ab.

Weiße Atemwölkchen stiegen zu beiden Seiten in den Himmel.

Sie hatten sich aufgewärmt, Dehnübungen gemacht, sich Mut zugesprochen. Jetzt ging es gleich los. Der Geruch von Schweiß gewann gegen den natürlichen Duft des Waldes die Oberhand. Für Julius war es die erste Teilnahme.

Sein Freund zählte von dem Hochsitz aus durch ein Megafon von zehn nach unten. Bei null begann der Song. Es war *Freaks* von *Timmy Trumpet* und mit dem ersten Trompetenton stürmten die Mannschaften der Hooligans grölend aufeinander zu.

Die Szenerie mutete an wie ein Schlachtfeld aus Zeiten der Barbarei. Das Getrampel der Schritte ließ den Waldboden erzittern. Die Linien der Kämpfer prallten zusammen. Mit archaischer Gewalt droschen sie aufeinander ein. Dumpfe Schlaggeräusche, das Klatschen von Treffern in Gesichtern und bald auch das Knacken brechender Knochen überlagerten den laut röhrenden Gesang und die synthetische Tanzmusik aus den Lautsprechern der mitgebrachten Soundanlage.

Julius' Gegner war um einiges älter. Gezeichnet durch eine Narbe, die quer über die rechte Wange verlief, und ein schiefhängendes Augenlid. Wie entfesselt boxte der Kerl auf Julius ein und landete ein paar Wirkungstreffer. Julius glaubte, von einer Dampflok überrollt zu werden. Der Schläger gab ihm keine Gelegenheit, sich zu sammeln und zurückzuschlagen. Es war noch keine Minute vergangen und doch wünschte Julius schon das Ende des Songs herbei. Er wich zurück, wie ein Terrier setzte der andere ihm nach. Aus den Augenwinkeln sah Julius Kämpfer zu Boden gehen. Seine Gruppe trug rote Trainingsleibchen, die

Gegner gelbe. Er konnte nicht sagen, wer zurzeit in Führung lag. Aber er wollte nicht, dass sie wegen ihm verlören.

Wieder musste Julius einen Treffer am Kopf einstecken. Seine Augenbraue platzte auf und Blut schoss ihm ins Gesicht. Der andere lachte und entblößte sein Gebiss, in dem ein Eckzahn fehlte.

Julius spürte, dass das Blut aus seiner Wunde etwas in ihm auslöste. Wut und noch mehr Adrenalin kochten in seinem Gehirn hoch.

Er sprang vor und legte all seine Kraft in eine Schlagkombination. Der Hooligan wirkte nun behäbig und konnte sich nicht schnell genug verteidigen. Er torkelte. Julius ließ nicht locker und im nächsten Anlauf fällte er seinen Gegner und trat auf ihn ein.

Der Song verstummte. Julius war wie von Sinnen. Seine Gewalt berauschte ihn. Er setzte sich auf seinen Kontrahenten und schlug immer wieder zu, bis die Haut auf seinen Fäusten platzte und das Gesicht des anderen vor seinen Augen zu einer roten breiigen Masse verschwamm.

Er registrierte kaum die Hände an seinem Körper, die ihn von seinem Opfer wegrissen.

Er hatte seinem Gegenüber so schwere Brüche der Gesichtsknochen zugefügt, dass er ins Krankenhaus eingeliefert werden musste.

Die meisten aus dem Team zollten Julius dafür Respekt und ließen ihn hochleben. Keiner der Teilnehmer denunzierte ihn. Jedoch wurde er für die nächsten drei Ligakämpfe mit einer Sperre belegt. Sein Einzelsieg wurde im Ergebnis den Gegnern zugesprochen. Dennoch gewannen die *Smarten Kannibalen* dieses Kräftemessen und belegten fortan Platz eins der Tabelle.

Kapitel 18

Heute. Donnerstagmittag.

Speer blickte mit zusammengezogenen Augenbrauen in die Runde. »Die Aktion fand hinter meinem Rücken statt. Ich war dagegen, dich im Urlaub wegen unseres Falles zu stören«, beteuerte er.

Bogner hatte die Freisprechfunktion an seinem Tischtelefon aktiviert. So konnten sie miteinander sprechen, als ob Franziska im Raum wäre.

Bogner hörte nicht auf, zu grinsen, aber Tina schlug verlegen die Augen nieder.

»Hallo Adrian, und Tina ist vermutlich auch da«, begrüßte Franziska sie.

»Ja, hier bin ich«, meldete sich Tina. »Wie ist es denn so auf Malta?«, versuchte sie, die Wogen zu glätten.

»Vor allem schön warm und sonnig. Das Hotel ist Spitzenklasse. Da bleiben keine Wünsche offen und Arthur ist happy. Die von seinem Scout ausgesuchten Drehorte für seinen Historienfilm könnten besser nicht sein. *Grand Harbour*, der Naturhafen in La Valletta, und das *Fort Saint Elmo* sind ganz oben auf der Liste der geeignetsten Plätze.«

»Die Orte kenne ich nicht, aber ich schaue sie mir nachher gleich mal im Netz an«, begeisterte sich Tina.

»Falls du ein Ziel für deinen nächsten Urlaub suchst, kann ich dir Malta nur empfehlen«, berichtete Franziska.

»Sehr schön. Freut mich für euch«, äußerte sich nun wieder Speer.

»Kommen wir zu eurem Fall«, sagte Franziska mit ernster Stimme. »Arthur war tatsächlich nicht sonderlich begeistert darüber, dass Robert mich um Mithilfe gebeten hat«, erklärte sie.

»Arthur meint es sicher nur gut. Er weiß eben auch, dass du Zeit brauchst, um den Kopf freizubekommen und dich von dem Job zu erholen«, zeigte Tina Verständnis.

»Außerdem wissen wir alle, dass du nicht gut nein sagen kannst«, pflichtete Speer ihr bei. Dabei warf er Bogner einen vorwurfsvollen Blick zu.

»Okay, Schande auf mein Haupt«, grummelte Bogner und hob entschuldigend die Hände. »Ich wollte einfach alle zur Verfügung stehenden Mittel ausschöpfen.«

»Ist schon klar«, beschwichtigte Franziska. »Es geht ja auch nicht mehr und nicht weniger darum, Menschenleben zu schützen.«

»Und hast du dir angesehen, was wir bisher haben?«, fragte Bogner.

»Das habe ich. Wenn Tina sich schon die Mühe gemacht hat, mir eine elektronische Zusammenfassung der Akte zu senden, kann ich zumindest mal draufschauen.«

Bogner klatschte einmal in die Hände und verzog seinem Mund zu einem breiten Lachen. »Klasse.«

Speer seufzte. »Dann bringen wir das aber schnell hinter uns, damit du anschließend weiter deinen Urlaub genießen kannst.«

»Hast du eine Idee, die uns weiterhilft?«, wollte Bogner wissen. Wie immer gab er sich pragmatisch und zeigte nicht wirklich Anzeichen eines schlechten Gewissens.

»Ich glaube schon. Wäre es bei einem Mord geblieben, bestünde noch keine ausreichende Basis für ein tragfähiges Täterprofil. Aber beide Verbrechen im Zusammenhang lassen schon einige Rückschlüsse auf Motiv und Psyche des Killers zu«, begann Franziska.

»Und die wären?«, fragte Bogner.

»Der Täter hat es auf einen bestimmten Frauentyp abgesehen. Von seinen Opfern nimmt er sich die Körperteile, die in seinen Augen am schönsten sind. Er will sich eine perfekte Frau erschaffen.«

»Zu dem Schluss sind wir auch schon gekommen«, erwiderte Bogner.

»Er hat sich ein Ziel gesetzt, das erreicht ist, wenn er genug perfekte Leichenteile erbeutet hat, um daraus etwas Ganzes, Vollkommenes zu formen. Zudem möchte er, dass seine Taten Aufmerksamkeit erregen. Deshalb präsentiert er das, was von den Frauen übrig ist, an öffentlichen Orten. Die Frage ist, weshalb er auf diese Art tötet und warum jetzt«, stellte Franziska zur Diskussion.

Als niemand etwas dazu sagte, fuhr sie fort. »Meiner Meinung nach ist der Täter ein sehr einsamer Mensch, von dem niemand je Notiz genommen hat. Zumindest nicht in der Form und so umfassend, wie er es sich gewünscht hätte. Möglicherweise hat seine große Liebe ihn vor Kurzem verlassen oder zurückgewiesen.«

»Dafür würden auch die Rosen sprechen, die er in den Wohnungen der Opfer platziert«, stimmte Bogner ihr zu.

»Er erschafft sich die perfekte Partnerin, die ihn weder zurückweisen noch je wieder verlassen kann. Eine Leiche«, baute Speer die Theorie aus.

»Meinst du, der Täter hat eine Sexualpräferenz hinsichtlich der von ihm selbst kreierten Körper?«, fragte Bogner.

»Das lässt sich noch nicht bestimmt sagen, aber ich vermute es. Wenn er sich zu Leichen hingezogen fühlt, haben wir es mit dem Phänomen der Nekrophilie zu tun«, erläuterte Franziska. »Es ist eine seltene, aber ernst zu nehmende psychische Störung. Es kann aber auch sein, dass der Gesuchte einem reinen Gewalt- und Zerstörungsdrang unterliegt.«

»Das klingt total irre«, murmelte Tina.

»Ist es auch«, bestätigte Franziska. »Die Auswüchse der Nekrophilie sprengen alle Grenzen der Vorstellungskraft. Beispielsweise nahm die Polizei in Russland vor Jahren einen Mann fest, der in seiner Wohnung mit sechsundzwanzig Leichen jung verstorbener Frauen lebte. Er hat sie auf Friedhöfen ausgegraben, den Skeletten Frauenkleider angezogen und sie wie Puppen ausgestellt.«

Bogner schüttelte fassungslos den Kopf. »Ich sage ja immer, es gibt nichts, das es nicht gibt.«

»Dabei ist unser Täter neben allen psychischen Auffälligkeiten auch noch sehr intelligent und verfolgt mit großer Vorsicht ein Ziel«, erwiderte Franziska.

»Dann haben wir es in gewisser Weise auch mit einem Psychopathen zu tun?«, fragte Speer.

Bogner stand von seinem Platz auf und begab sich zum Whiteboard, wo er unter der Überschrift *Täterprofil* Franziskas Einschätzung in Stichworten notierte.

»Da bin ich mir noch nicht so sicher«, sagte Franziska. »Ein Psychopath geht äußerst planmäßig vor. Das würde zum Täter passen, zumindest ab dem zweiten Mord. Den ersten könnte er auch aus einem Impuls heraus begangen haben. Er hat zwar kein Mitgefühl, kann es aber vortäuschen und ist manipulativ und in der Gesellschaft integriert. Ein Psychopath kontrolliert seine inneren Teufel und tritt wie ein normaler Bürger auf. Euer Mann könnte aber auch ein hochintelligenter Soziopath sein, dann würde er zu impulsiver Gewalt neigen aus Wut und aus dem Gefühl heraus, falsch behandelt worden zu sein. In dem Fall fänden wir ihn eher am Rande der Gesellschaft. Aber zweifelsohne hat der Täter eine antisoziale Persönlichkeit«, betonte Franziska. »Er ist daher nicht oder kaum zu Empathie fähig und könnte als Kind viel Gewalt erfahren haben und stark vernachlässigt worden sein. Sein äußeres Erscheinungsbild dürfte nicht besonders anziehend auf Frauen wirken. Vermutlich ist er schüchtern, zumindest was Frauen angeht.«

»Maxim Krolinskis Mutter ist abgehauen, als er ein Kleinkind war«, merkte Tina an.

»Meinst du, Krolinski passt auch sonst in das von dir erstellte Täterprofil?«, erkundigte sich Speer.

»Krolinski wurde laut eurer Akte vor zwei Jahren erkennungsdienstlich erfasst«, überlegte Franziska.

»Er wurde festgenommen, weil er nach einem verlorenen Heimspiel seines Klubs randaliert hat und an einer Schlägerei zwischen rivalisierenden Hooligans beteiligt war«, ergänzte Tina.

»Wir wissen noch zu wenig über ihn. Aber ich würde ihn als Täter keinesfalls ausschließen«, betonte Franziska.

»Das hat uns sehr weitergeholfen«, bedankte sich Bogner im Namen aller, als niemand noch etwas anzumerken hatte. »Super, dass du dir die Zeit genommen hast.«

»Da wäre noch etwas«, ergänzte Franziska. Sie sprach die Worte betont langsam aus, als ob ein neuer Gedanke sich gerade jetzt in ihrem Kopf ausformte. »Es ist nur eine Hypothese. Aber vielleicht könnt ihr das bei den Ermittlungen im Blick behalten.«

»Wir sind ganz Ohr«, sagte Speer.

»Das Vorgehen des Mörders wirkt auf mich sehr abgeklärt. Daraus folgere ich, dass er schon vor Beginn dieser Serie gemordet haben könnte. Möglicherweise wurden seine Opfer bisher nicht gefunden, weil er zunächst vorsichtiger gewesen ist und keinen so großen Wert auf die öffentliche Wahrnehmung legte. Zumindest hat sich seine Gewaltbereitschaft in irgendeiner Form schon früher Bahn gebrochen. Davon bin ich überzeugt.«

»Wir haben zahllose Vermisstenfälle und ungeklärte Morde«, befand Bogner.

»Sucht nach Fällen, bei denen die weiblichen Opfer euren beiden Toten gleichen«, ergänzte Franziska. »Das von ihm präferierte Aussehen der Frauen dürfte damals wie heute unverändert sein. Außerdem glaube ich, dass es neben der Zurückweisung durch eine Frau noch einen weiteren Auslöser dafür gegeben haben könnte, dass er in schneller Folge zu töten begonnen hat.«

»Wie kommst du darauf?«, fragte Bogner.

»In seinem Leben wurde er sicher schon des Öfteren zurückgewiesen. Vermutlich ist in der näheren Vergangenheit etwas hinzugekommen, das diesmal alle Dämme bei ihm brechen ließ.«

»Was könnte das zum Beispiel sein?«, hakte Tina nach.

»Ein schreckliches Erlebnis, das jedem Menschen widerfahren kann. Eine schlimme Krankheit, der Verlust des Jobs, eines geliebten Menschen oder einer Bezugsperson. Es muss nicht unbedingt etwas Aktuelles zu sein. Auch ein Trauma aus Kindheitstagen, das wieder hochgekommen ist, könnte der Auslöser für die Mordserie sein. Die Liste möglicher Erklärungen ist lang.«

Bogner, der am Whiteboard mitnotiert hatte, drehte sich zu ihnen um und stöhnte auf. »Wir haben es also mit jemandem zu tun, der vor nichts zurückschreckt.«

»Das ist zwar etwas verkürzt ausgedrückt, aber damit müsst ihr rechnen«, schloss Franziska ihren Vortrag ab.

»Dann möchten wir dich endgültig nicht länger von deinem wohlverdienten Urlaub abhalten«, sagte Bogner. »Nochmals danke.«

»Wie gesagt, ich helfe gern. Aber nun wird es wirklich Zeit für mich. Arthur steht schon seit fünf Minuten an der Tür, weil er zur nächsten Filmlocation fahren will, und sein Gesicht wurde von Minute zu Minute grimmiger.«

»Richte ihm bitte meine Entschuldigung aus und unsere Grüße«, beendete Bogner das Gespräch.

Als er aufgelegt hatte, setzte er sich nachdenklich auf seinen Bürostuhl.

Speer ging noch einmal durch, was Bogner an das Whiteboard geschrieben hatte. Dabei kam ihm ein Gedanke, der ihn schlagartig in Aufregung versetzte. Hastig suchte er nach einer bestimmten Akte in dem Stapel auf seinem Schreibtisch, fand sie und schlug sie auf. Als sein Blick auf das Foto des Opfers fiel, weiteten sich seine Augen.

»Was ist denn?«, erkundigte sich Bogner.

»Das seht ihr euch am besten selbst an«, antwortete Speer und schob Bogner die Akte über den Tisch.

Kapitel 19

Damals. Sechsundzwanzig.

Es war klar, dass es einmal so kommen musste. Von Anfang an war es darauf hinausgelaufen. Ein Wunder, dass es erst jetzt geschehen war. Dennoch spürte er nichts. Keine Reue, kein Mitgefühl, keine Angst und keine Sorgen.

Julius wischte sich mit einem alten Handtuch, von denen er in seinem zwanzig Jahre alten, gleichwohl fahrtüchtigen Mercedes immer eins mitführte, das Blut aus dem Gesicht.

Er spähte zum Haus und erkannte die Silhouette seines Vaters hinter den Fenstergardinen des beleuchteten Wohnzimmers.

Nach dem Studium hatte er in seinem ersten Job nur ein paar Monate zugebracht. Zu oft war er gegenüber Kollegen wegen angeblicher Kleinigkeiten ausfallend geworden. Aber vor allem an seinen nach den Kämpfen unübersehbaren Verletzungen, die manchmal auch durch den Verband oder das Pflaster bluteten, nahm sein Chef Anstoß. Hinzu kam eine hohe Anzahl von Krankentagen. Nach seinem Rauswurf hatte er sich gar nicht mehr die Mühe gemacht, sich auf eine neue Stelle zu bewerben.

Bei den *Smarten Kannibalen* war Julius nach wenigen Kämpfen aus dem Team geflogen. Er hatte einfach nicht stoppen können, wenn der Song endete. Gegen den Zwang, weiterzuprügeln, kam er nicht an. Das Hochgefühl, sich die Handknochen an einem menschlichen Gegner blutig zu schlagen, selbst harte Treffer zu kassieren und dennoch nicht nachzulassen, war zu mächtig, als dass er es freiwillig vergehen ließ.

Im Stadion und beim Feiern war er weiterhin gern gesehen. Aber für die Ligakämpfe hatten sie ihn auf Lebenszeit gesperrt.

Das stellte kein sonderliches Problem für ihn dar. Einer der Teamkollegen stellte für ihn den Kontakt zu einer Gruppe her, die ohne Regeln im Wald gegen andere kämpfte. Es ging nicht um einen Tabellenplatz. Jeder kämpfte nur für sich. Es gab zwar rote und gelbe Leibchen, die man sich vor dem Fight überziehen musste, um Freund und Feind voneinander zu trennen. Doch Regeln gab es keine. Auch wenn jemand am Boden lag, durfte man weitermachen, bis das Ende der festgesetzten Kampfzeit durch eine Sirene verkündet wurde.

An diesen Schlägereien nahmen meist nur erfahrene Kampfsportler teil, die ihr Können unter Beweis stellen wollten. Manchmal, so schien es Julius, waren auch Masochisten dabei, die Freude daran hatten, sich Schmerzen zufügen zu lassen.

Aus den vielen Auseinandersetzungen der letzten Jahre war Julius selten ohne Verletzung hervorgegangen. Er hatte zahlreiche Knochenbrüche erlitten, die aber alle wieder verheilt waren.

Julius trottete den Weg zur Haustür, schloss auf und rief nach seinem Vater Hartmut.

»Was gibt's denn«, rief dieser von oben.

»Kannst du mal bitte runterkommen. Ich will dir was zeigen.«

Kurz darauf stand er mit Hartmut hinter dem Wagen und öffnete den Deckel des Kofferraums. Die Innenbeleuchtung und die wenige Meter entfernte Straßenlampe tauchten den grauenhaften Anblick in ein schummriges Licht.

Ein Toter lag in unnatürlicher Haltung zusammengepfercht im Kofferraum und starrte sie aus seinen geöffneten Augen an. Sein Gesicht war zertrümmert und sein Genick gebrochen.

Julius hatte den jungen Mann im Kampf umgebracht. Es war natürlich keine Absicht gewesen. Keiner der anderen Teilnehmer schien bemerkt zu haben, dass der Mann tot war. Vielleicht hielten sie ihn für bewusstlos oder es scherte sie einfach nicht, was mit ihm los war. Julius hatte nicht lange überlegt und den Leichnam zu seinem Wagen geschleppt.

»Ich brauche deine Hilfe«, sagte Julius.

»Das sehe ich«, sagte Hartmut trocken. Er war jetzt sechsundfünfzig Jahre alt, aber kein Stück nachsichtiger als zu Julius' Kindheit. Noch immer hatte sein Vater kein Gramm Fett auf den Rippen und absolvierte täglich sein Muskeltraining.

Vor fünf Jahren war das Kabelwerk geschlossen worden, in dem Hartmut beim Werkschutz tätig gewesen war. Das Unternehmen hatte mit der Konkurrenz aus Fernost nicht mithalten können. Nach einer langen Zeit der Arbeitslosigkeit bekam Hartmut Sozialhilfe. Das Geld vom Staat schien Hartmut zu reichen, um über die Runden zu kommen. In dem kleinen Haus, das er von seinen Eltern geerbt hatte, durften sie wohnen bleiben.

Langsam wandte er den Kopf zu seinem Sohn. Sein Mienenspiel zeigte weder einen Ausdruck von Abscheu noch einen Vorwurf.

Sein Vater klopfte ihm auf die Schultern. »Mach den Kofferraum wieder zu. Ich weiß, wo wir hinfahren und was zu tun ist. Ich bin gleich wieder da.«

Wenige Minuten später ließ er sich in Tarnhose und Armeeparker gekleidet in den Beifahrersitz sinken.

Er wies Julius an, den Wagen über die Allee der Kosmonauten Richtung Südwesten zu steuern.

Als sie am Berliner Tierpark vorbei auf die Treskowallee fuhren, ahnte Julius, wohin Hartmut ihn lotste, und er sollte richtigliegen.

Die etwa zwanzigminütige Fahrt endete an dem einstigen Arbeitsplatz seines Vaters am Rande von Karlsdorf.

Das alte Kabelwerk war von einer hohen Mauer umgeben. Der Stacheldraht darauf sollte ungebetene Besucher abschrecken. Von der Straße aus waren der obere Teil der Gebäude zu sehen sowie der Backsteinkamin der baufälligen Haupthalle, der gut dreißig Meter hoch in den Nachthimmel ragte.

Julius hielt in der Einfahrt vor einem verrosteten Eisentor. Hartmut stieg aus und öffnete mit einem der zahlreichen Schlüssel, die an einem Ring hingen und die er, während er noch beim Werkschutz beschäftigt gewesen war, hatte nachmachen lassen.

Die Zufahrtsstraße lag in einem Industriegebiet, in dem die meisten Fabriken nach und nach geschlossen worden waren. Kein anderes Fahrzeug war weit und breit zu sehen.

Julius gab vorsichtig Gas und ließ seinen Wagen langsam auf das Fabrikgelände rollen. Hartmut verschloss das Tor hinter ihnen. Nachdem er wieder in den Wagen gestiegen war, ließ er seinen Sohn über den weitläufigen Platz um das Hauptgebäude herum zur Rückseite fahren und vor einer Stahltür anhalten.

Bis auf das Licht der Autoscheinwerfer war es draußen stockdunkel. Neben der Tür hing ein großes gelbes Schild an der Wand, auf dem in roten warnenden Lettern stand:

»Einsturzgefahr! Betreten verboten!« Die Backsteinfassade der Fabrik war von Ruß überzogen und die verschmutzten Fensterscheiben größtenteils eingeworfen.

»Verrätst du mir, was wir hier machen?«, fragte Julius.

»Wir schaffen die Leiche in meinen Hobbykeller«, antwortete Hartmut und zog aus seiner Jackentasche zwei Stirnlampen hervor, von denen er die eine Julius hinhielt.

»In deinen Hobbykeller?« Julius hatte keine Ahnung, was sein Vater damit meinte.

»Komm, wirst schon sehen, Sohn!«, sagte Hartmut und lächelte dämonisch, während er das Gummiband, an dem die Lampe befestigt war, über seine Stoppelfrisur streifte.

Julius schaltete den Motor und die Scheinwerfer aus. Dann zog er ebenfalls eine Stirnleuchte über den Kopf. Als er ins Freie trat, schaltete er sie ein.

Ein Uhu schrie in der Ferne. Kälte kroch ihm in die Glieder. Auf der rückwärtigen Seite schloss sich hinter der Grenzmauer des Fabrikgeländes ein Waldstreifen an. Die Natur eroberte sich ihren Platz auch auf dem Gelände zurück. Sträucher und Bäume ragten an verschiedenen Stellen aus dem Boden und zeichneten sich dunkel vor der sternenklaren Nacht ab. Leicht wogte das Geäst im Wind.

Hartmut öffnete die Stahltür, Julius den Kofferraum. Gemeinsam zerrten sie die Leiche heraus. Hartmut fasste sie an den Beinen, Julius unter den Schultern. Die Stirnlampen erzeugten ein gespenstisches Licht in der leer geräumten Halle, als sie den Toten hineinschleppten. In dem sandigen Schmutz, der sich auf dem Betonboden angesammelt hatte, zeichneten sich ihre Fußspuren ab.

Sie hielten kurz inne. Es war still wie in einer Kirche. Julius wandte den Kopf nach allen Seiten. Der Lichtkegel seiner Lampe wurde nach etwa zehn Metern von der Finsternis verschluckt. In der näheren Umgebung machte er eine zerfledderte Federkernmatratze aus. Zerbrochene Weinflaschen, zerquetschte leere Bierdosen und die Überreste eines Lagerfeuers.

»Die Halle ist leer geräumt«, sagte Hartmut. »An ein paar Stellen ist die Decke eingebrochen. Eigentlich sollte die Fabrik abgerissen und Wohnungen auf dem Gelände gebaut werden. Aber bis jetzt tut sich nichts.«

Wenige Meter hinter der Tür führte rechts eine freitragende Wendeltreppe in das Untergeschoss. Julius tastete sich rückwärts die Stufen hinunter.

Mit einer Leiche, die gut achtzig Kilogramm wog und in der Mitte durchsackte, gestaltete sich der Abstieg schwieriger als angenommen. Immer wieder touchierte der Po des Toten die Stufen. Einmal drückte Hartmut mit den Beinen von oben zu stark nach, sodass Julius um ein Haar die Balance verloren hätte und gestürzt wäre. Erst im letzten Moment konnte er sich abfangen.

Unten angekommen ging es durch einen katakombenähnlichen Gang, an dessen Decke und Wänden breite Rohre verliefen, geradeaus und nach etwa dreißig Metern links herum. Überall hingen dichte Spinnweben und hier und da ragten dicke Kabel aus der Wand. Nach weiteren zwanzig Metern türmte sich ein Geröllberg vor ihnen auf.

»Was jetzt?«, fragte Julius. Hier unten war es noch ein gutes Stück kälter als oben.

»Der Haufen ist aus dem Schutt einer Betondecke, die weiter vorne in einem Nebenraum eingestürzt ist, und sonstigem Unrat entstanden. Ich habe das Material hierhergekarrt und aufgetürmt. Das Hindernis soll allzu Neugierige davon abhalten weiterzugehen. Aber wir müssen da noch drüber.«

Julius hatte sich abgewöhnt, Entscheidungen seines Vaters infrage zu stellen. Er kletterte rückwärts die Beton- und Steinbrocken hinauf und zog die Leiche nach oben.

Die Decke war von der Spitze des Geröllbergs etwa einen Meter entfernt. Sie mussten ihre Fracht darüber hinwegziehen.

Auf der anderen Seite der Trümmer führte der Korridor noch etwa zehn Meter weiter, dann verzweigte er sich nach links und nach rechts. Hartmut machte mit dem Kopf ein Zeichen, dass es rechts herum weiterging.

Nach wenigen Metern wies er Julius an, vor einer Stahltür stehen zu bleiben. Auf ihrem Weg waren sie an einigen Türen vorbeigekommen. Die meisten waren verrostet, standen offen oder waren aus den Angeln gerissen. Die heruntergekommenen Räume dahinter waren wie die Halle darüber leer.

Hartmut ließ die Beine des Toten ohne Vorwarnung los, sie krachten auf den Boden.

»Wir sind da«, sagte er und kramte seinen Schlüsselbund hervor.

Als er die Tür nach innen aufdrückte, quietschten die Scharniere. Ein Geruch wie eine Mischung aus Reinigungsmitteln, Chemikalien und Schimmel schlug ihnen entgegen.

Hartmut betätigte einen Schalter und eine Neonlampe erhellte den Raum.

»Ich hätte gedacht, hier wäre der Strom abgestellt«, wunderte sich Julius.

»Ist er in der Halle auch. Aber hier unten ist er in ein paar Räumen noch da. Vermutlich ein vergessener Zähler.«

Gemeinsam schleppten sie den Toten ins Innere und legten ihn auf einen Tisch aus Edelstahl.

Nachdem er die Tür von innen verriegelt hatte, wandte Hartmut sich seinem Sohn zu. »Na, was sagst du zu meinem Hobbyraum. Früher war das hier ein Umkleideraum für die Arbeiter.«

Julius blickte sich um. An die frühere Funktion erinnerte hier bis auf ein paar Kleiderhaken nichts mehr. An die Wände schmiegte sich ein Metallregal, auf dem elektrisches Werkzeug und mehrere große Kanister mit unterschiedlichen Flüssigkeiten lagerten, sowie eine Werkbank mit Schraubstock. An einem Holzbrett, das an der Wand dahinter hing, waren Schraubenzieher, Maulschlüssel, eine Handsäge und Zangen an speziellen Klemmhalterungen befestigt.

Des Weiteren gab es links neben der Tür vier grüne Regentonnen mit Deckel, von denen jede 300 Liter fasste. Von oben fiel schummriges Licht durch einen Schacht. Auf dessen Sims stand eine elektrische Gartenpumpe. Der Ansaugschlauch hing in einen der Regenbehälter.

»Damit kann man die Tonnen leer pumpen«, erklärte sein Vater stolz. »Den anderen Schlauch, aus dem das Wasser ausfließt, führe ich bei Bedarf nach oben über den Schacht nach draußen. Nur wenige Meter entfernt liegt eine alte Sickergrube.«

In der Mitte des Raumes prangte ein Steinpodest. Darauf stand ein riesiges Aquarium, in dem sich unzählige bunte Fische unter mehreren Wärmelampen tummelten.

Ein Bilderrahmen hinter dem Aquarium auf der anderen Seite des Raumes erweckte Julius' Aufmerksamkeit. Die Fotos darin ergaben eine Collage.

Erst als er näher kam, konnte er erkennen, was darauf zu sehen war. Die Bilder waren vergilbt. Julius schätzte, dass sie um die zwanzig Jahre alt waren. Die abgelichteten Frauen waren tot. Ihre geöffneten Augen zeugten von stummer Anklage. Jedem Foto mit einer nackten Leiche auf dem Metalltisch war eines zugeordnet, auf dem das jeweilige Opfer bekleidet war. Die bläulich schimmernden Frauenkörper waren von Stichwunden übersät und überall war Blut.

Unter den Fotos klebten Zeitungsausschnitte, in denen über vermisste Frauen berichtet wurde.

Als Julius sich umwandte, stand Hartmut unmittelbar hinter ihm und sah ihn an, ohne eine Miene zu verziehen.

»Warst du das?«, fragte Julius.

»Es gab eine Zeit, da war ich ein Wolf. Du scheinst in meine Fußstapfen treten zu wollen. Darauf bin ich stolz.«

Julius kommentierte das nicht. Er ging zu dem toten Kämpfer.

»Was machen wir hier mit ihm?«

»Das Gleiche, was ich auch mit den Damen gemacht habe.«

Hartmut ging zu den Regentonnen und hob einen der Deckel ab. »Mit den richtigen Chemikalien bleibt so gut wie nichts mehr von ihm übrig. Ich bringe dir heute alles bei, was ich weiß.« Er nahm einen noch verpackten Einwegoverall aus dem Regal und hielt ihn Julius hin. »Den solltest du anziehen. Du musst die Leiche in Einzelteile zerlegen, damit sie in die Tonne passt. Mit der elektrischen Handsäge ist die Arbeit nicht schwer. Aber es gibt eine ziemliche Sauerei. Bevor du loslegen kannst, müssen wir deshalb noch die Wände und den Boden rund um den Tisch mit Nylonfolie bedecken. Schließlich soll mein Hobbyraum danach wieder so schick aussehen wie davor.«

Kapitel 20

Heute. Donnerstagmittag.

Bogner und Tina betrachteten das Bild der jungen Frau in der Ermittlungsakte, die Speer ihnen nach dem Telefonat mit Franziska zugeschoben hatte.

Es handelte sich um den ungelösten Fall, den sie zuletzt bearbeitet hatten.

Die vor rund vierzehn Monaten ermordete Vanessa Baumann passte zu den anderen Toten. Sie war unter dreißig Jahre alt, blond, blauäugig und über eins siebzig groß und schmal gewesen.

»Falls Franziska recht hat und der Täter vor der jetzigen Serie bereits aktiv war, könnte Vanessa Baumann sein Opfer gewesen sein«, stellte Speer fest.

Tina, die über die Akte gebeugt stand, trat von Bogners Schreibtisch zurück, lehnte sich mit dem Po gegen das Sideboard und verschränkte die Arme vor der Brust. »Der Mörder hat damals versucht, das Opfer einzubalsamieren, um die Verwesung zu stoppen.«

Speer nickte. »Daran habe ich auch schon gedacht. Möglicherweise hat er das getan, weil er die Leiche bei sich behalten wollte, um sich nicht mehr einsam zu fühlen.«

Bogner sah zu Speer auf und seufzte. »Außerdem wurde Vanessa Baumann erstickt. Das würde tatsächlich alles ins Täterprofil passen.«

»Gehen wir mal davon aus, dass es sich um denselben Mörder handelt. Wie hilft uns das weiter?«, fragte Tina.

Speer dachte kurz nach. »Wir könnten Krolinskis DNA mit derjenigen abgleichen, die wir unter den Fingernägeln Vanessa Baumanns sicherstellen konnten.«

»Genau das werden wir tun«, stimmte Bogner zu. »Außerdem befragen wir nochmals die Kolleginnen und diese Friseurin von nebenan, die das Gesicht des Mannes gesehen hat, mit dem Vanessa Baumann am Abend ihres Verschwindens zur U-Bahn ging.«

»Meint ihr, es könnte noch mehr Opfer geben, die wir unserem aktuellen Fall zuordnen könnten?«, fragte Tina.

»Ich halte dich nicht davon ab, auf die Suche nach ähnlichen Fällen zu gehen«, erwiderte Bogner. »Aber bitte erst, wenn du mit Gomez die öffentliche Warnmeldung für Frauen, die vom äußeren Erscheinungsbild und vom Alter her gefährdet sein könnten, geklärt hast. Außerdem brauchen wir einen richterlichen Beschluss für den Abgleich der DNA von Vanessa Baumann mit der von Maxim Krolinski.«

»Ist schon klar. Das wird natürlich alles vorher geregelt«, erwiderte Tina.

Bogner lächelte und formte einen Daumen nach oben zum Zeichen der Anerkennung.

Er rieb sich über sein stoppelbärtiges Kinn und spitzte die Lippen. »Angenommen der Mörder von Vanessa Baumann und unser Serienkiller sind identisch. Welche Erklärung könnte es dafür geben, dass er jetzt dazu übergegangen ist, seine Opfer in Einzelteile zu zerlegen?«

Tina zog die Stirn in Falten. »Vielleicht ist er zu der irren Überzeugung gelangt, so eine Frau, wie er sie sich vorstellt, existiert nicht und er müsse sie für sich selbst erschaffen.«

»Um ihre Schönheit zu erhalten, müsste er die Leichenteile so präparieren, dass die Verwesung gestoppt wird. Das sogenannte *Modern Embalming*, das der Täter bei Vanessa Baumann angewendet hat, ist laut Rechtsmedizin ein untaugliches Verfahren, um einen Körper dauerhaft zu konservieren. Vielleicht probiert er bei den aktuellen Opfern etwas Neues aus, um sie für die Ewigkeit zu erhalten«, ergänzte Speer.

Tina schüttelte sich und verzog das Gesicht. »Die Vorstellung ist echt gruselig.«

Gegen fünfzehn Uhr trafen Speer und Bogner bei der Filiale der Buchhandelskette ein, in der Vanessa Baumann gearbeitet hatte.

Die drei Kolleginnen, darunter die Filialleiterin, die den Mann und das Opfer kurz vor Feierabend in der Nähe des Krimiregals beim Gespräch beobachtet hatten, waren zugegen.

Speer und Bogner baten die Filialleiterin und die beiden anderen Frauen in den hinteren Teil des Verkaufsraums. Dort war es ruhiger und sie konnten ungestört reden.

»Wir ermitteln wegen des Mordes an Ihrer Kollegin«, begann Bogner und zeigte den Damen seinen Dienstausweis.

Alle drei Frauen mussten um Fassung ringen.

»Wir werden das niemals vergessen können«, sagte die Filialleiterin. »Das ist so grausam und beängstigend. Was kann jemanden bewegen, so etwas zu tun?«

»Haben Sie den Mann gefunden, der Vanessa umgebracht hat?«, fragte die Mitarbeiterin, die in der Mitte stand. Sie hatte brünettes kurzgeschnittenes Haar und eine Brille, die sie streng wirken ließ.

»Vielleicht«, antwortete Bogner knapp.

»Seitdem Vanessa das passiert ist, fürchten wir uns, wenn wir allein draußen unterwegs sind, vor allem bei Dunkelheit. Es wäre beruhigend zu wissen, dass dieser Mörder gefasst ist«, klagte die Filialleiterin.

Bogner tippte auf das Display seines Smartphones und zeigte den Frauen ein Porträtfoto von Maxim Krolinski. »Könnte das der Mann gewesen sein, der mit Ihrer Kollegin gesprochen hat?«

Ein Ausdruck von Verwunderung trat auf das Gesicht der Filialleiterin. »Das ist ein Stammkunde von uns. Ich weiß nicht, wie er heißt, er zahlt immer bar. Aber er kommt mindestens einmal im Monat.«

»Ja, das stimmt«, sagte die Kollegin, die bisher geschwiegen hatte. »Das ist ein auffälliger Typ. Also was seine Interessen angeht. Er hat alle Werke von H. R. Giger gekauft und noch andere, die in die gleiche Richtung gehen.«

Speer nickte. Er wusste, wer H. R. Giger war und welche Kunst er fabrizierte.

»Bestimmt kennen Sie *Alien*, den Science-Fiction-Klassiker?«, fragte die Frau, an Bogner gewandt. Vermutlich hatte sie seinen fragenden Blick wahrgenommen.

Bogner nickte. »Ja, den hab ich vor einer Ewigkeit mal gesehen.«

»Und erinnern Sie sich an das Aussehen des außerirdischen Monsters darin?«

»Dunkel, warum?«

»Giger war ein Schweizer Maler und Bildhauer. Einer breiteren Öffentlichkeit wurde er als Designer am Filmset von *Alien* bekannt. Er hat auch das Monster entworfen.«

Speer konnte dem Ausdruck auf Bogners Gesicht entnehmen, dass er das Gleiche dachte wie er. Das passte. Krolinskis

Skulpturen und Bilder erinnerten auffällig an die Werke von H. R. Giger.

Kurz verschlug es beiden die Sprache. Das konnte kein Zufall sein. Ihr Hauptverdächtiger war Stammkunde in der Buchhandlung, in der ein früheres Mordopfer gearbeitet hatte, das den Toten ihres aktuellen Falles glich.

»Könnte dieser Kunde der Mann gewesen sein, mit dem Ihre Kollegin hier vor dem Regal mit den Kriminalromanen am Abend ihres Verschwindens sprach?«, fand Speer als Erster seine Stimme wieder.

»Möglich wär's«, bejahte die Filialleiterin. Sie sah ihre Mitarbeiterinnen an. »Was meint ihr?«

Beide nickten.

»Das ist lange her«, sagte die Brünette. »Er könnte es gewesen sein. Der Mann trug eine Mütze. Es war ja Winter und ziemlich kalt an dem Abend. Aber von der Größe und der Statur her würde es passen.«

»Ist Ihnen sonst noch etwas seit der Befragung durch unsere Kollegen damals eingefallen, das für die Aufklärung wichtig sein könnte?«, fragte Speer.

Die drei schüttelten gleichzeitig den Kopf und machten ein trauriges Gesicht.

Bogner steckte sein Telefon wieder ein. »Vielen Dank«, sagte er. »Sie haben uns sehr geholfen.«

Die anschließende Befragung der Friseurin nebenan verlief weniger erfolgreich. Sie wollte sich nicht darauf festlegen, dass Krolinski der Mann war, der mit Vanessa Baumann zur U-Bahn gegangen ist. »Kann sein, kann nicht sein. Es war nur ein flüchtiger Moment, für den ich sein Gesicht gesehen habe. Und das noch nicht mal ganz. Er hat es nämlich weggedreht. Dazu war es auch noch dunkel. Ich konnte ihn damals schon nicht genau beschreiben. Wie soll ich mich denn nach einem Jahr noch daran erinnern, wie der genau aussah.«

Das war der Frau nicht zu verübeln. Es war auch bei Gerichtsverfahren ein häufiges Problem, dass Zeugen, je länger das Gesehene zurücklag, umso bruchstückhaftere und teilweise sogar falsche Angaben machten.

Bogners Handy klingelte, als er die Tür des Dienstwagens öffnete. Es war Fernanda Gomez. Sie stiegen ein und Bogner stellte das Gespräch auf laut. »Die Warnmeldung an die Öffentlichkeit ist genehmigt und wir bekommen den Richterbeschluss für den DNA-Abgleich«, verkündete Gomez. »Übrigens gute Arbeit. Ich hätte nichts dagegen, wenn sich der Fall Baumann nebenbei auch aufklärt.«

»Wir machen uns jetzt auf den Weg zu der Halle, in der Krolinski wohnt«, erklärte Bogner. »Sicher finden wir dort etwas, das für einen Abgleich brauchbar ist.«

»Die Sache nimmt Fahrt auf. Krolinski war Stammkunde in der Buchhandlung, in der Frau Baumann tätig war«, informierte Speer die Leiterin des Morddezernats.

»Ausgezeichnet«, sagte Gomez. »Allerdings wäre es mir noch lieber, wenn wir bei der Durchsuchung dieser Halle auch gleich belastende Beweise für die aktuellen Morde gefunden hätten.«

»Wenn der DNA-Abgleich positiv ausfällt und wir ihn wegen eines Mordes überführen, gibt er die anderen vielleicht auch noch zu«, entgegnete Bogner. »Dazu müssen wir ihn allerdings erst mal zu fassen kriegen.«

Gomez seufzte. »Bleibt also zu hoffen, dass es nur eine Frage von Stunden, maximal Tagen ist, bis wir Krolinski erwischen und er bis dahin nicht wieder zuschlägt.«

In Krolinskis Wohn- und Arbeitsräumen war das Chaos, das im Laufe der Durchsuchung entstanden war, nicht zu übersehen.

Schubladen waren ausgekippt worden. Kleider, Bettzeug und Handtücher lagen ebenso wie Schallplatten und Bücher, von denen die meisten von H. R. Giger stammten, auf dem Boden. Die Kollegen hatten einiges mitgenommen. Darunter ein Laptop, dessen Festplatte aber nichts Brauchbares beinhaltet hatte, und verschiedene Ordner.

Im Bad fanden sie eine Bürste, in der einzelne Haare hingen. Augenscheinlich befanden sich auch solche mit Wurzel darunter. Auch die Zahnbürste packten sie in einen Plastikbeutel. Aus dem Mülleimer entnahmen sie ein gebrauchtes Papiertaschentuch.

Anschließend brachten sie das Material zum Kriminaltechnischen Institut des LKA, das sich am Tempelhofer Damm befand.

Ein Sachverständiger teilte ihnen mit, dass Krolinskis Haare von der Bürste ausreichten, um seinen genetischen Fingerabdruck zu erstellen. Allerdings läge ihm der dafür notwendige richterliche Beschluss noch nicht vor.

Außerdem sei wegen Personalmangels frühestens morgen Nachmittag mit einer Fertigstellung des DNA-Musters und einem Abgleich mit der DNA-Datenbank unbekannter Täter zu rechnen.

Sämtliche Versuche Bogners, den Mann zu einem rascheren Vorgehen zu bewegen, scheiterten. Speer nahm besorgt wahr, dass das Gesicht seines Kollegen immer roter wurde und seine Halsschlagader auffällig pulsierte. Ein sicheres Anzeichen, dass ihm in Kürze die Hutschnur riss. Das Schlimmste war, dass der Typ immer verstockter wurde, je mehr Bogner ihn beschwor, schneller zu arbeiten.

Am Ende musste Speer seinen Partner beschwichtigen, damit dieser nicht verbal ausrastete.

»So ein Arschloch«, fluchte Bogner, als sie durch das Hauptportal ins Freie traten, und öffnete sein Hemd um einen weiteren oberen Knopf.

»Du hast alles Erdenkliche versucht. Offenbar geht es im Moment tatsächlich nicht schneller. Morgen ist Karfreitag und diese Woche sind Schulferien. Da haben eine Menge Leute Urlaub«, erinnerte Speer.

Bogner zupfte sein Jackett zurecht. »Ach was, der hatte nur keine Lust, eine Nachtschicht einzulegen.«

Als sie im Wagen saßen, war es halb fünf am Nachmittag und Bogner schaltete das Radio ein.

Im Anschluss an eine Nachricht über ein Drama, das sich in einem griechischen Flüchtlingslager ereignet hatte, folgte der Aufruf an die Bevölkerung: »Und hier ein aktueller Hinweis. Die Berliner Polizei warnt vor einem Serienmörder, dem seit Anfang der Woche zwei Frauen zum Opfer gefallen sind. Besonders gefährdet sind Frauen zwischen zwanzig und fünfunddreißig Jahren, mit schlanker Figur, blonden langen Haaren, blauen Augen und einer Körpergröße von über einem Meter siebzig. Die Polizei bittet daher insbesondere Personen, auf die diese Beschreibung zutrifft, nur noch in Begleitung die Wohnung zu verlassen und besonders vorsichtig zu sein.« Zum Abschluss gab der Sprecher eine Telefonnummer bekannt, unter der die Bürgerinnen und Bürger Auffälligkeiten melden konnten.

»Vielleicht versetzt das unseren Killer ein wenig in Aufruhr und er macht einen Fehler«, hoffte Bogner.

Speer zückte sein Telefon, als sie wieder im Auto saßen.

»Wen rufst du an?«, wollte Bogner wissen.

»Mal sehen, ob ich Dr. Eisenbeiß noch erreiche«, antwortete Speer und wählte die gespeicherte Nummer des Gerichtsmediziners. »Mir will nicht aus dem Kopf gehen, warum Dr. Rettig in seinem Bericht zu Sybille Morgenstern nicht die saubere Schnittführung bei der Abtrennung der Beine angemerkt hat.«

Nach mehrmaligem Klingeln meldete sich Eisenbeiß. »Schön, dass Sie noch im Institut sind. Wir würden gern mit Ihnen reden«, sagte Speer.

»Ich bin noch eine Weile beschäftigt. Sie können also gern reinschauen.«

Kapitel 21

Heute. Donnerstagnachmittag. Achtundzwanzig.

Gegen siebzehn Uhr betrat Julius das Foyer des Schwimmbades in Lichtenberg. Er sah sich verstohlen um und schlenderte auf das Panoramafenster zu, hinter dem das Schwimmerbecken mit den 50-Meter-Bahnen und das Freizeitbad zu sehen waren.

Ein gutes Stück entfernt zu seiner Linken kassierte eine Angestellte den Eintritt und ließ einen grauhaarigen Mann durch die Schranke. Eine weitere Mitarbeiterin wischte mit einem feuchten Mob den Boden. Niemand schien Notiz von ihm zu nehmen.

Eine Reihe von Stühlen, die eine Art Wartebereich bildeten und von denen man durch das Panoramafenster ins Schwimmbad schauen konnte, lud zum Verweilen ein.

Zehn Minuten nachdem er Platz genommen und die Mütter und Väter mit ihren Kindern beim Baden und die Schwimmer beim Bahnenziehen beobachtet hatte, trat eine junge Frau aus dem Duschbereich in die Schwimmhalle. Ihretwegen war er hier.

In den letzten Tagen hatte es ihn immer wieder zu unterschiedlichen Zeiten auf den Parkplatz vor dem Schwimmbad verschlagen.

Aus seinem Wagen heraus hatte er die ankommenden Badegäste beobachtet. Aber erst heute war die eine, nach der er Ausschau gehalten hatte, darunter gewesen. Sie sah aus wie ein Engel.

Er musste schmunzeln. Sie entsprach genau der Beschreibung des Nachrichtensprechers. Dass sie im Radio vor ihm gewarnt hatten, erfüllte ihn mit Genugtuung und bestärkte ihn in seinem Vorhaben. Vielleicht würde sein Werk keines für die Ewigkeit sein, aber eines, das ewig nachhallte.

Julius beugte sich in seinem Stuhl vor, stützte die Ellenbogen auf den Knien ab und fixierte die Frau, die nun ihre blonden Haare, die sie eben noch offen getragen hatte, zu einem Pferdeschwanz zusammenband.

Sie war grazil und wirkte zerbrechlich. Ihr Gesicht entsprach nicht seiner Vorstellung von Perfektion. Jedoch besaß sie mit Abstand die harmonischsten Gliedmaßen aller bisher von ihm Auserkorenen. Ihre Arme waren ein Gedicht. So elegant und so außergewöhnlich lang, dass ihre Fingerspitzen, fast bis an die Kniekehlen reichten, wenn ihre Arme ausgestreckt nach unten hingen. Gleichzeitig waren sie muskulös und athletisch schlank.

Als sie auf die anmutigste Art, die er je gesehen hatte, die Leiter hinab ins Wasser stieg und zu schwimmen begann, schluckte Julius den Speichel, der sich in seinem Mund gesammelt hatte, hinunter und wischte sich über die Lippen.

Er hörte Schritte hinter sich, die behäbig näher kamen, und wandte sich kurz um.

Ein korpulenter Mann mit fettigen glatten Haaren und einer prall gefüllten Plastikeinkaufstasche setzte sich ein paar Meter von ihm entfernt auf einen der Stühle. Der Schweißgeruch, der in seine Richtung wehte, erfüllte Julius mit Ekel.

Eigentlich konnte er es sich nicht erlauben, dass er hier drinnen jemandem auffiel. Doch statt zu gehen, blieb er sitzen. Er konnte nicht gehen. Noch nicht. Nicht ohne sie noch einmal betrachtet zu haben. Er drehte den Kopf ein wenig zur Seite, damit der Dicke sein Gesicht nicht ganz sehen konnte, und starrte weiter durch die Scheibe.

Wie sie wohl hieß? Wie alt sie war? Er schätzte sie auf höchstens achtundzwanzig. Sicher hatte sie ihren Ausweis dabei. Bald würde er es also genau wissen.

Er atmete die angehaltene Luft aus, gab sich einen Ruck und verließ seinen Platz Richtung Ausgang. Dabei drehte er sich im Gehen von dem Dicken weg. »Schöne Aussicht hier«, hörte er den Kerl hinter seinem Rücken glucksen.

Julius hielt auf die Ausgangstür zu, ohne der Bemerkung Beachtung zu schenken oder innezuhalten.

Im Freien atmete er kräftig durch. Es würden quälend lange Minuten werden, bis sie das Schwimmbad verließ.

Sein blonder Engel hatte seinen Wagen am Rande des Parkplatzes unter einer Reihe von Bäumen abgestellt. Um diese Uhrzeit war noch nicht viel los im Schwimmbad. Auch das kam ihm gelegen. Zwar wäre es abends bei Dunkelheit ungefährlicher für ihn gewesen. Doch sein Vorhaben duldete einfach keinen Aufschub.

Julius parkte sein Auto unmittelbar neben ihres. Eine Stunde später trat sie durch die Schiebetür des Hallenbades.

Langsam stieg er aus, ging um sein Auto herum nach hinten und öffnete die Kofferraumklappe. Sein alter Mercedes verfügte über einen außergewöhnlich großen und vollständig vom Fahrerbereich abgetrennten Kofferraum. Er hatte diesen akribisch geleert. Bevor er hergefahren war, hatte er nur noch einen Lappen, den er mit Äther getränkt hatte, in einer Plastikdose verstaut und hineingelegt.

Er sah sich um und biss die Zähne zusammen. Drei Reihen weiter vorne stieg eine ältere Dame aus ihrem

Kleinwagen. Sie brauchte nicht lange, aber ihm kam es wie eine Ewigkeit vor, bis sie ihm endlich den Rücken zugekehrt hatte und mit ihrer Tasche auf den Eingang des Schwimmbads zuhielt.

Jetzt war die junge Frau nur noch wenige Schritte von ihm entfernt. Sie musste an ihm vorbei, um zur Fahrertür ihres Wagens zu gelangen.

Er tat so, als würde er etwas in seinem Kofferraum suchen.

Sie zog einen Schlüsselbund aus ihrer Hosentasche. Ein Klicken und Aufleuchten der Blinklichter verriet, dass sie die Zentralverriegelung ihres Wagens geöffnet hatte. Er musste handeln. Die alte Dame war noch etwa fünf Meter vom Eingang entfernt. Wenn sie sich jetzt umdrehte, würde sie mitbekommen, was er tat. Er hatte nur einen Sekundenbruchteil, um eine Entscheidung zu treffen. Sonst war kein Mensch zu sehen, aber es konnte auch jeden Moment jemand um die Ecke auf den Parkplatz biegen oder aus dem Eingang des Bades herauskommen.

Julius ließ sich seine Aufregung nicht anmerken. Noch nie zuvor war er ein so hohes Risiko eingegangen. Doch er wusste, er würde es nicht ertragen können, wenn sie ihm durch die Finger ging.

Als die junge Frau fast auf seiner Höhe war, lächelte er ihr zu. Sie verzog keine Miene und senkte den Blick zu Boden. Er beugte sich wieder über seinen Kofferraum, und sie ging an ihm vorbei. Blitzschnell wandte er sich um, trat hinter sie und drückte ihr den mitgebrachten Elektroschocker an den Hals.

Ein Aufschrei erstickte in ihrer Kehle. Sie zappelte. Dann hatte der Stromstoß ihre Muskeln fast vollständig gelähmt. Er umklammerte sie von hinten und zerrte sie zu seinem Kofferraum. Grob wie einen zu langen zusammengerollten Teppich stopfte er sie ins Innere.

Panisch sah er sich um. Eine vierköpfige Familie kam aus dem Schwimmbad. Sie konnten von ihrer Position aus unmöglich den Inhalt seines Kofferraums sehen und spazierten in eine andere Richtung davon.

Schnell hob er ihren Schlüsselbund vom Boden auf sowie ihren daneben liegenden Rucksack. Darin fand er ihren Geldbeutel und nahm ihn an sich. Zwischen den Handtüchern, den Schwimmsachen und in ihrem Kulturbeutel entdeckte er nichts, mit dem sie ihm gefährlich werden konnte. Er zog den Reißverschluss des Rucksacks wieder zu und warf ihn neben sie in den Kofferraum.

Die ganze Zeit über starrte sie ihn an. Aus dem feuchten Schimmer in ihren Augen und ihrem leichten Mienenspiel sprachen Entsetzen und unfassbare Angst.

In ihrem Geldbeutel steckte neben Kredit-, Bank- und Gesundheitskarte auch ihr Personalausweis. Er zog ihn heraus und studierte, was darauf stand.

Die Hübsche hieß Jasmin Jansen und war sechsundzwanzig Jahre alt. Ihre Anschrift war hier in Lichtenberg. Er wusste nicht, ob sie einen Freund hatte, der mit ihr dort wohnte. Aber das würde er noch herausfinden.

In ihrer hinteren Hosentasche fand er ihr Handy. Er schaltete es aus und steckte es ein.

Zuletzt ergriff er den nebelfeuchten Lappen aus der Plastikbox. Ein beißender Geruch machte sich breit. Er musste aufpassen, dass er sich damit nicht selbst narkotisierte, und hielt ihn weit von sich weg.

»Hallo, meine Schöne«, begrüßte er sie und zwinkerte ihr lächelnd zu. »Keine Sorge, wir sehen uns schon bald wieder.«

Er presste ihr das Tuch vor Nase und Mund, bis sie einschlief, und verstaute es anschließend wieder.

Begleitet von einem Hochgefühl stieg er in sein Auto, legte die verschlossene Plastikbox auf den Beifahrersitz und ließ den Motor an.

Bei Sybille hatte er sich von seiner Wut leiten lassen und war einem Impuls gefolgt. Bei Adea und Jasmin hatte er sich besser vorbereitet und sich geplant der Frauen bemächtigt.

Er fragte sich, wie lange es in seinem Refugium dauern würde, bis Jasmins Tränen ein weiteres Reagenzglas füllten.

Kapitel 22

Speer und Bogner brauchten im Feierabendverkehr fast eine Stunde bis zur Charité. Es war kurz nach halb sechs, als sie an die Bürotür des Chefs der Rechtsmedizin klopften.

»Herein«, tönte Dr. Eisenbeiß' sonore Stimme.

Sie traten ein. Eisenbeiß sah kurz über den Rand seiner Brille von seinem Schreibtisch auf und setzte seine Unterschrift auf ein vor sich liegendes Dokument. Wie immer trug der weißhaarige Arzt zu seinem Hemd eine Fliege. Nun widmete er ihnen seine Aufmerksamkeit und wies mit der Hand auf die beiden Stühle vor seinem Tisch. »Setzen Sie sich doch bitte.«

Sie kamen der Aufforderung nach.

»Für mich ist heute noch lange kein Feierabend in Sicht. Bei Ihnen vermutlich auch nicht«, sagte der Rechtsmediziner. »Ihr neuer Fall hält Sie sicher ganz schön auf Trab.« In seiner Stimme lag eine gewisse Neugierde.

Bogner seufzte und verzog mürrisch die Mundwinkel. »Wir brauchen dringend einen Ermittlungserfolg, sonst röstet uns die Presse auf offener Flamme.«

»Verstehe«, sagte Dr. Eisenbeiß und lehnte sich zurück. »Die öffentliche Warnmeldung belegt nachdrücklich den Ernst der Lage. Ich bin Ihnen gern behilflich. Obwohl eigentlich alles in meinem Bericht steht, was Sie zu dem zweiten Opfer aus Sicht der Gerichtsmedizin wissen müssen. Ich bin daher ehrlich gespannt, was Sie zu mir führt.«

»Es geht um das erste Opfer, Sybille Morgenstern«, begann Speer.

Dr. Eisenbeiß spitzte die Lippen und zog die Augenbrauen zusammen. »Die Obduktion hat mein Kollege Dr. Rettig durchgeführt.«

»Ist Dr. Rettig noch im Institut?«, erkundigte sich Bogner.

»Nein, er hat sich heute Vormittag nicht wohl gefühlt und sich bei mir krankgemeldet. Er wollte sofort nach Hause fahren und sich ins Bett legen.«

»Wann genau war das?«, wollte Speer wissen.

»Lassen Sie mich nachdenken. Das war kurz nachdem die Leichenteile von Adea Schmill hierher überführt worden waren. Also so Viertel nach zehn, schätze ich. Aber warum interessiert Sie das?«

»In Ihrem Bericht erwähnen Sie die saubere Schnittführung und professionelle Trennung der Gliedmaßen vom Rumpf des Opfers. Sie vermuten deshalb, dass der Täter über anatomisches Wissen verfügt und so etwas nicht zum ersten Mal gemacht hat.«

»Das ist korrekt«, bestätigte Dr. Eisenbeiß.

»Dr. Rettig machte in seinem Obduktionsbericht keine Angaben dazu, wie die Beine abgetrennt wurden.«

Dr. Eisenbeiß rieb sich sein glattrasiertes Kinn und machte ein nachdenkliches Gesicht.

»Das verwundert mich in der Tat. Wenn die Schnittführung im Fall von Sybille Morgenstern ebenso filigran war wie bei Adea Schmill, und davon ist ja auszugehen, da es sich augenscheinlich um denselben Täter handelt, dann hätte Dr. Rettig dies als Besonderheit feststellen und schriftlich vermerken müssen.«

»Ist es nicht so, dass mehrere Obduzenten anwesend sein müssen?«

Der Gerichtsmediziner nickte. »In der Regel sind wir zu dritt.« Er erhob sich. »Die Leiche von Sybille Morgenstern wurde noch nicht zur Bestattung freigegeben und befindet sich in der Kühlkammer. Ich werde eine kurze Begutachtung vornehmen. Danach wissen wir mehr.«

Eine Viertelstunde später kam Dr. Eisenbeiß in sein Büro zurück, wo Speer und Bogner gewartet hatten.

»Die Abtrennung der Beine wurde mit der gleichen Sorgfalt und Professionalität durchgeführt wie die Schnitte bei der von mir untersuchten Leiche. Dr. Rettig wird sich dazu äußern müssen. Es war mehr als schlampig, dies nicht in seinem Bericht zu erwähnen.«

Bogner hob die Hände. »Überlassen Sie es bitte fürs Erste uns, mit ihm zu reden.«

»Na gut. Wie Sie wollen.«

»Was ist mit den beiden anderen Obduzenten. Hätte denen der Fehler nicht auffallen müssen?«, erkundigte sich Speer.

Dr. Eisenbeiß machte ein unschlüssiges Gesicht. »Dr. Rettig hat zwei junge Kolleginnen ausgewählt, die ihre Facharztausbildung bei uns erst vor wenigen Wochen begonnen haben. Ihnen ist da kein großer Vorwurf zu machen.«

»Dr. Rettig war sehr schnell am Fundort der Leiche«, bemerkte Speer. »Er meinte, Sie hätten ihn mit der ersten Inaugenscheinnahme und anschließenden Obduktionsleitung betraut. Er sei auf dem Weg in die Charité und daher so schnell vor Ort gewesen.«

Dr. Eisenbeiß schüttelte vehement den Kopf. »Das ist völliger Blödsinn. Das heißt, es stimmt, dass er unterwegs zur Arbeit war. Er hat aber *mich* angerufen und berichtet, er habe den Polizeifunk mitgehört und mir vorgeschlagen, dass er zum Fundort fahren könne, da er gerade in der Nähe sei. Ich habe ihn darauf hingewiesen, dass es illegal ist, den Polizeifunk abzuhören. Er meinte, es käme nicht mehr vor.«

Für einen Moment sahen sich die beiden Kommissare schweigend an. Speer war sich sicher, dass bei Bogner die Alarmglocken ebenso schrillten wie bei ihm.

Dr. Eisenbeiß hatte in seinem Bericht festgehalten, dass der Täter besondere medizinische Fähigkeiten und Anatomiekenntnisse besitzen musste. Dr. Rettig hatte diese Auffälligkeit in seinem Obduktionsbericht verschwiegen. Offenbar hatte er das getan, um die Untersuchungen in eine falsche Richtung zu lenken.

Damit rückte er nun selbst in den Fokus der Ermittlungen. Seine Krankmeldung passte in dieses Bild, da er davon ausgehen musste, dass die Divergenz in den beiden Berichten ihn zu einem Tatverdächtigen machen würde.

Als sie aus dem Gebäude kamen, holte Bogner sein Handy hervor. Während sie zu ihrem Dienstwagen auf den Parkplatz marschierten, rief er Tina Jeschke an.

»Ich hab auch schon probiert euch zu erreichen, aber ihr wart wohl in einem Funkloch«, meldete sie sich.

»Wir waren im Institut für Rechtsmedizin«, erklärte Bogner.

»Verstehe«, sagte Tina.

In den Räumlichkeiten, die unter der Erde lagen, gab es keinen Handyempfang. Das war auch Tina bekannt. Kurz informierte Bogner seine Kollegin darüber, was sie herausgefunden hatten. »Besorgst du uns bitte schnellstmöglich die Wohnanschrift von Dr. Ulf Rettig«, schloss Bogner.

Sie erreichten den Wagen. Bogner stellte sein Handy auf laut, damit Speer mithören konnte.

»Mach ich«, sagte Tina. »Dauert nicht lange.« Sie hörten im Hintergrund das Klackern der Computertastatur.

»Warum wolltest du uns sprechen?«, fragte Bogner. »Hast du was Neues?«

»Das kann man wohl sagen. Es passt zu dem, was ihr herausgefunden habt und auch wieder nicht. Ich weiß nicht, wie man das jetzt deuten soll.«

»Tina, wir haben nicht viel Zeit. Also raus mit der Sprache.«

»Ich bin die Ordner durchgegangen, die wir in Krolinskis Halle bei der Durchsuchung mitgenommen haben. Was glaubt ihr, wer zu Krolinskis besten Kunden gehört?«

»Keine Ahnung«, entgegnete Bogner gereizt. Speer wusste, dass sein Kollege diese Ratespiele hasste. Tina war das auch klar. Aber ab und an konnte sie einfach nicht anders, als Bogner damit zu nerven.

»Es ist unser Rechtsmediziner. Dr. Ulf Rettig. Er hat mehrere Gemälde und Skulpturen von Krolinski gekauft.«

»Das gibt's doch nicht« sagte Speer verblüfft.

»Ich hab's schwarz auf weiß«, erwiderte Tina. »Und hier kommt seine Wohnanschrift.«

Sie beendeten das Gespräch und Speer tippte die Adresse ins Navi des Wagens.

Als die Route sich auf dem Display aufbaute, stutzte Speer. »Siehst du, was ich sehe?«

Bogner nickte. »Der Weg zwischen Rettigs Wohnung und seinem Arbeitsplatz liegt gar nicht in der Nähe des Fundorts von Sybille Morgenstern.«

»Und dass er den Polizeifunk abgehört hat, ist doch auch ein ausgemachter Quatsch.«

»Daraus können wir wohl nur eins schließen«, resümierte Bogner. »Rettig war so schnell am Fundort der Leiche, weil er sie dort abgelegt hatte.«

Bogner setzte das Blaulicht auf das Dach ihres Wagens und raste los.

Kapitel 23

Langsam kam Jasmin zu sich. Ein Schmerz, der mit jeder Sekunde quälender wurde, manifestierte sich hinter ihrer Stirn. Um sie herum war es stockdunkel. Ein Brummen wie ein Schwarm Hornissen dröhnte in ihrem Schädel. Ihr war speiübel und obwohl sie nichts sah, hatte sie das Gefühl, dass sich alles um sie herum drehte. Schwerfällig bewegte sie ihre Arme und Beine. Es war, als hätte sie Blei in den Gliedern.

Was war passiert und wo war sie überhaupt? In dem Moment, als sie sich die Frage stellte, wurde es ihr klar. Ruckartig versuchte sie, sich aufzusetzen, und stieß mit dem Kopf gegen etwas Hartes. Sie schrie auf. Die Kofferraumklappe. Sie lag wirklich im Inneren eines Wagens. Und das Röhren und Brummen in ihren Ohren waren die Geräusche der Reifen und des Motors.

Abgrundtiefe Panik ergriff sie. Ihre Augäpfel irrten hin und her, obwohl sie nichts sah. Sie unterdrückte ihren ersten Impuls, erneut aufzuschreien. Aus Angst, der Wahnsinnige, der sie gekidnappt hatte, könnte anhalten und sie zum Schweigen bringen. Vielleicht für immer.

Jasmin wimmerte. Sie wollte nicht sterben. Wie die beiden jungen Frauen, die in den letzten Tagen gefunden worden waren. Zerstückelt. Grauenhafte Bilder formten sich in ihrer Phantasie und raubten ihr fast den Verstand.

Adrenalin pumpte durch ihre Blutbahn. Ihre Atmung ging in ein flaches Hecheln über. Ihr Herz pochte dumpf und schnell in ihrer Brust, als schlüge jemand in ihrem

Inneren wie wild mit einem Schlägel gegen das Fell einer Pauke. Denk nach, Jasmin! Denk nach! Ihre Todesangst, der Drehschwindel und die Übelkeit erlaubten kaum einen klaren Gedanken.

Sie drückte, so fest sie konnte, gegen die Kofferraumklappe. Es tat sich nichts.

Noch tiefere Verzweiflung machte sich in ihr breit. Tränen liefen ihre Wangen hinab. Ihre Kraft reichte einfach nicht. Die Verriegelung saß so starr und fest, dass sie die Klappe mit den Füßen nicht würde aufstoßen können. Und selbst wenn. Was dann? Schließlich würde sie nicht während der Fahrt aus dem Wagen springen können. Oder doch? War das nicht besser als abzuwarten, bis er anhielt, um sie abzuschlachten?

Jasmin schniefte und wischte sich mit dem Ärmel übers Gesicht. Ihre Muskulatur funktionierte nun wieder besser. Mit zitternden Händen tastete sie um sich. Ihre Finger berührten etwas Weiches. Was war das? Ein Reißverschluss. Ihr Rucksack.

Der Wagen bog scharf um eine Kurve und Jasmin wurde unsanft zur Seite geworfen. Ein Gegenstand in ihrer Hosentasche drückte gegen ihre Hüfte. Das war ihr kleines Feuerzeug.

Wie sehr wünschte sie sich jetzt eine Zigarette. An manchen Tagen kam sie mittlerweile ohne Nikotin aus. Jetzt hätte sie alles für ein paar Züge gegeben.

Würde ihr Mörder ihr eine letzte Bitte gewähren, bevor er sie tötete? Vielleicht ist er gar kein Mörder, dachte sie. Vielleicht will er mich nur vergewaltigen.

Gleich darauf merkte sie, wie verrückt dieser Gedankengang war. Ihr Verstand machte ihr etwas vor. Der Kerl würde sie töten. Es sei denn, sie fand einen Weg, sich zur

Wehr zu setzen. Der Überlebenskünstler Bear Grylls kam ihr in den Sinn. Sie mochte seine TV-Serie »Ausgesetzt in der Wildnis«, obwohl sie ihr gemütliches Sofa dem Dschungel immer vorgezogen hatte. Was würde Bear in dieser Situation tun?

Sie holte das Feuerzeug aus ihrer Hosentasche und ließ es aufflammen. Nun sah sie wenigstens etwas von ihrer Umgebung. Ein untypisch großer Kofferraum, der bis auf sie und ihren Rucksack leer war.

Plötzlich hatte sie eine Idee. Ihre Angst wurde von Aufregung überlagert. Sie hatte keine Ahnung, ob sie sich bei dem, was ihr vorschwebte, selbst verletzten oder gar umbringen würde. Auch wusste sie nicht, ob auch nur ansatzweise funktionieren würde, was sie sich vorstellte.

Es war einfach eine verrückte Idee, an die sie sich nun klammerte wie ein Fallschirmspringer an die Hoffnung, dass sein klemmender Schirm sich doch noch öffnete.

*****

Julius fuhr nicht auf direktem Weg zu dem ehemaligen Kabelwerk. Da er möglichst nicht riskieren wollte, in eine Polizeikontrolle zu geraten, hatte er schmale Nebenstraßen und einen Schleichweg gewählt. Diese Maßnahmen hatten die Fahrzeit verlängert.

Es ging auf sieben Uhr abends zu und obwohl es immer noch hell war, war ihm bei seiner Fahrt durch das verlassene Industriegebiet niemand begegnet.

Vor dem Eisentor stieg er aus, schloss es auf, fuhr auf das Gelände und verriegelte das Tor wieder hinter sich. Erleichtert atmete er durch. Der Teil mit den meisten Unwägbarkeiten lag hinter ihm. Julius fuhr über den Vorplatz und an der Halle vorbei und parkte vor der Eingangstür auf der Rückseite.

Im Kofferraum war es die ganze Zeit ruhig geblieben. Er hatte weder ein Geräusch von dort gehört, und überhaupt schien sich sein Fang darin nicht zu rühren.

Er hatte ihr den Lappen lange aufs Gesicht gedrückt. Sicher war sie noch von dem Äther betäubt. Andernfalls würde er sie einfach erneut mit dem feuchten Tuch behandeln.

Ohne Gegenwehr wäre es für ihn bequemer, sie in die Halle zu transportieren. Zu diesem Zweck hatte er auch eine Schubkarre gegenüber der Hallentür hinter dem Schuppen bereitgestellt.

Die Wendeltreppe hinunter und durch den Gang musste er sie tragen, was etwas kräftezehrender werden würde. Allerdings war sie nicht schwer und bei den beiden anderen hatte er es auch hinunter und bis in den Raum geschafft, ohne sich zu verausgaben.

Julius stieg aus dem Wagen, schloss die Stahltür auf und öffnete sie. Er zog seine Arbeitshandschuhe an und fuhr den Schubkarren neben den Kofferraum.

Das Rad quietschte. Sein Vater hätte das Drehlager längst geölt. Ihm war das Geräusch egal. Er verscheuchte den Gedanken.

Eine Weile betrachtete er aufmerksam die Kofferraumklappe. Noch immer deutete nichts darauf hin, dass Jasmin wach war.

Dennoch nahm er vorsichtshalber den in Äther getränkten Lappen aus der Dose.

Er schloss den Kofferraum auf, drückte den Knopf und zog die Klappe mit einem Ruck hoch. Er beugte sich vor, um nötigenfalls den Lappen schnell wieder auf ihr Gesicht zu pressen. Im selben Moment erkannte er seinen fatalen Fehler.

*****

Jasmin atmete flach und schnell ein und aus. Dabei achtete sie darauf, kein Geräusch von sich zu geben und sich nicht zu bewegen.

Der Wagen hatte zweimal kurz gestoppt. Regungslos hatte sie jedes Mal in Angriffshaltung in der Erwartung verharrt, dass er gleich die Klappe öffnen würde.

Nach einer sehr kurzen Weiterfahrt hatte er nun ein drittes Mal gehalten. Er war erneut ausgestiegen. Diesmal hatte er die Fahrertür ins Schloss geworfen. Das schien ihr ein sicheres Zeichen, dass sie am Ziel angekommen waren und er gleich den Kofferraum öffnen würde.

Noch machte sie sich keine Gedanken darüber, wohin er sie gebracht hatte. Zuerst musste sie es irgendwie schaffen, ihrem Entführer zu entwischen.

Ihr Herz schlug fürchterlich und ihr Blut toste wie ein Orkan in ihren Ohren. Sie hatte nur diese eine Chance. Wenn sie die nicht nutzte, war sie tot. Noch nie zuvor in ihrem Leben hatte sie eine solche Angst verspürt.

Sie meinte zu hören, dass Schritte sich entfernten. Das Warten brachte sie fast um den Verstand.

Nun vernahm sie ein helles Quietschen, das sie nicht deuten konnte. Es klang mechanisch wie von einem schlecht geölten Radlager. Die Geräusche endeten unvermittelt.

Nun vernahm sie lauter werdende Schritte, bis diese abrupt stoppten. Sie war sich sicher. Er stand jetzt unmittelbar vor der Kofferraumklappe. Sie brachte das Feuerzeug in Position. Ihre Hände zitterten. Aber das konnte sie nicht abstellen. Ihre Finger waren feucht und sie umklammerte fest das Plastikteil, damit es ihr nur nicht im entscheidenden Moment aus der Hand glitt.

Der Druck auf ihr Trommelfell beschwor einen hellen immer lauter werdenden Pfeifton herauf. Das kannte sie von Prüfungen in der Schule. Sie glaubte, ihr rasendes Herz müsse gleich stehen bleiben. All ihre Muskeln spannten sich an. Sie musste den Drang unterdrücken, laut loszuschreien.

Die Klappe wurde aufgeschlossen und aufgerissen. Jasmin streckte dem Kidnapper mit der linken Hand das Feuerzeug entgegen. Mit dem Daumen ließ sie das Reibrad rotieren. Das ausströmende Gas entzündete sich. Eine kleine Flamme züngelte auf. Dicht dahinter betätigte sie mit der anderen Hand den Sprühkopf ihrer Haarspraydose aus dem Rucksack.

Eine Stichflamme schlug ihrem Entführer entgegen und traf ihn unvorbereitet seitlich am Gesicht. Er hielt schützend seine überkreuzten Arme vor seinen Kopf und wich torkelnd ein paar Meter zurück. Jasmin hatte ihm offenbar Schmerzen zugefügt.

So schnell sie konnte, kletterte sie aus dem Kofferraum und sprang heraus. Als ihre Füße den Boden berührten, gaben ihre Beine nach und sie stürzte auf die Knie. Hastig rappelte sie sich wieder auf. Als sie losrannte, kollidierte sie beinahe mit einer im Weg stehenden Schubkarre. Im letzten Moment vollführte sie einen Schlenker, umkurvte das Hindernis und hastete weiter, vorbei an der Mauer einer Fabrikfassade. Nach wenigen Metern sah sie sich kurz um. Er tastete wie wild über seine Haare und sein Gesicht. Zu ihrem Schrecken wirkte er keineswegs so angeschlagen, wie sie es sich erhofft hatte. Sie schrie nach Hilfe. Schrill und panisch. Noch immer war ihr schwindlig. Sie verlor das Gleichgewicht, strauchelte und fiel erneut hin. Im Aufstehen blickte sie sich hektisch um. Der Typ hatte sich in Bewegung gesetzt und die Verfolgung aufgenommen.

Jasmin biss die Zähne aufeinander. Sie hatte einen guten Vorsprung. Aber wohin sollte sie rennen? Sie befand sich auf einem Industriegelände, neben ihr eine Fabrikhalle, rechts ein kleineres Gebäude, ein hoher zylindrischer Tank. Rund um das Gelände verlief eine Mauer, die mit einem Stacheldraht versehen war.

Am Ende des Gebäudes bog sie nach links um die Ecke. Ihre Beine gehorchten ihr noch nicht vollständig. Sie verspürte noch immer einen leichten Schwindel und war langsamer als üblich.

Hier musste doch irgendwer sein. Wieder schrie sie, so laut sie konnte um Hilfe und steuerte nun auf das noch etwa dreißig Meter entfernte Eisentor zu. Dahinter lag die Straße. Wenn sie es schaffte, das Tor zu überwinden, wäre sie vielleicht in Sicherheit. Adrenalin peitschte sie weiter voran. Leise Hoffnung spornte sie an und sie hatte ihre Beine auch besser unter Kontrolle.

Als sie sich umsah, hatte er zu ihr aufgeholt und bog gerade um die Gebäudeecke.

Jasmin spürte, wie ihre Kräfte nachließen. Dennoch glaubte sie, das Tor rechtzeitig überklettern zu können, auch wenn sein Abstand zu ihr stetig geringer wurde. Vielleicht war er aufgrund der Gesichtsverletzungen doch etwas gehandicapt.

Dann war sie an dem Tor und sprang daran hoch. Sie war sehr sportlich und eine gute Turnerin gewesen. Der erste Versuch, das oberste Quereisen zu greifen, misslang.

Sie atmete tief ein, sammelte sich, nahm einen kurzen Anlauf und legte in den Sprung alle noch verbleibende Kraft. Diesmal schaffte sie es und zog sich hoch. Sie umklammerte die Stange und presste die Füße zur Unterstützung gegen die Längsstreben. Sie schaffte es, die Arme über den oberen Rand des Tores zu legen und sich hochzustemmen. Nun musste sie nur noch ein Bein darüberwuchten und sich auf die andere Seite fallen lassen.

Als sie das Bein anziehen wollte, umklammerten zwei Hände ihre Oberschenkel und zerrten sie mit brachialer Gewalt nach unten. Sie brüllte aus Leibeskräften. Sah nach vorne auf die Straße, die von einer Laterne beleuchtet wurde, und die weite unbebaute Fläche dahinter. Warum war hier niemand? Ein Schlag in ihren Rücken ließ sie verstummen. Ein Ruck, ein zweiter. Ihre Arme gaben nach. Sie fiel nach hinten mit dem Rücken auf den Boden. Die Luft blieb ihr weg und sie röchelte. Schon war er über ihr, saß rittlings auf ihr, fegte ihre Fäuste, mit denen sie auf ihn einschlagen wollte, zur Seite und presste ihr den feuchten, ätzend riechenden Lappen fest auf Nase und Mund.

Kapitel 24

Tina hatte die Datenbank nach weiblichen Opfern durchforstet, die vom Äußeren her denen der aktuellen Mordserie ähnelten. Am Ende hatte sie aber keinen einzigen Treffer landen können.

Sie wollte jedoch noch nicht aufgeben und hatte sich ins Kellerarchiv des LKA begeben und eingelagerte Ermittlungsakten zusammenzutragen, die nach ihrer Einschätzung ansatzweise passten.

In diesen teils jahrzehntealten Fällen waren nur Grundinformationen in der Datenbank erfasst. Eine elektronische Ermittlungsakte, die eine gezielte Suchabfrage ermöglichte, gab es nicht, sodass sie sich wohl oder übel an die für sie ungewohnte Arbeit mit den Papierakten machen musste.

Es war eine Sisyphusarbeit und sie versprach sich nicht viel davon. Die Hauptverdächtigen Krolinski und Dr. Rettig waren noch zu jung, als dass sie bei den meisten der von ihr herausgesuchten Fälle als Täter überhaupt in Frage kommen konnten.

Aber Tina wollte nicht untätig herumsitzen, während Speer und Bogner auf dem Weg zu Dr. Rettig waren, um ihn vorläufig festzunehmen. Sie stellte den Karton mit den verstaubten Akten neben ihren Schreibtisch und ließ sich in ihren Drehstuhl sinken. Insgesamt hatte sie fünf Fälle gefunden, die einigermaßen vielversprechend waren. Tina griff nach ihrer Colaflasche, die sie sich aus dem Automaten vor dem Aufenthaltsraum gezogen hatte, und trank sie in mehreren Zügen halb leer.

Anschließend begann sie die Akten nacheinander abzuarbeiten. Sie musste jedoch feststellen, dass von den vier ungelösten Mordfällen, die sich darunter befanden, keiner passte. Entweder waren die Opfer zu korpulent oder Alter, Größe oder Augenfarbe stimmten nicht.

Bei einer Akte ging es um eine Vermisstenmeldung. Allerdings waren die Ermittlungen in dem Fall schnell eingestellt worden, da sich kein hinreichender Anfangsverdacht für eine Straftat ergab. Dementsprechend dünn war die Akte. Ein Mitarbeiter der Stadtbücherei hatte eine junge Frau als vermisst gemeldet, die ihn zuvor einmal wöchentlich aufgesucht hatte, um seine Beratung in Anspruch zu nehmen. Besonders auffällig fand er, dass sie nicht einmal ihre ausgeliehenen Bücher zurückgebracht hatte. Ihr abruptes Ausbleiben konnte er sich nicht erklären.

Der Ehemann erklärte auf Nachfrage der Polizei, dass seine Frau mit ihrem ihm unbekannten Liebhaber abgehauen sei. Wohin wisse er nicht. Sie habe ohne jegliche Ankündigung in einer Nacht- und Nebelaktion ihre Koffer gepackt und sei ohne ein Wort des Abschieds verschwunden. Ein Antrag auf Durchsuchung des Hauses war damals abgelehnt und die Aussage des Ehemannes als glaubhaft eingestuft worden.

Ein Foto von der Vermissten und eine Personenbeschreibung befanden sich in der Akte. Sie passte genau ins Bild der derzeitigen Mordopfer. Nur war die Frau offenbar nicht ermordet worden und zudem lag das Familiendrama bereits vierundzwanzig Jahre zurück.

Enttäuscht trank Tina den Rest ihrer Cola aus. Nur zu gern hätte sie Bogner und Speer einen weiteren Fall präsentiert, den sie ihrem frei herumlaufenden Killer hätten zuordnen können.

Kapitel 25

Mit einem dumpf pochenden Schmerz in ihrem Schädel kam Jasmin langsam wieder zu Bewusstsein. Sie lag auf dem Rücken, der im oberen Teil der Wirbelsäule schmerzte. Schlagartig hatte sie den Film ihres Fluchtversuchs vor Augen, der in letzter Sekunde bitterlich gescheitert war. Ihr Entführer hatte sie von dem Tor, an dem sie hochgeklettert war, heruntergezerrt und sie war mit dem Rücken und mit dem Kopf auf dem asphaltierten Boden aufgeschlagen.

Sie spürte ein Band, das quer über ihre Stirn verlief, und etwas, das von beiden Seiten oberhalb ihrer Ohren wie ein Schraubstock gegen ihren Kopf drückte, den sie aufgrund dieser Fixierungen keinen Millimeter bewegen konnte. Mühsam hob Jasmin die Augenlider und blinzelte in das gleißend helle Licht einer langen Neonröhre an der Decke. Reflexartig wollte sie eine Hand vor die Augen legen. Doch ihre Arme waren ebenso wie der Rest ihres Körpers fixiert. Sie bäumte sich auf. Aber die Seile, die um ihre Unterschenkel, ihre Körpermitte und ihre Brust geschlungen waren, gaben kaum nach.

Panisch ertastete sie mit den Fingerspitzen einen glatten, kalten Untergrund, auf dem sie etwa in Hüfthöhe lag. Von dem Raum um sich herum konnte sie nur den oberen Teil der Wand und die Betondecke sehen, die von Rohren und Spinnweben durchzogen war.

Die Zeitungsberichte über die ermordeten Frauen, denen der Täter Körperteile abgeschnitten hatte, ließen sie innerlich fast verrückt werden. Auf einmal war sie sich sicher, dass sie auf einem Seziertisch lag, wie ihn Pathologen und Gerichtsmediziner verwendeten.

Als ihr Peiniger kurz darauf wie aus dem Nichts vor sie trat, blieb ihr fast das Herz stehen. Ihr anfangs noch trüber Blick gewann an Schärfe. Seine linke Gesichtshälfte wies eine runde rote Stelle auf, an der die Haut versengt war. Seine Haare waren im Bereich der Schläfe und über der Stirn angeschmort. Die Verletzung und sein Aussehen schienen ihm nichts mehr auszumachen. Nun registrierte Jasmin den Regenponcho, den er übergezogen hatte. Als sie erkannte, dass er mit Blutspritzern übersät war, zerbrach etwas in ihr und es gelang Jasmin nicht länger, sich zusammenreißen. Ein bitterlicher Weinkrampf überkam sie. Ihre Tränen rannen an ihren Wangen herab. Er drückte einen kalten Gegenstand seitlich unter dem Auge gegen ihre Schläfe.

Sie schrie aus vollem Hals. Der Knebel in ihrem Mund erdrückte ihre Schreie zu einem dumpfen gutturalen Röhren. Es war sinnlos, ihre Kehle fühlte sich rau an und schmerzte, als ob sie mit Schleifpapier behandelt worden wäre. Jasmin verstummte. Sie nahm seinen neugierigen Blick wahr, der auf ihrer pulsierenden Halsschlagader zu ruhen schien.

Er strich ihr übers Haar und lächelte. Tiefempfundener Ekel überkam sie. Sie wollte den Kopf wegziehen. Doch die Fixierung hielt ihn an Ort und Stelle.

»Ich bin dir nicht böse, dass du mich verletzt hast«, tröstete er sie.

Erneut versuchte sie, sich freizustrampeln, spannte alle Muskeln an und brüllte in den Knebel.

Er nahm den Gegenstand von ihrem Auge weg. Es war ein Reagenzglas. Er hatte damit ihre Tränen eingefangen.

Er hob das Glas an und besah sich lächelnd die angesammelte Flüssigkeit. Nachdem er es vorsichtig mit einem Korken verschlossen hatte, stellte er es neben sich ab.

Wieder streichelte er über ihr Haar. »Ich befreie deinen Kopf aus der Klemme.«

Ein Schauder überlief Jasmin und ihre Nackenhaare stellten sich auf. Kurz darauf hatte er das Band um ihre Stirn und die Apparatur, die ihren Kopf eingeklemmt hatte, entfernt. Sie hob den Kopf. Bei dem Konstrukt handelte es sich um eine große Schraubzwinge, deren Griff wiederum von einem am Tisch befestigten Schraubstock in der Waagerechten gehalten worden war. Neben sich erkannte sie einen rollbaren Beistelltisch. Darauf befand sich ein Reagenzglashalter aus Holz, in dem fünf Gefäße Platz fanden. Drei davon waren mit weißen Schildchen beklebt, die mit den Namen Vanessa, Sybille und Adea versehen waren. Mit einem Stift beschriftete er ein weiteres Etikett und klebte es auf eines der anderen Röhrchen. Als er fertig war, drehte er sich lächelnd zu ihr und sie konnte ihren eigenen Namen darauf lesen.

»Damit sind vier von fünf Gläsern gefüllt«, erklärte er.

In der Mitte des Raumes registrierte sie nun ein auf einem Podest platziertes rechteckiges Gebilde, das mit einem dunkelgrünen Tuch aus Samt abgedeckt war. Darüber hingen eine Reihe Lampen. Der Aufbau erinnerte an eine Zaubershow, bei der die Zuschauer unter dem Tuch eine Überraschung erwartete.

»Möchtest du sehen, was sich darunter verbirgt?«, fragte er. Er schien die Inszenierung zu genießen.

Jasmin schüttelte wie wild den Kopf. Nein, das wollte sie beim besten Willen nicht.

»Ich finde, du solltest es dir anschauen«, entschied er und zog mit einer flinken Bewegung das Tuch beiseite.

Jasmins Augen weiteten sich. Sie riss den Kopf zur Seite und musste sich schlagartig übergeben. Es handelte sich um einen verschlossenen Glastank, der früher offenbar als Aquarium gedient hatte.

Inmitten des randvoll mit einer Flüssigkeit gefüllten Quaders trieb ein weiblicher Rumpf, an dessen Hüfte Frauenbeine angenäht waren. Die Naht war dick und grobmaschig.

»Sie schwimmt in einem Gemisch aus Formalin, Alkohol und Wasser«, erklärte er und es klang stolz. »Es fehlt nicht mehr viel und sie ist komplett. Was denkst du, könntest du dazu beitragen?«

Jasmin war zu keiner Reaktion mehr fähig. Eine Schockstarre hatte von ihr Besitz ergriffen. Einzig ihre Augäpfel wanderten rastlos hin und her, während ihr Blick nun wieder auf dem Inhalt des Aquariums klebte. Sie hatte nicht mitbekommen, dass er eine Polaroidkamera in Händen hielt. Nun richtete er das Gerät auf sie und betätigte den Auslöser. Zu spät kniff sie die Augen zu. Der Blitz blendete sie so sehr, dass sie kurz nur noch eine weiße Fläche vor Augen hatte.

»Ich verrate es dir«, sagte er. »Deine Arme, die du beim Schwimmen so gut in Form gebracht hast, sind das Schönste an dir.« Er verschwand in eine Ecke aus ihrem Blickfeld. Musik erklang. Synthetisch dröhnende Trompeten. Dazu eine Reibeisenstimme.

Er kam zurück, legte seine Hände um ihren Hals und drückte zu. Letzte Tränen entglitten ihren Augen. Fester und fester wurde sein Griff.

Jasmins Sichtfeld verengte sich zu einem dunklen Tunnel, an dessen Ende ein immer kleiner werdendes Licht zu einem Punkt zusammenschrumpfte und schließlich ganz verschwand. Ihr Körper zuckte, ihre Augen und ihre Zunge quollen hervor. Dann brach die ewige Schwärze über sie herein.

Kapitel 26

Speer und Bogner kamen um kurz vor halb acht abends in der Siedlung am Rande Berlins an, in der sich das Haus von Dr. Ulf Rettig befand.

Die meisten der Sechziger-Jahre-Bauten waren renoviert und frisch gestrichen.

Es gab aber auch solche, die augenscheinlich noch über die ursprüngliche Fassade und das erste Dach verfügten. Zu dieser Kategorie gehörte das Haus von Dr. Ulf Rettig.

Der einst weiße Außenputz war ergraut. Eine kniehohe Betonmauer, in deren Witterungsrissen sich Moos breitgemacht hatte, grenzte den vernachlässigten Vorgarten vom Bürgersteig ab. Sie parkten in einer Nische zwischen zwei Bäumen. Von dort aus spähten sie auf das dreißig Meter entfernte Grundstück von Dr. Rettig auf der anderen Seite. Es war noch hell. Nichts wies darauf hin, dass der Gerichtsmediziner sich in seinem Haus aufhielt.

»Ich gehe jede Wette ein, dass wir ihn nicht antreffen«, tippte Bogner. »Der hat sich heute Morgen krankgemeldet und die Zeit genutzt, unterzutauchen.«

»Ich frage mich allerdings, ob Rettig wirklich so abgebrüht ist, einen Mord zu begehen und die Obduktion seines eigenen Opfers vorzunehmen.«

»Franziska meinte, der Täter sei hochintelligent und dass er sich der Polizei weit überlegen fühle.«

Während sie sich austauschten, behielten sie Gebäude und Umgebung im Auge. Es tat sich nichts. Außer ein paar Fußgängern auf dem Gehweg war niemand zu sehen.

»Und was ist mit unserem Hauptverdächtigen Krolinski? Er war Kunde in der Buchhandlung, in der Vanessa Baumann arbeitete, und er hat Sybille Morgenstern bedroht.«

Bogner atmete geräuschvoll aus. »Dazu kommen noch die seltsamen Skulpturen und die Rosen, die er Sybille Morgenstern überbringen ließ, um sie zu bedrängen. Du hast recht. Das sind auch für meinen Geschmack ein paar Zufälle zu viel.«

»Wir sollten uns darauf konzentrieren, endlich eine Verbindung von Adea Schmill zu Krolinski oder Rettig herzustellen«, überlegte Speer.

Bogner zog die Augenbrauen hoch. »Vielleicht arbeiten die beiden zusammen.«

»Du meinst, es könnte zwei Täter geben?«

»Ist alles schon vorgekommen. Zugeben, bei Gewaltverbrechen dieser Art, die offenkundig von einem Irren begangen werden, ist das die Ausnahme. Trotzdem, möglich wär's doch. Zumal beide Verdächtige offenbar in die Morde verwickelt sind. Rettig verfügt über das Know-how, wie man Leichen fachgerecht zerlegt und konserviert. Er reißt die Obduktion Sybille Morgensterns an sich und frisiert seinen Bericht. Krolinski ist flüchtig, kennt die Opfer und er steht auf Rosen sowie auf seltsame Kunst. Rettig ist sein Kunde.«

»Respekt, Bogner, das lässt sich hören. Aber zunächst sind das nur Indizien.«

»Wenn wir Rettig festnehmen und ihn damit konfrontieren, packt er vielleicht aus«, erwiderte Bogner.

Speer nickte. »Dann mal los.« Er öffnete die Tür und stieg aus dem Wagen. Bogner tat es ihm gleich.

Sie klingelten mehrfach an der Haustür, ohne dass jemand öffnete. Links war eine Garage angebaut, die in der

Breite bis zum Nachbargrundstück reichte. Sie gingen rechts herum am Haus vorbei nach hinten.

Der Keller ragte etwa zur Hälfte aus dem Boden, sodass die Fenster auf der rechten Seite aus dem Stand nicht einsehbar waren. Jedoch gab es auf der Rückseite zum Garten hin einen Balkon, der über eine Treppe zugänglich war.

Vom Balkon aus gaben Fenstertüren den Blick in ein altmodisches Esszimmer und in ein Schlafzimmer frei.

Nichts deutete darauf hin, dass Rettig zu Hause war, allerdings auch nicht, dass er eilig die Flucht ergriffen hatte.

Die Türen des Schlafzimmerschranks waren geschlossen. Alles wirkte ordentlich und aufgeräumt. Nirgendwo stand ein Koffer oder lag Kleidung herum.

»So krank kann er nicht sein, wenn er um diese Uhrzeit nicht zu Hause ist«, brummte Bogner. »Meinst du, die Indizien rechtfertigen einen gewaltsamen Zutritt in die Wohnung?«

Speer wog seine Antwort ab. »Wir sollten da jetzt nicht reingehen«, sagte er schließlich. »Möglicherweise ist es sogar gut, dass wir Rettig jetzt nicht angetroffen haben.«

Bogner sah ihn fragend an. »Wieso denn das?«

»Lass uns zurück zum Wagen gehen.«

Als sie wieder im Auto saßen, verschränkte Bogner die Arme vor der Brust und blickte erwartungsvoll zu Speer auf den Beifahrersitz. »Ich bin gespannt, worauf du hinauswillst.«

»Deine Theorie, dass Rettig und Krolinski unter einer Decke stecken könnten, hat mich auf eine Idee gebracht.« Speer machte eine kurze Pause, senkte den Blick und dachte nochmals nach. »Angenommen du hast recht und die beiden arbeiten zusammen, dann weiß Rettig höchstwahrscheinlich, wo Krolinski sich versteckt hält.«

Bogner nickte. »Wobei fraglich ist, ob er seinen Kumpanen verrät«, merkte er an.

»Das schon. Aber im Moment ahnt Rettig vielleicht noch nicht, dass wir ihn ins Visier genommen haben. Falls er also nach Hause kommt, könnten wir ihn beschatten, anstatt ihn gleich festzunehmen, und darauf hoffen, dass er uns zu Krolinski führt.«

»Das ist zwar etwas riskant, könnte aber funktionieren. Im Idealfall können wir beide zusammen festnehmen.« Bogner war überzeugt. Allerdings verzog er im nächsten Augenblick missmutig das Gesicht. »Nur mein knurrender Magen hält gar nichts von deinem Plan.«

Kapitel 27

Damals. Vor 14 Monaten. Siebenundzwanzig.

Eine halbe Stunde stand er draußen in der Kälte vor der Fensterscheibe der Buchhandlung. Er tat, als interessierten ihn die ausgelegten Bücher, tatsächlich beobachtete er frierend, wie die hübscheste Frau, die er je gesehen hatte, Kunden beriet und die Büchertische im vorderen Bereich in Ordnung brachte.

Er zauderte. Sollte er hineingehen? Mit welchem Namen sollte er sich ihr vorstellen? Mit seinem richtigen, der auf seinem Personalausweis vermerkt war, oder mit dem Namen Julius, den sein Vater ihm nachträglich gegeben hatte?

Schließlich überwand er sich, öffnete die gläserne Schwingtür, betrat die Buchhandlung und ging zögerlich auf die Regalwand mit den Krimis und Thrillern zu. Dieses Genre war ihr Gebiet. Sie war es gewesen, die hier den Kunden immer wieder Bücher gezeigt und aus dem Fach genommen hatte. Als sie sich ihm näherte, schlug sein Herz schneller. Sie fragte ihn, ob sie ihm helfen könne, und er bejahte.

Er ahnte, dass er sie von sich aus nicht angesprochen hätte. Vermutlich wäre er einfach wieder gegangen. Aber nun hatte sie den ersten Schritt gemacht und das Band zwischen ihnen geknüpft.

Er gab vor, ein bestimmtes seltenes Buch zu suchen. Wie erwartet, war es nicht vorrätig. Sie sah im Computer nach und bot ihm an, es zu bestellen. Er lehnte dankend ab. Ihre Zugewandtheit verlieh ihm Flügel. Sie kamen ins Gespräch über Bücher und das Lesen und sie empfahl ihm ein paar Titel. Wie beiläufig ließ er einfließen, dass er selbst Autor sei und unter einem Pseudonym schreibe. Das hatte er sich ausgedacht und damit ins Schwarze getroffen. Ihre Augen glänzten vor Begeisterung. Sie war eine enthusiastische Thrillerleserin und nun lernte sie einen Autor persönlich kennen. Sie sagte, dass sie selbst schon darüber nachgedacht habe, einen Roman zu schreiben, worin er sie bestärkte. »Mit ein wenig Handwerkszeug und Disziplin kann jeder ein Buch schreiben«, sagte er. »Und Übung macht den Meister«, fügte er gönnerhaft hinzu. Er selbst habe vor der ersten Veröffentlichung mehrere Bücher verfasst, die er aus heutiger Sicht als gute Schreibübung betrachte. Er nannte ihr einen halbwegs bekannten Autorennamen, den er zuvor im Internet recherchiert hatte, und gab vor, hinter dem Namen zu stecken. Sie hatte noch nichts von diesem Schriftsteller gelesen, was umso besser war. Nun setzte er alles auf eine Karte und fragte sie, ob sie Lust auf ein Glas Wein nach Feierabend hätte. Dann könne er ihr mehr über das Leben als Schriftsteller erzählen. Sie überlegte kurz. Schließlich willigte sie ein. Sie bat ihn, draußen auf sie zu warten, in zehn Minuten würde das Geschäft schließen.

Sie fuhren mit der U-Bahn nach Marzahn und setzten sich in eine Kneipe. Sie wohnte nicht weit entfernt, das schien ihr Sicherheit zu geben. Sein Domizil lag ebenfalls ganz in der Nähe. Alles war genau geplant, ihr präsentierte er es jedoch als Zufall. Sie tranken Wein und verstanden sich wunderbar. Er war wie berauscht und kannte sich selbst kaum wieder. Als er sie fragte, ob er ihr seine Schreibstube zeigen dürfe, zögerte sie ein wenig, entschied sich jedoch dafür, mit ihm zu kommen.

Der Fußweg dauerte nur zehn Minuten. Er spürte, dass die frische Luft sie ausnüchterte und sie mit jedem Schritt ihre Entscheidung mehr hinterfragte. Als er sie ins Haus führte, sah sie sich um und er erkannte die Verunsicherung in ihren Augen. Mit wohlgewählten Worten versuchte er, ihr die Zweifel zu nehmen. Er führte sie in die leer stehende Wohnung seiner verstorbenen Großmutter, die er etwas modernisiert hatte. Dennoch gab es jede Menge alten Plunder darin. »Es ist schon spät. Nur ein Glas. Dann muss ich wirklich nach Hause«, hatte sie gesagt.

Er zeigte ihr seinen Schreibtisch, auf dem sein Laptop stand, und gab das Ganze als seinen kreativen Schaffensplatz aus. Das Misstrauen in ihrem Gesichtsausdruck wuchs, als er ihr auf ihre Bitte hin keines der von ihm geschriebenen Bücher zeigen wollte. Sie trank ihr Glas aus und stand auf, um zu gehen. Spontan gestand er ihr seine Liebe und beteuerte, dass er sie unmöglich gehen lassen könne. Nun zitterte sie und die nackte Angst stand ihr ins Gesicht geschrieben. Er wollte sie küssen, sie wehrte ihn jedoch ab und lief aus dem Zimmer. Wut überkam ihn und er rannte ihr hinterher. An der abgeschlossenen Wohnungstür holte er sie ein. Er handelte wie in Trance, als er sie in das Schlafzimmer seiner Großmutter zerrte und sie mit den Fuß- und Handgelenken an das Metallgestänge des Bettes fesselte.

Sie schrie nach Hilfe, sodass er ihr notgedrungen ein Tuch als Knebel in den Mund steckte. Nun geriet er in Panik. Was sollte er mit ihr machen? Er war einem Impuls gefolgt, wollte, dass sie seine Freundin werden würde. Anscheinend war er zu ungestüm vorgegangen. Weil sie nicht von sich aus hatte bei ihm bleiben wollen, musste er sie am Gehen hindern und nun hielt er sie gefangen.

Sein Vater kam von einem seiner allabendlichen Spaziergänge nach Hause. Julius führte ihn zu seiner Geliebten, die die beiden Männer mit angstverzerrtem Blick anstarrte. Ihr Name war Vanessa Baumann.

Sein Vater meinte, es sei seine, Julius' Sache, wie er das Problem löste. Julius behielt sie zunächst bei sich. Aus den Tagen wurde eine Woche.

Wenn Vanessa wieder einmal weinte, stand ihm das Bild seiner Mutter vor Augen, wie sie vor über zwanzig Jahren auf dem Boden ihres Schlafzimmers lag. Wie sie ihn anblickte und wie ihre Tränen herabtropften und auf dem Holzboden vertrockneten, weil er gelähmt vor Schreck war und weil er es versprochen hatte, unter dem Bett zu bleiben und seine Mutter nicht erreichen konnte. So gerne hätte er ihre Tränen auffangen wollen. Sein Vater behauptete später immer, wenn er ihm Rat suchend von dieser Erfahrung berichtete, es handle sich um einen bösen Traum oder ein Hirngespinst. Den unwiderstehlichen Drang, Vanessas Tränen zu retten, bevor sie herabfielen oder verdunsteten, führte er dennoch darauf zurück. Er fühlte sich wie ein Sammler, nein, wie ein Jäger von Tränen und wollte sie für immer konservieren. Das war seine Aufgabe, jetzt wo er erwachsen war. Es gab ihm das Gefühl, damit etwas heilen zu können.

In der Küche seiner Großmutter befand sich eine hölzerne Vorrichtung für fünf Reagenzgläser, die mit Gewürzen gefüllt und mit Korken verschlossen waren. Er leerte die schmalen Röhrchen, reinigte sie und sammelte fortan in einem davon Vanessas Tränen und es waren viele, denn sie weinte oft.

Nach fast zwei Wochen wusste Julius nicht mehr weiter. Er konnte Vanessa nicht ewig auf dem Bett liegen lassen und in Ketten zur Toilette führen. Sie würde jedoch auch nicht freiwillig bei ihm bleiben, so viel war ihm klar. Verlassen durfte sie ihn aber auch nicht. Er wollte, dass sie für immer für ihn da war.

Es gab nur eine Möglichkeit, seinen übermächtigen Wunsch, sie für immer an seiner Seite zu wissen, wahr werden zu lassen.

Er sah ihr in die Augen, als er ihr die Luft zum Atmen abdrückte. Sein Vater half ihm kommentarlos, sie in den Keller des Hauses zu schleppen und die Wände mit Malerfolie abzuhängen. Anschließend pumpten sie, so gut es ging, ihr Blut ab und ersetzten es durch Formalin. Dennoch gelang es nicht, ihre Verwesung zu stoppen.

Vier Wochen danach war Vanessa nicht mehr schön. Mehr und mehr roch es im Haus nach kaltem Fett und süßen Zwiebeln. Sein Vater konnte den Gestank nicht mehr ertragen. Er befahl Julius, die Leiche zu entsorgen, und bot zugleich seine Hilfe an. Julius wollte Vanessa jedoch unter keinen Umständen in Hartmuts Hobbykeller in einer der mit Säure gefüllten Regentonnen auflösen. Das wurde seiner großen Liebe nicht gerecht.

Schließlich begrub er Vanessa nachts in einem flachen Grab im Wald. Als die Arbeit getan war, faltete er die Hände und sprach ein Gebet für sie. Anschließend fuhr er nach Hause.

Kapitel 28

Heute. Donnerstagabend.

Es war bereits dunkel und kurz nach neun Uhr, als ein Wagen langsam an ihnen vorbeifuhr. Der Fahrer bremste ab, blinkte rechts und lenkte in die Garageneinfahrt.

Ein Mann stieg aus, nahm zwei gefüllte Einkaufstaschen aus dem Kofferraum und schritt gemächlich Richtung Haustür. Im Schein der anspringenden Außenleuchte erkannten sie, dass es sich um Dr. Rettig handelte.

»Ich hätte nicht gedacht, dass er auftaucht, und dazu noch so schnell«, meinte Bogner.

»Hoffentlich hat er nicht gerade Krolinski mit Einkäufen versorgt, legt sich jetzt ins Bett und schläft«, entgegnete Speer. »Aber du hast recht. Wir durften eigentlich gar nicht davon ausgehen, dass er sich noch mal zu Hause blicken lässt. Vorausgesetzt, er ist wirklich unser Mann.«

»Warten wir ab, was passiert.«

Bogner hatte vor einer Stunde mit seiner Frau telefoniert. Sie war nicht begeistert gewesen, dass ihr Mann sich bei einer Observierung die Nacht im Auto um die Ohren schlagen wollte, und Speer hatte einen kleinen Streit mitbekommen. Sobald Rettig das Licht löschte und sich schlafen legte, könnte ein anderes Team in ein paar Stunden übernehmen und vor dem Haus Stellung beziehen.

Rettig war im Haus verschwunden. In den vorderen Räumen des Erdgeschosses gingen die Deckenlampen an. Hinter den hell erleuchteten Fenstern sahen sie den

Gerichtsmediziner eilig seine Einkaufstaschen auf der Küchenarbeitsplatte abstellen.

Danach tigerte er ruhelos mit gesenktem Kopf zwischen Küche und Wohnzimmer hin und her und raufte sich die Haare. Irgendwann begann er zaghaft die Einkäufe wegzuräumen, hielt aber immer wieder inne und starrte ins Leere. Als alles verstaut war, nahm er ein Glas aus dem Schrank, goss sich aus einer Flasche ein und trank es in einem Zug leer.

»Der macht auf mich keinen abgeklärten Eindruck«, analysierte Bogner.

»Absolut nicht. Das Bild des Psychopathen, wie es Franziska gezeichnet hat, erkenne ich auch noch nicht.«

Bogners Telefon klingelte. Er nahm das Gespräch an und die Stimme von Fernanda Gomez schallte aus den Lautsprechern. »Tina berichtet mir, dass Sie Dr. Rettig in Verdacht haben.«

Bogner schwieg, verdrehte die Augen, schwieg aber weiter.

»Wenn Sie die Möglichkeit dazu haben, nehmen Sie ihn fest«, ordnete Gomez an. »Die Presse sitzt mir im Nacken. Ich brauche einen Knochen, den ich den Aasgeiern hinwerfen kann.«

»Wir tun unser Bestes«, beruhigte Bogner sie, behielt aber ihren Plan und die Tatsache, dass Rettig sich quasi in Rufweite von ihnen befand, für sich.

Während Bogner telefonierte, lief Rettig weiter rastlos durch die Räume. Dabei sah er ein ums andere Mal auf seine Armbanduhr. Es war offensichtlich, dass ihn etwas unter Stress setzte. »Ich habe kein gutes Gefühl mehr bei der Sache«, räumte Speer ein. »Vielleicht sollten wir ihn doch besser mit aufs Revier nehmen. Rettig scheint kurz vorm Durchdrehen zu sein. Zudem kapiere ich nicht, warum er nach Hause zurückgekehrt ist. Er muss zumindest die Möglichkeit in Betracht ziehen, dass wir auf ihn aufmerksam geworden sind.«

»Ganz so clever ist der Herr Doktor vielleicht doch nicht«, unkte Bogner und schob sich einen Kaugummi in den Mund. »Auch einen?«, fragte er und hielt Speer die Packung hin. »Hilft auch gegen einen knurrenden Magen«, fügte er hinzu.

»Nein, danke«, sagte Speer. Er hatte Kaugummis noch nie etwas abgewinnen können. Aber auf Bogner schienen die Dinger eine beruhigende Wirkung zu haben.

Der Gerichtsmediziner verschwand aus ihrem Blickfeld. Als er zurückkam, ließ er die Rollläden herunter.

»Ich tippe, dass er zu Bett geht«, sagte Bogner.

»Um was sollen wir wetten?« Speer zeigte auf das langsam hochfahrende Garagentor. Dahinter brannte Licht. »Ich vermute, der Herr hat noch Ausgang.«

Der Gerichtsmediziner trat ins Freie und schaltete die Taschenlampe in seiner Hand ein. Den Lichtkegel ließ er an der dunklen Wand seines Hauses vorbeihuschen und verstellte währenddessen den Durchmesser und die Reichweite des Kegels.

»Was macht der denn da?«, wunderte sich Bogner. »Sucht der nach Eichhörnchen?«

»Er probiert aus, ob die Lampe noch einwandfrei funktioniert und hell genug strahlt«, mutmaßte Speer.

Rettig begab sich in seinen Wagen. Während das Garagentor wieder nach unten glitt, setzte er das riesige, in die Jahre gekommene Gefährt rückwärts auf die Straße und fuhr los. Bogner wartete einen Moment. Dann betätigte er die Zündung und nahm die Verfolgung auf. Nun durften sie sich keinen Fehler erlauben.

Die Fahrt ging zwanzig Minuten an der Stadtperipherie entlang und anschließend nach Brandenburg in ein Waldgebiet.

Als Rettig von der Landstraße auf einen Parkplatz abbog, fuhr Bogner zunächst daran vorbei, um nicht aufzufallen. Kurz darauf wendete er und hielt vor der Einmündung des Parkplatzes am Straßenrand. In der Dunkelheit sahen sie den verwackelten Lichtstrahl der Taschenlampe im Unterholz allmählich verschwinden.

Bogner schaltete die Scheinwerfer aus und ließ den Dienstwagen langsam auf den Parkplatz rollen. »Was jetzt? Zwei Taschenlampen haben wir dabei. Wir müssen uns schnell entscheiden, sonst ist er weg.«

Sie parkten mehrere Wagenlängen von Rettigs Auto entfernt, neben dem ein Wanderweg in den Wald führte. Speer behielt das Taschenlampenlicht im Auge.

»Es ist stockdunkel zwischen den Bäumen. Ohne Licht kommen wir nicht voran und wenn wir die Lampen anschalten, bemerkt er uns, türmt in den Wald und geht uns vermutlich durch die Lappen.«

»Ganz meine Meinung. Also warten wir hier, bis er zurückkommt. Was meinst du, hat er vor?«

Speer zuckte mit den Schultern. »Bestimmt nichts Gutes. Ich hoffe nur, dass wir die Wahrheit aus ihm herausbekommen, wenn wir ihn festnehmen.«

Bogner stieß einen tiefen Seufzer aus, dem seine Besorgnis anzuhören war. »Wir hätten Rettig problemlos bei seinem Haus festsetzen können. Das hier dürfen wir nicht vermasseln, sonst wird Gomez uns lynchen. Und wenn du mich fragst, mit Recht.«

Kapitel 29

Dr. Ulf Rettig war nach etwa fünfzig Metern vom Hauptweg des Waldes abgebogen und einem schmalen Trampelpfad gefolgt.

Mehrmals hatte er ein lautes Knistern in seiner Umgebung gehört und dabei immer an Wildschweine gedacht. Das Bild einer wütenden in der Nachtruhe gestörten Wildschweinmutter, die ihre Frischlinge beschützen wollte, stand ihm vor Augen. Doch immer, wenn er die Lampe dorthin richtete, von wo das Geräusch gekommen war, hatte er dort nichts gesehen.

Nach wenigen Minuten fand er die ihm wohlbekannte Markierung an einem Baumstamm und er bog nach links ins Unterholz. Ab hier wurde es beschwerlich. Er musste die Füße mühsam anheben, um über herabgefallene Äste und das Dickicht zu klettern.

Endlich kam er an der selbstgezimmerten Hütte an. Die Tür ging auf und eine Stirnlampe blendete ihn. Schemenhaft erkannte er die Machete in der Hand seines Freundes.

»Ich bin es doch nur«, sagte Rettig.

»Was machst du denn hier?«, fragte Maxim Krolinski und ließ seine Waffe sinken.

»Ich muss mit dir reden.«

Sie betraten das Innere der Hütte, die von außen mit Zweigen bedeckt war und mitten im Wald ein perfektes Versteck bot.

Auf dem Boden lag eine Matratze, darauf eine zerwühlte Sherpadecke. Eine Sitzgelegenheit gab es nicht, auch keinen Ofen. Glücklicherweise war es nachts nicht mehr so kalt.

Auf einem Holzklotz neben dem Schlafplatz brannten zwei Kerzen und auf einem einfachen Tisch standen neben einer weiteren Kerze ein Campingkocher, der mit einer Gaskartusche betrieben wurde, sowie eine Reihe von Konservendosen und andere haltbare Lebensmittel.

»Hast du mir wenigstens etwas zu essen mitgebracht?«, fragte Krolinski.

»Ich will, dass du mit mir kommst. Dich hier zu verstecken, ist doch aussichtslos.«

Sie standen sich in der Mitte der etwa drei mal drei Meter messenden Notbehausung gegenüber. Das Licht der Kerzen warf ein gespenstisches Licht auf ihre Gesichter und die Schatten der wenigen Gegenstände bewegten sich an den Wandbrettern.

»Wenn ich mich stelle, wandere ich ins Gefängnis. Das halte ich nicht aus.«

»Und wie lange willst du hierbleiben? Bis in alle Ewigkeit?«

»Hier bin ich wenigstens frei und ich kann mich in der Natur bewegen. Wasser, Pilze und Beeren weiß ich alles zu finden. Aber im Knast gehe ich vor die Hunde.«

Ulf Rettig legte seinem Freund eine Hand auf die Schulter. »Wenn wir gemeinsam das Gleiche aussagen, musst du nicht in den Knast. Sie werden uns glauben. Er hat uns beide benutzt, um von sich abzulenken. Ich werde meinen Job wegen ihm verlieren, aber ich gehe nicht ins Gefängnis.«

Maxim Krolinski schüttelte den Kopf. »Er hat mich verteidigt, als eine Gruppe gegnerischer Hooligans mich verprügeln wollte. Das muss schon fast zehn Jahre her sein.

Aber das vergesse ich ihm nicht. Vielleicht hätten sie mich totgeschlagen. Außerdem haben wir drei uns einen Eid geschworen, uns niemals gegenseitig an die Polizei zu verpfeifen.«

»Ich weiß. Aber wir sind Fußballfans und Anhänger des gleichen Vereins. Dafür kämpfen wir auch mit unseren Fäusten. Dem galt unser Eid. Wir haben nicht darauf geschworen, bestialische Morde gutzuheißen und zu decken. Julius hat die Regeln als Erster gebrochen, indem er uns mit Absicht mit reingezogen und zu Mordverdächtigen gemacht hat.«

Krolinski schwieg.

»Ich möchte, dass du mich zur Polizei begleitest«, fuhr Rettig fort. »Zusammen sind unsere Aussagen wesentlich glaubhafter. Julius ist psychisch krank. Es ist mit jedem Jahr schlimmer geworden. Das weißt du so gut wie ich. Er gehört in die Psychiatrie und braucht dringend ärztliche Hilfe. Es ist der falsche Weg, ihn zu schützen.«

Krolinski ließ sich auf seine Matratze sinken und lehnte sich mit angewinkelten Knien gegen die Wand. »Es ist zu spät. Wir sind mitschuldig an seinen Taten und haben ihn auch noch gedeckt, als uns klar war, dass er ein Mörder ist.«

»Wenn wir uns verstecken, machen wir uns doch nur noch verdächtiger. Es wird dann immer unwahrscheinlicher, dass man uns glaubt. Und irgendwann finden sie uns doch.«

»Du hättest nicht auf sein Drängen eingehen dürfen, die Obduktion Sybilles zu manipulieren. Und ich hätte nach seinem Mord an Sybille die Polizei alarmieren müssen. Aber ich hatte Angst, dass sie mich verdächtigen und festnehmen. Wir haben die Augen davor verschlossen, dass

Julius verrückt ist. Du hast auch an den Prügeleien im Wald teilgenommen. Du weißt, wie brutal er sein kann. Ich habe ihn als Fairplaybeauftragten der *Smarten Kannibalen* kämpfen sehen. Er hatte sich nie unter Kontrolle. Bei keinem Kampf. Wir mussten ihn von den Ligakämpfen ausschließen, sonst hätte er irgendwann jemanden umgebracht.«

Rettig senkte den Blick. »Ich weiß. Julius macht uns beiden Angst.«

»Wir haben uns von den vielen schönen Momenten einlullen lassen. Erinnerst du dich an unser Survivaltraining letzten Sommer? Wir haben vor der Hütte gegrillt, zu viel Bier getrunken und in Schlafsäcken neben dem Lagerfeuer gepennt. Ich dachte, wir drei wären Freunde auf ewig.«

»Ja, das dachte ich auch«, pflichtete Rettig ihm bei. »Aber Julius hat mir gedroht. Wenn auch nicht damit, mir Gewalt anzutun. Er sagte, wenn ich ihm nicht helfe und die Obduktion in seinem Sinne durchführe, erzählt er den Bullen, dass ich ihm nachts im Institut für Rechtsmedizin heimlich beigebracht habe, wie man Leichen seziert, wieder zusammennäht und sie konserviert. Ich hab nicht im Traum daran gedacht, dass er einen Mord begehen und das Gelernte in die Tat umsetzen würde. Als heute Morgen eine weitere Leiche, die offenbar auf sein Konto geht, zur Obduktion gebracht wurde, war mir klar, dass meine unvollständigen Angaben im ersten Obduktionsbericht mich selbst verdächtig machen könnten. Ich habe es im Institut nicht mehr ausgehalten und mich krankgemeldet. Wie sollte ich denn wissen, dass Julius es nicht bei einem Mord belässt. Ich hab ewig überlegt, was wir tun können. Und das Beste ist, dass wir der Polizei die Wahrheit erzählen.

Wenn wir uns selbst stellen, ist das Risiko geringer, dass sie uns nicht glauben und uns beide für Mörder halten.«

Krolinski nickte. »Er hat uns benutzt. Julius wusste, wo ich meine Bücher kaufe. Er wollte auch mal dort vorbeischauen. So ist er auf Vanessa Baumann aufmerksam geworden. Ich hatte aber keine Ahnung, dass er etwas mit ihrem Tod zu tun haben könnte. Erst als du mir von seinem Mord an Sybille Morgenstern erzählt hast, ist mir der Verdacht gekommen, dass er auch die Buchhändlerin auf dem Gewissen haben könnte. Und ich bin schuld, dass Sybille tot ist. Nachdem sie mich hat abblitzen lassen, habe ich Julius eines Abends bei mir in der Halle nach ein paar Gläsern Wein Fotos von Sybille gezeigt und das, was ich ihr über Facebook geschrieben habe. Die ganzen Beleidigungen und Drohungen. Er war ganz fasziniert von ihr und hat mich gefragt, ob er vielleicht sein Glück bei ihr versuchen dürfe. Ich hatte nichts dagegen, habe ihn sogar noch bekräftigt, ihm gesagt, wo sie arbeitet, ihm ihre Adresse genannt und ihm geraten, dass er es mit einer Rose bei ihr versuchen soll, weil ich insgeheim wollte, dass Sybille Angst bekommt.«

»Kommst du jetzt mit mir zur Polizei?«, fragte Rettig.

Krolinski seufzte, dann nickte er und erhob sich von seiner Matratze. »Ja, ist gut. Es hat alles keinen Sinn mehr.« Er packte ein paar persönliche Dinge in einen Rucksack, zog seine Jacke über und schaltete seine Taschenlampe ein. Rettig tat es ihm gleich.

Sie löschten die Kerzen und Krolinski öffnete die Tür. Beide erstarrten, als die Strahlen ihrer Lampen nach draußen fielen und den Platz vor der Hütte erleuchteten.

Julius stand vor ihnen und richtete eine Pistole auf sie. »Ich habe alles gehört, was ihr über mich gesagt habt.«

Rettig hob abwehrend die Hände. »Das war nicht so gemeint.«

»Ach ja? Wie denn wohl sonst? Ihr haltet mich doch beide für verrückt«, entgegnete Julius. »Und ihr wolltet gerade los, um mich bei der Polizei anzuzeigen.«

»Du hast uns absichtlich in deine Morde reingezogen«, entrüstete sich Krolinski. »Du hast es so aussehen lassen, als ob wir die Täter wären.«

»Ihr seid meine einzigen Freunde gewesen. Ich dachte, wir gehen zusammen durch dick und dünn. Es war doch unser gemeinsames Projekt.«

»Du bezeichnest das Ermorden und das Zerlegen von Frauen als Projekt?«

»Das kratzt nur an der Oberfläche. Was mir vorschwebt, ist ein Kunstwerk für die Ewigkeit. Ich bin auf dem besten Weg, eine würdige Partnerin zu erschaffen, die für immer bei mir bleibt.«

»Oh mein Gott«, entfuhr es Rettig.

Julius hob die Waffe und zielte auf Rettigs Brust. »Ihr habt unseren Schwur gebrochen. Wir wollten niemals mit den Bullen reden.«

Bevor Rettig etwas sagen konnte, drückte Julius ab. Der Schuss kam einem Donner gleich. Vögel stoben aus ihren Baumnestern und flatterten in Schwärmen davon.

Rettigs lebloser Körper sackte zusammen und fiel in gekrümmter Haltung auf den Waldboden. Die Lampe, die seiner Hand entglitten war, strahlte auf grausame Weise genau auf sein Gesicht und die weit aufgerissenen Augen.

Julius richtete den Lauf der Pistole auf Krolinski, der vor Entsetzen seine Taschenlampe hatte fallen lassen. Krolinski hob wimmernd die Hände vors Gesicht.

Julius betätigte abermals den Abzug. Wieder hallte der Schuss kilometerweit hörbar durch die Nacht. Julius überzeugte sich davon, dass seine Freunde tot waren. Danach schaltete er seine Stirnlampe an und verschwand im Dickicht.

*****

Für einen Moment sahen sich Speer und Bogner starr an, als der erste Schuss aus dem Wald drang. Dann sprang Speer aus dem Wagen und rannte auf den Wanderweg zu. Bogner forderte über das Funkgerät Verstärkung an. Ein weiterer Schuss fiel. Speer hielt inne und versuchte einzuschätzen, aus welcher Richtung der Knall gekommen war. Er holte seine Taschenlampe hervor und leuchtete auf den Waldweg. Bogner kam zu ihm gerannt. Mit gezogenen Dienstpistolen und ihren Lampen setzten sie sich vorsichtig in Bewegung.

Es dauerte zwanzig Minuten, bis Bogner ein Licht im Wald auszumachen glaubte. Auf der Landstraße hörten sie die Sirenen sich nähernder Einsatzfahrzeuge. Weitere fünf Minuten später hatten sie sich durch das Unterholz gekämpft und standen vor den Leichen von Dr. Ulf Rettig und Maxim Krolinski.

Kapitel 30

Heute. Karfreitag.

Es war ein herrlicher Morgen. Die Sonne schien und die Forsythien blühten in den Vorgärten. Eugen freute sich, dass er heute nicht arbeiten musste und bei seiner frühen Joggingrunde die frische Luft und den noch recht menschenleeren Stadtteil genießen konnte.

Es war erst sechs Uhr dreißig und selbst die meisten Hundebesitzer waren mit ihren Vierbeinern noch nicht vor der Tür.

Nach einem Drittel seiner Laufstrecke gelangte er auf den Parkplatz des Schwimmbades, den er überqueren musste, um auf der anderen Seite in den kleinen Park zu gelangen. Aufgrund des Feiertages war das Bad geschlossen, sodass auch keiner der sonst üblichen Frühschwimmer vor Ort war.

Als Eugen an der überdachten Gebäudenische mit der Eingangstür vorbeilief, registrierte er aus den Augenwinkeln schemenhaft ein Objekt auf dem Boden. Abrupt stoppte er aus vollem Lauf ab und keuchte laut auf. Sein Herz pumpte wie verrückt.

Starr durch den Schock und zitternd vor Aufregung klebte sein Blick an der jungen blonden Frau, die quer vor der Eingangstür auf dem Rücken lag.

Ihr Kopf war zur Seite gedreht. Ihre Augen waren geöffnet und schienen ihn vorwurfsvoll anzustarren. In ihrem Mund klemmte ein Personalausweis. Rohes Fleisch,

Blut, Knorpel und Sehnen klafften im Bereich des Schultergelenks hervor, wo ihre Arme sein sollten.

Eugen übergab sich und war danach kaum in der Lage, mit seinen zitternden Fingern die Nummer des Notrufs korrekt in sein Handy zu tippen.

*****

»Es ist einfach nicht zu glauben«, wetterte Fernanda Gomez und stromerte auf und ab.

Bogner, Speer und Tina Jeschke saßen im Besprechungsraum und ließen die Tiraden ihrer Chefin zerknirscht über sich ergehen.

Es war zwölf Uhr mittags und den Vormittag über war die geballte Ermittlungsmaschinerie des Landeskriminalamtes auf Hochtouren gelaufen. Nun galt es, ein erstes Resümee zu ziehen.

»Ihr hattet meine klare Anweisung, Dr. Rettig festzunehmen, sobald ihr die Möglichkeit dazu habt. Und was macht ihr? Ihr observiert ihn und verliert ihn im Wald! Jetzt ist er tot und Krolinski auch.« In ihrer Erregung war Fernanda Gomez dazu übergegangen, sie zu duzen.

»Wir konnten doch nicht ahnen, dass es einen unbekannten Dritten gibt«, versuchte Bogner halbherzig eine Rechtfertigung.

Gomez funkelte ihn mit wütenden Augen an. »Hättet ihr Rettig in Gewahrsam genommen und verhört, hätte er uns vermutlich gesagt, um wen es sich dabei handelt.«

Alle schwiegen. Gomez hatte recht. Rückblickend betrachtet hatten sie mit ihrem Vorgehen den Fall vor die Wand gefahren.

»Vermutlich hat der Mörder von Rettig und Krolinski die beiden als Mitwisser oder gar Beteiligte seiner Taten beseitigt«, wollte Speer das Gespräch wieder in eine konstruktive Richtung lenken. »Die Durchsuchung von Dr. Rettigs Haus läuft. Vielleicht finden wir dabei Hinweise auf den Täter.«

»Rund um die Hütte konnte bisher nichts sichergestellt werden, das uns seine Identität verrät«, ergänzte Bogner. »Die verschossenen Projektile waren Kaliber neun. Die Tatwaffe war eine russische Makarow, das belegen die Patronenhülsen. Bisher gab es allerdings keinen Treffer beim Abgleich mit der Tatmunitionssammlung.«

Tina räusperte sich.

»Wollen Sie etwas sagen?«, fragte Gomez gereizt.

»Ja. Ich sehe noch ein anderes Motiv für die Morde an Rettig und Krolinski. Es könnte sich auch um Rache handeln. Krolinski war öffentlich mit Phantombild zur Fahndung ausgeschrieben. Vielleicht hat ihn ein Angehöriger der Opfer einfach schneller gefunden als wir.«

Gomez nickte und seufzte. »Das mag sein. In dem Fall hätte der Rächer aber die Falschen erwischt. Denn zu allem Überfluss gibt es seit heute Morgen eine weitere Tote, die dem Täter zugeordnet werden muss. Jasmin Jansen. Sie wurde am Eingang des Schwimmbades abgelegt, als Krolinski und Rettig bereits tot waren. Dank eurer Meisterleistung haben wir bezüglich der beiden ja wenigstens einen genauen Tatzeitpunkt. Ein Mann, der in der Nähe des Schwimmbades wohnt, hat angegeben, dass er kurz nach Mitternacht mit seinem Hund noch mal draußen war. Sein Weg führte am Schwimmbadeingang vorbei. Er konnte definitiv ausschließen, dass die Tote zu dem Zeitpunkt schon dort lag.«

Speer räusperte sich. »Jasmin Jansen lebte wie die anderen Opfer allein. In ihrer Wohnung wurde ebenfalls eine Rose gefunden. Die amputierten Arme passen ebenfalls zu dem bisherigen Vorgehen. Es besteht wohl kein Zweifel, dass es in allen drei Fällen derselbe Täter war.«

Tina meldete sich zu Wort. »Das Ergebnis des DNA-Abgleichs mit dem bei Vanessa Baumann sichergestellten Material liegt nun vor. Es stammt nicht von Maxim Krolinski. Der Abgleich mit Dr. Rettigs DNA läuft.«

Bogner erhob sich und trat vor die Karte, die an einem Whiteboard befestigt war und auf der die Fundstellen der Opfer, ihre Wohnungen und die Waldhütte Krolinskis rot markiert waren. »Die Orte liegen verstreut ohne erkennbares Muster. Aber alle befinden sich im östlichen Teil Berlins.«

»Mit anderen Worten, wir stehen mit den Ermittlungen wieder am Anfang«, folgerte Gomez. Sie streifte sich kopfschüttelnd durch ihre dunkle Haarmähne. »Ich habe keine Ahnung, wie ich das der Presse erklären soll.«

»Vielleicht hab ich einen neuen Ansatz, den es zu verfolgen lohnt«, sagte Tina zaghaft.

»Na dann raus damit«, bestärkte sie Bogner.

Tina schob eine Akte, die nur aus ein paar Blättern bestand, in die Mitte des Tisches. »Es handelt sich um eine über zwanzig Jahre alte Vermisstenanzeige. Sie wurde nicht weiterverfolgt. Der Ehemann gab an, seine Frau sei mit ihrem Liebhaber auf und davon. Aber die vermisste Frau ähnelt genau unseren aktuellen Opfern.«

»Die Frau lebt vermutlich noch irgendwo in Deutschland«, winkte Bogner ab. »Und selbst angenommen Rettig und Krolinski waren die Komplizen unseres Serienmörders, dann ist er vermutlich etwa in deren Alter, also Ende zwanzig bis Mitte dreißig. Das wäre auf alle Fälle zu jung, um vor einem Vierteljahrhundert diese Vermisste getötet zu haben.«

Speer zog die Akte zu sich heran und schlug sie auf. Als er das Foto der vermisst gemeldeten Elisabeth Krasser sah und die Personenbeschreibung überflog, wusste er, warum Tina dem Fall besondere Beachtung geschenkt hatte.

»Gibt es aktuellere vergleichbare Mordfälle?«, wollte Gomez wissen. Dabei warf sie über Speers Schulter hinweg ebenfalls einen Blick auf die Unterlagen.

Tina schüttelte den Kopf. »Das ist zumindest in Berlin der einzige Fall, den ich gefunden habe, bei dem ein Zusammenhang mit den aktuellen Morden vorstellbar ist.«

»Dann fragen wir den gehörnten Ehemann, ob er nach deren Verschwinden wieder etwas von seiner Frau gehört hat«, bestimmte Gomez. »Oder hat jemand eine bessere Idee?«

Bogner griff nach der Akte und blätterte darin. Kurz verharrte sein Blick auf dem Foto der Frau. Er blätterte weiter. »Stimmen die Wohnanschriften des Ehemannes und des Bibliotheksangestellten, der die Frau als vermisst gemeldet hat, noch mit den Adressen aus der Akte überein?«, fragte er an Tina gewandt.

»Nach Auskunft des Einwohnermeldeamtes, ja.«

»Dann machen wir uns auf den Weg«, beschloss Bogner und erhob sich.

»Keine Alleingänge mehr!«, rief ihm Gomez nach. Und etwas versöhnlicher: »Bitte seien Sie vorsichtig. Auch wenn es nur ein äußerst vager Verdacht ist. Es wäre nicht das erste Mal, dass ein Mann seine Frau umbringt, sie anschließend verschwinden lässt und behauptet, sie sei ihm abgehauen. Falls dem so wäre, käme der Ehemann auch als unser Täter der aktuellen Morde in Frage, und es könnte brenzlig werden, wenn die Kripo plötzlich bei ihm vor der Tür steht.«

Bogner winkte ab. »Keine Sorge. Wir passen schon auf. Auch wenn ich nicht glaube, dass diese uralte Vermisstenanzeige uns irgendwie weiterhilft.«

Kapitel 31

Georg Meller war der Mann, der vor vierundzwanzig Jahren Elisabeth Krasser als vermisst gemeldet hatte. Da seine Wohnung fast auf dem Weg lag, wollten Speer und Bogner zunächst ihn befragen, bevor sie zu Hartmut Krasser weiterfuhren. Meller bewohnte die dritte Etage eines Mehrfamilienhauses. Speer betätigte den Klingelknopf. Kurz darauf knackte die Freisprechanlage.

»Kripo Berlin«, meldete sich Speer.

»Polizei? Soll das ein Scherz sein?«.

»Leider nein, wir sind hier wegen Elisabeth Krasser.«

Kurz herrschte Stille in der Leitung. »Frau Krasser ... Einen Moment bitte. Ich komme zu Ihnen nach unten.«

Zwei Minuten später war Georg Meller bei ihnen. Sein graues Haar reichte fast bis zu den Schultern. Speer und Bogner zeigten ihre Dienstausweise. Er nickte.

»Können wir ein paar Schritte gehen?«, fragte Meller. Sie stimmten zu.

»In welchem Verhältnis standen Sie zu Frau Krasser?«, begann Bogner, während sie über den breiten Gehweg in Richtung einer kleinen Parkanlage schlenderten.

Georg Meller hielt kurz inne und sah ihn entrüstet an. »Ich war damals wie heute verheiratet und stand in gar keinem ‚Verhältnis' zu Frau Krasser. Allerdings kann ich mich gut an sie erinnern. Sie hat gern gelesen und kam regelmäßig, um sich neue Bücher auszuleihen. Am liebsten las sie die Romane von Rosamunde Pilcher. Aber generell alles, was mit Liebe und fernen Ländern zu tun hatte.«

»Haben Sie Frau Krasser noch einmal gesehen, nachdem Sie sie als vermisst gemeldet hatten?«

»Nein, nie wieder. Haben Sie sie gefunden? Ist ihr etwas zugestoßen? Das täte mir leid. Sie war so eine liebe Frau.«

»Wir wissen nicht, was mit Frau Krasser passiert ist. Wir sind im Zusammenhang mit einem anderen Fall auf Ihre Vermisstenmeldung von damals gestoßen.«

Georg Meller nickte. »Meine Frau ist pflegebedürftig. Sie war damals nicht begeistert, als ich wegen der Sache zur Polizei gegangen bin. Deshalb wollte ich lieber draußen mit Ihnen darüber reden.«

»Gibt es sonst vielleicht noch etwas Besonderes, an das Sie sich erinnern und das nicht in die Vermisstenanzeige eingegangen ist?«, erkundigte sich Speer.

Meller überlegte kurz. »Ihr Mann hat mir Scherereien gemacht, nachdem ich bei der Polizei gewesen war. Er hat mir sogar draußen aufgelauert, ist mir an den Kragen gegangen und hat mir mit der Faust gedroht.«

Georg Meller blieb stehen, griff sich an den Hals und ballte die andere Hand zur Faust, um den Inhalt seiner Worte zu demonstrieren.

»Warum, glauben Sie, hat Herr Krasser das getan?«

Georg Meller hob die Augenbrauen. »Das lag auf der Hand, fand ich. Er war wütend, weil ich seine Frau als vermisst gemeldet habe. Schließlich war er ihr Ehemann und diese Meldung wäre seine Sache gewesen. Zuvor hatte er, nachdem ich wegen der versäumten Rückgabefrist anrief, ihre Bücher zurückgebracht und mir erzählt, dass seine Frau mit ihrem Liebhaber abgehauen sei. Ich hatte nicht den Eindruck, dass er mir etwas vormachte. Vielleicht wollte seine Frau tatsächlich mit einer Liebschaft in ein anderes Land, so wie die Heldinnen in den Büchern, die sie so gern las.«

»Dennoch haben Sie Kontakt zur Polizei aufgenommen. Warum?«

»Es entsprach einfach nicht ihrem Naturell. Frau Krasser wirkte auf mich schüchtern und nicht sehr selbstbewusst. Und was mich am meisten dazu bewogen hat, die Anzeige zu machen, war ihr Sohn. Der Kleine war ihr Ein und Alles. Sie brachte ihn immer mit in die Bibliothek und wenn sie von ihm sprach und ihn ansah, hatte sie diesen liebevollen Schimmer in den Augen. Dass sie ihr Kind allein beim Vater zurücklässt, konnte ich mir nicht recht vorstellen.«

»Vielen Dank, Herr Meller«, schloss Bogner.

»Nicht dafür. Es war spannend, mit Ihnen zu reden. Erbauliche Gespräche sind eher spärlich, seit ich in Rente bin. Und ich helfe gerne, wenn ich kann.«

»Gehen Sie mit uns zurück?«

»Nein, ich spaziere noch ein bisschen weiter.«

»Dann noch einen schönen Tag«, verabschiedete sich Speer.

»Ebenso.« Georg Meller nickte. Er drehte sich um und ging seines Weges.

Um dreizehn Uhr dreißig erreichten sie das Haus von Hartmut Krasser. Es gab zwei Klingelknöpfe. Beide ohne Namensschild. Bogner betätigte beide gleichzeitig. Als niemand öffnete, drückte er erneut darauf.

Bogner war bereits zwei Schritte zurückgetreten, um sich einen Eindruck des Gebäudes zu verschaffen, als ein jüngerer Mann die Tür öffnete. Seine Haare waren bis auf wenige Millimeter abrasiert. Sein Gesicht sah derb und hager aus und seine Nase war unnatürlich platt. An der rechten Wange klebte ein Wundverband.

Bogner stellte sich und Speer vor und sie zeigten ihre Dienstausweise. Das Mienenspiel des jungen Mannes blieb ausdruckslos.

»Die Kripo? Ist was passiert?«

»Dürfen wir fragen, wer Sie sind?«

»Ich bin Sven Krasser.«

Bogner nickte. Laut der Akte hatten Hartmut und Elisabeth Krasser einen Sohn namens Sven.

Bogner zeigte auf den Verband. »Haben Sie sich verletzt?«

»Nur ein Hautausschlag. Damit habe ich in jedem Frühjahr zu kämpfen.«

»Wir würden gern mit Hartmut Krasser sprechen«, sagte Speer.

»Hat sich mein Vater etwas zuschulden kommen lassen?«

»Nein, wie gesagt, wir wollen ihn nur etwas fragen.«

»Er ist unterwegs.«

»Wann kommt Ihr Vater zurück?«

Sven Krasser zog die Mundwinkel nach unten und hob die Schultern. »Keine Ahnung. An Ostern macht er jedes Jahr eine mehrtägige Wanderung durch die Natur. Er übernachtet in den Wäldern in selbstgebauten Unterschlüpfen und so.«

»Können wir ihn irgendwie erreichen? Ein Telefon wird er wohl dabeihaben«, ließ Bogner nicht locker.

»Nein, er macht so eine Art Survival-Tour. Er verzichtet dabei absichtlich darauf, sein Handy mitzunehmen. Was ist denn so wichtig, dass Sie an einem Feiertag vorbeikommen? Kann ich Ihnen vielleicht weiterhelfen?«

»Die Angelegenheit wollten wir eigentlich mit Ihrem Vater klären. Wohnt außer Ihnen sonst noch jemand hier?«, fragte Speer.

»Nein. Früher hat meine Großmutter im Erdgeschoss gewohnt. Die Räume habe ich nach ihrem Tod übernommen und mein Vater lebt oben ebenfalls allein.«

Bogner sah Speer nachdenklich an. Dann seufzte er. »Es geht um Ihre Mutter.«

Der junge Mann senkte den Kopf. »Sie ist abgehauen, als ich vier Jahre alt war. Warum fragen Sie nach ihr?«

»Es gab damals eine Vermisstenmeldung.«

Sven machte ein betrübtes Gesicht. Als sie seine Mutter erwähnten, schien es wie ein Schlag in die Magengrube auf ihn zu wirken.

»Davon weiß ich nichts.«

»Wir wollten lediglich fragen, ob Sie oder Ihr Vater jemals wieder etwas von ihr gehört haben oder Kontakt mit ihr hatten?«

Sven Krasser schüttelte den Kopf. »Nein, leider nicht. Sie hat wohl einen endgültigen Strich unter das Kapitel gezogen.« Seine Stimme klang verbittert.

»Sagen Sie Ihrem Vater bitte, dass er uns anrufen soll, sobald er sich meldet oder wieder zurück ist«, sagte Bogner und überreichte Sven Krasser seine Visitenkarte.

Als Speer sich auf dem Bürgersteig noch einmal zum Haus umdrehte, stand Sven in der halb geöffneten Haustür und sah ihnen hinterher.

»Glaubst du diesem Sven Krasser, dass sein Vater allein und ohne Handy durch die Wälder wandert?«, sinnierte Bogner.

»Möglich ist es schon. Immer mehr Menschen suchen die Nähe zur Natur und zu Ostern verreisen eben viele«, sagte Speer. »Auch wenn so ein Ausflug in die Einsamkeit nicht für jeden etwas ist, wüsste ich nicht, warum Krassers Sohn uns anlügen sollte.«

Kapitel 32

Damals. Vor sechs Monaten. Achtundzwanzig.

Seit er Vanessa im Wald hatte beerdigen müssen, verging kein Tag, an dem sein Vater ihn nicht deswegen demütigte. Er empfand es deshalb wie eine erholsame Fügung, als Hartmut ein halbes Jahr später mit einer Lungenentzündung ins Krankenhaus musste.

Sein Vater hatte sich geweigert, einen Arzt zu konsultieren. Bald hatte er aber so hohes Fieber, dass er ins Delirium fiel und Sven den Notarzt verständigen musste. Die Sanitäter verluden Hartmut in den Rettungswagen und im Krankenhaus hatten die Ärzte ihn in ein künstliches Koma versetzen müssen. Alles war rasend schnell gegangen. Er fand jetzt erst die Zeit, eine Tasche mit Kleidung, Zahnbürste, Kamm und Duschgel zu packen. Er öffnete den Kleiderschrank seines Vaters.

»Dass du diese Vanessa umgebracht hast, ist in Ordnung. So muss man es mit Weibern machen, die meinen, sie seien zu gut für dich«, hörte er in seinem Kopf die Worte seines Vaters widerhallen. »Aber ich kapiere nicht, dass du sie dir überhaupt als Freundin ausgesucht hast. Sie war zu fett und besonders hübsch war sie auch nicht. Aber vermutlich findest du sowieso keine Frau mit Klasse, die bei dir bleibt.« Die harten Worte seines Vaters waren schmerzhaft wie kleine Pfeile aus einem Blasrohr, die seine Haut durchdrangen und sich in seinem Fleisch verankerten.

»Du solltest dir endlich wieder eine Arbeitsstelle suchen. Den ganzen Tag herumzulungern, tut dir nicht gut. Von wem hast du nur diese grenzenlose Faulheit geerbt. Sicher nicht von mir. Bleibt also nur noch deine Schlampenmutter«, war eine weitere Schelte, die er bei jeder Gelegenheit über sich ergehen lassen musste.

Er bemerkte, dass er regungslos und mit leerem Blick vor dem offenen Kleiderschrank verharrte. Die Stimme seines Vaters in seinem Kopf hatte eine lähmende Wirkung auf ihn. Verärgert darüber, wie viel Macht Hartmut über ihn besaß, griff er nach ein paar Unterhosen und warf sie achtlos in die auf dem Boden stehende Reisetasche.

Im oberen Fach lag ein Jogginganzug. Er nahm ihn heraus. Dahinter kam eine Zigarrenkiste aus Holz zum Vorschein. Er stutzte, nahm sie heraus und klappte sie auf.

Der Inhalt erschreckte ihn so sehr, dass die Kiste seinen Händen entglitt. Er machte einen Schritt zurück, als ob sich darin eine Tarantel befände.

In seinem Kopf erhob sich ein lautes rhythmisches Stampfen. Seine Augen fixierten die Fotos, die sich über den Boden zu seinen Füßen ergossen.

Alles, von dem sein Vater behauptete, es sei die verrückte Einbildung eines kleinen Kindes gewesen, entsprach der Wirklichkeit. Die Erkenntnis traf ihn wie ein Hammer.

Er hatte unter dem Bett gelegen. Seine Mutter hatte geweint. Jemand hatte sie erwürgt. Und dieser Jemand war sein Vater gewesen.

Die aufflammende Wut versetzte jede Faser seines Körpers in Spannung. All die Jahre hatte Hartmut ihm eingetrichtert, Elisabeth habe sie verlassen, weil sie eine andere Familie wollte.

Er brauchte Tage, um diese neuen Tatsachen einigermaßen zu verdauen. An keinen seiner körperlichen Verletzungen hatte er je so lange gelitten wie an den seelischen Qualen, die er nun durchmachte.

Hartmut kam zwei Wochen später aus dem Krankenhaus nach Hause. Er sah ausgemergelt aus. Aber er hatte die Lungenentzündung gut überstanden.

Schweigsam ging er seinem Vater bis zum Abend aus dem Weg. Gegen dreiundzwanzig Uhr hörte er ihn die Treppe herunterkommen. Offenbar wollte Hartmut seine gewohnten nächtlichen Spaziergänge wieder aufnehmen.

Als sein Vater eine halbe Stunde später wieder zur Tür hereinkam, wartete er bereits im Flur auf ihn. Es war November und die Kälte drang durch die offene Haustür in die Diele. Hartmut zog seine Jacke aus und hängte sie an den Kleiderständer.

»Warum stehst du da so dumm rum? Stimmt etwas nicht?«, blaffte er seinen Sohn an.

Der schwieg. Seine Hände verbarg er hinter seinem Rücken. Die Wut übernahm langsam die Kontrolle über ihn.

»Scheiß Krankenhaus«, sagte Hartmut. »Ich fühle mich noch immer wie von einer Dampfwalze überrollt.«

Er meinte, eine leichte Unsicherheit im Gesicht seines Vaters wahrzunehmen, und warf ihm die kopierten Fotos aus der Zigarrenkiste vor die Füße. »Du hast nicht nur irgendwelche Frauen ermordet. Du hast auch meine Mutter umgebracht.«

Die Fotos zeigten eine vermutlich attraktive blonde Frau, deren Züge jetzt jedoch verzerrt waren. Die blauen Augen standen unnatürlich hervor und ihre Zunge quoll aus dem Mund. Das Gesicht war bläulich verfärbt und von unzähligen roten Punkten übersät.

»Wie der Vater so der Sohn. Du trittst in meine Fußstapfen. Du kannst stolz auf dich sein, Julius«, versuchte Hartmut, die Situation zu entschärfen.

»Ich heiße nicht Julius.«

»Julius Cäsar war ein großer Mann. Sein Vorname wird dir gerecht.«

»Meine Mutter wollte, dass ich Sven heiße. Ihr hat der Name gefallen.«

»Deine Mutter war eine Schlampe, die keinen Geschmack und von Geschichte keine Ahnung hatte«, entgegnete Hartmut.

»Du hast sie erwürgt und mir all die Jahre erzählt, sie sei abgehauen.« Sven wurde lauter.

»Na und?«, erhob nun auch sein Vater die Stimme und baute sich breitbeinig vor ihm auf.

»Ich war dabei. Meine Erinnerung war echt. Kein Hirngespinst. Ich lag unter dem Bett, während du sie erwürgt hast. Sie hat mich angesehen und sie hat geweint. Ihre Tränen versickerten auf dem Holzboden. Ich habe es nicht geschafft, mich zu bewegen, ihr zu helfen, ihre Tränen zu bewahren.«

»Sei keine Memme! Tränen bewahren? Was ist das für ein jämmerlicher Quatsch? Das alles lässt sich sowieso nicht mehr ändern. Ich dachte, du wärst im Kindergarten, als ich deiner Mutter den Garaus machte«, schimpfte Hartmut.

»Warum hast du sie umgebracht?«

»Willst du es wirklich wissen? Sie hat mir hinterhergeschnüffelt und dabei Dinge zu Gesicht bekommen, die nicht für sie bestimmt waren. Sie hat gesehen, zu was ich in der Lage bin, wenn Frauen mir auf den Sack gehen, und sie war nicht begeistert. Sie wollte mich verlassen und sehr wahrscheinlich wäre sie auch zur Polizei gerannt. Das konnte ich nicht riskieren.«

Sven richtete die Pistole auf seinen Vater, die er bis jetzt hinter seinem Rücken versteckt gehalten hatte. Hartmut breitete enttäuscht die Arme aus.

»Du willst mich erschießen? Das ist lächerlich. Wenn du es ernst meinst, dann kämpf gegen mich wie ein Mann.«

»In deinem Zustand?«, höhnte Sven.

»Du unterschätzt deinen alten Herrn.«

Sven zielte mit der Pistole auf Hartmuts Herz. Sein Vater hatte die Waffe samt passender Munition in den neunziger Jahren einem polnischen Arbeitskollegen abgekauft. Die sowjetische Makarow stammte aus alten Beständen der Volkspolizei. Sie funktionierte tadellos. Sein Vater hatte ihm gezeigt, wie man damit umging. Unzählige Male hatten sie damit im Wald auf Bierdosen geschossen, die sie zuvor gemeinsam geleert hatten.

»Es geht schnell. Du wirst nicht leiden. Betrachte es als Abschiedsgeschenk von mir«, sagte Sven.

Sein Vater lächelte, als wollte er seinem Sohn den Mumm absprechen, auf den eigenen Vater zu schießen. Selbst in dieser Situation wirkte er überlegen. Sven drückte ab. Hartmut war auf der Stelle tot. Der Schuss war ohrenbetäubend laut. Sicher war der Knall auch draußen zu hören gewesen. Doch Sven hatte Glück. Auch Stunden und Tage danach war die Polizei nicht bei ihm aufgetaucht.

Kapitel 33

Heute. Samstagvormittag.

Speer und Bogner saßen in ihrem Büro. Da die Leiche von Jasmin Jansen erst nach der Ermordung von Krolinski und Rettig abgelegt worden war, musste es einen Dritten geben, der die Frauen entweder alleine oder gemeinsam mit den beiden anderen Männern getötet hatte. Mittels eines weiteren DNA-Abgleichs konnte nun auch Dr. Rettig als Mörder von Vanessa Baumann ausgeschlossen werden.

»Der Täter muss Rettig und Krolinski gekannt haben, vielleicht waren sie sogar miteinander befreundet«, vermutete Speer. »Krolinskis Hütte im Wald war ein geheimes Versteck. Davon wussten sicher nur wenige Menschen, denen Krolinski vertraute.«

Bogner fuhr sich über die Augen und raufte sich die Haare. Gomez und der Polizeipräsident heizten ihm ein. Sie brauchten endlich Ergebnisse. Es vergingen keine zwei Stunden, in denen Gomez sich nicht nach dem aktuellen Stand der Ermittlungen erkundigte. Das Wochenende konnte er, was private Unternehmungen anbelangte, abhaken.

Bogner teilte Speers Schlussfolgerungen. »Falls unser Täter mit Krolinski und Rettig eng befreundet war, wusste er viel über sie. Genug, um die beiden als Verdächtige ins Spiel zu bringen. Möglicherweise war genau das seine Absicht, er wollte von sich ablenken und uns auf eine falsche Fährte führen.«

»Wenn das stimmt, haben Rettig und Krolinski womöglich weniger mit den Frauenmorden zu tun, als wir bislang annehmen mussten.«

Das Telefon auf Bogners Schreibtisch klingelte. Es war der Wachmann an der Pforte. Eine junge Frau war bei ihm, die mit den zuständigen Ermittlern im Fall Sybille Morgenstern sprechen wollte.

Speer und Bogner hatten die Frau bereits erwartet. Sie hieß Anna Mehdorn und hatte sich über die Hotline für sachdienliche Hinweise gemeldet. Anders als bei allen bisherigen Anrufern schien die Beobachtung von Frau Mehdorn vielversprechend.

Bogner begab sich nach unten zur Pforte, um die Zeugin abzuholen. Wenig später führte er Frau Mehdorn ins Dienstzimmer und bat sie, auf dem Besucherstuhl Platz zu nehmen.

Ihr war anzusehen, dass sie viel geweint hatte. Ihre Augen waren rot unterlaufen und ihr Gesicht war aschfahl.

Speer hatte inzwischen Tina hereingebeten, da sie bei der Befragung dabei sein sollte.

»Das sind Oberkommissarin Jeschke und Kriminalhauptkommissar Speer«, stellte Bogner seine Kollegen vor. »Erzählen Sie uns doch bitte noch einmal ganz genau, was Sie bereits am Telefon gesagt haben.«

Frau Mehdorn zog schniefend die Nase hoch. »Ich bin regelmäßig mit Sybille Morgenstern im Bus von der Arbeit nach Hause gefahren. Im Laufe der Zeit hat sich eine Art Freundschaft zwischen uns entwickelt, auch wenn wir uns immer nur im Bus gesehen haben. Wann immer es ging, haben wir uns nebeneinandergesetzt und uns unterhalten. Zuletzt war das am Montagabend. An der Haltestelle, an der Sybille ausstieg, habe ich einen Mann gesehen. Er ist auf sie zugegangen und es hat so gewirkt, als wolle er sie ansprechen. Es war nur ein flüchtiger Moment. Der Bus ist ja gleich wieder weitergefahren.«

»Um wie viel Uhr war das?«

»Ziemlich genau um halb neun. Mein Gott, es ist so schrecklich. Ich habe erst heute Morgen erfahren, dass Sybille ermordet wurde«, schluchzte sie. »Ich kann das noch gar nicht glauben. Sie war ein so lieber Mensch.«

Ihr kamen die Tränen und Speer reichte ihr ein Taschentuch. »Wie haben Sie davon erfahren?«

»Ich habe mir Gedanken gemacht, als Sybille am Dienstag nicht im Bus war. Ich wusste, dass sie keinen Urlaub hatte. Als ich heute Morgen im Radio gehört habe, dass vor einem Serienmörder gewarnt wird, habe ich gleich ein schlechtes Gefühl gehabt. Ich habe im Internet recherchiert und Sybilles Foto und den Zeugenaufruf entdeckt.«

»Würden Sie den Mann an der Bushaltestelle wiedererkennen?«, fragte Tina.

Anna Mehdorn zuckte mit den Schultern. »Kann schon sein.«

Bogner drehte ihr seinen Computermonitor mit Fotos von Rettig und Maxim Krolinski zu. »Könnte es einer dieser beiden Männer gewesen sein?«

Anna Mehdorn schüttelte den Kopf. »Von denen war es keiner. Da bin ich mir sicher. Das Gesicht des Mannes war schmaler und hagerer.«

»Sehr gut«, lobte Bogner. »Wie groß war der Mann und welche Haarfarbe hatte er?«

»Dunkelblond, meine ich, und nicht ganz kurz geschnitten. Er war so etwa eins achtzig groß.«

»Frau Mehdorn, wir möchten versuchen mit Ihrer Hilfe ein Phantombild des Mannes zu erstellen«, erklärte ihr Bogner.

Anna Mehdorn nickte und wischte sich die Nase. »Wenn es weiterhilft, versuche ich das gerne.«

Bogner wandte sich Tina zu. »Übernimmst du das bitte?«, bat er.

Tina lächelte Anna Mehdorn aufmunternd zu. »Klar, wir kriegen das schon hin. Kommen Sie bitte mit mir. Wir setzen uns dafür vor den Bildschirm in meinem Büro.«

Anna Mehdorn erhob sich und die beiden Frauen verließen das Zimmer.

Speer goss Bogner und sich Kaffee aus der Thermoskanne ein.

»Lass uns noch mal überlegen, wohin uns die Annahme führt, dass der Täter mit Rettig und Krolinski befreundet war«, sagte Bogner und nahm einen Schluck von dem Kaffee. »Ich frage mich zunächst einmal, wie die beiden sich kennengelernt haben sollen. Dr. Rettig war Mediziner. Krolinski ein Künstler.«

»Rettig war Kunstliebhaber. Vielleicht auf einer Ausstellung«, schlug Speer vor.

»Die einzigen Werke, die wir bei Rettig im Haus gefunden haben, waren welche von Krolinski. Ich vermute, dass Rettig kein echter Kunstliebhaber war und die Bilder eventuell nur aufgrund ihrer Freundschaft gekauft hat.«

»Eine Schülerfreundschaft ist es nicht. Dafür ist der Altersunterschied auch zu groß. Wo lernt man sonst noch Freunde kennen? In der Kneipe? Gemeinsame Interessen? Vielleicht waren sie im gleichen Sportverein.«

Das brachte Bogner auf eine Idee. »Tina hat herausgefunden, dass Maxim Krolinski verhaftet wurde, weil er nach einem Spiel seines Fußballklubs zusammen mit anderen Fans randaliert hat. Es kam zu einer Schlägerei, bei der es mehrere Verletzte gab.«

»Du meinst, Dr. Rettig könnte im gleichen Fanklub wie Krolinski gewesen sein?«

»Einen Versuch ist es wert«, antwortete Bogner. »Zusammen mit seinen Kumpels gegen gegnerische Fans kämpfen, das schweißt doch zusammen.«

Speer blätterte durch ihre aktuelle Ermittlungsakte und fand einen Vermerk Tinas über Krolinskis Vorstrafen. Dort hatte sie auch die Polizeidienststelle aufgeführt, in der die Fußballfans damals erkennungsdienstlich behandelt worden waren. Er griff zum Hörer. Nach ein paar Weiterverbindungen hatte er dort eine engagierte Kollegin am Apparat, die Zugriff auf den Vorgang hatte und zusagte, ihm eine Liste aller bei der damaligen Randale festgenommenen Personen zu faxen.

Es dauerte fast eine Stunde, bis die gewünschte Liste über das Faxgerät in ihrem Büro ausgegeben wurde.

Bogner nahm sie aus dem Gerät und Speer stellte sich hinter ihn, um sie gemeinsam mit ihm durchzusehen. An sechster Stelle der einundzwanzig Namen umfassenden Liste war Dr. Ulf Rettig aufgeführt.

Bogner legte die Liste beiseite und stand von seinem Platz auf. Speer klopfte ihm anerkennend auf die Schulter. »Du hast goldrichtig gelegen. Rettig und Krolinski waren befreundet, weil sie Fans des gleichen Vereins waren. Vermutlich standen sie bei jedem Heimspiel nebeneinander in der Kurve.«

Speer nahm die Liste zur Hand und ging sie bis zum Ende durch. Als er den zwanzigsten Namen las, erstarrte er.

Bogner bemerkte es. Er trat neben Speer und starrte auf das Papier.

»Wir waren gestern bei ihm«, sagte Speer entgeistert.

»Mein Gott«, murmelte Bogner, der den Namen nun auch schwarz auf weiß vor Augen hatte. »Sven Krasser. Der Sohn von Hartmut Krasser.«

»Kann es Zufall sein, dass Krasser zusammen mit Rettig und Krolinski festgenommen wurde?«, überlegte Speer. »Die drei müssen nicht zwingend befreundet gewesen sein, nur weil sie Fans des gleichen Vereins sind.«

»Das stimmt. Aber überleg mal, auch der sonstige Background von Sven Krasser passt ins Täterprofil. Seine Mutter verschwindet, als er noch ein Kleinkind ist. Das muss traumatisch für ihn gewesen sein. Elisabeth Krasser glich den jetzigen Opfern wie aus dem Gesicht geschnitten«, erinnerte ihn Bogner.

Es bedurfte keiner weiteren Überlegungen. Eilig warfen sie ihre Jacken über. »Hoffen wir, dass er noch nicht das Weite gesucht hat«, bat Speer inständig.

Es klopfte an der Tür und Tina kam ins Zimmer. In der Hand hielt sie das gemeinsam mit Anna Mehdorn angefertigte Phantombild.

Nur das längere Haar und der Scheitel konnten darüber hinwegtäuschen, dass es sich bei der Person um Sven Krasser handelte.

Kapitel 34

Marlene genoss noch im Nachthemd die frühen Sonnenstrahlen auf dem Balkon mit Kaffee und einem Croissant. Die Vögel pfiffen und es kündigte sich ein schöner frühlingshafter Tag an. Adrian hatte die Wohnung soeben um kurz vor acht Uhr verlassen und war mit dem Motorrad zur Arbeit gefahren. Sie hatte ihn gebeten, ihr heute sein Auto zu leihen, da sie für die Ostertage größere Einkäufe tätigen wollte, und er war einverstanden gewesen. Da heute vor dem langen Wochenende in den Geschäften sicher viel los war, hatte sie noch weniger Lust als sonst, mit dem Einkaufswagen durch die Gänge zu tigern.

Wenigstens besaß das Gebäude, in dem sie wohnten, eine Tiefgarage, in der Adrian einen Stellplatz gemietet hatte. So brauchte sie später die schweren Taschen nicht von der Straße, wo eine freie Parknische reine Glückssache war, in die Wohnung transportieren. Sobald sie zurück war und die Sachen verstaut hatte, wollte sie mit Leandra zu einer weiteren Shoppingtour aufbrechen. Die junge Dame feierte am Mittwoch ihren achtzehnten Geburtstag und benötigte zu diesem Anlass natürlich ein neues Kleid.

Während der Supermarkt und der Discounter nur einen Kilometer entfernt lagen, würde die Fahrt zu der Mall in Friedrichshain, die Leandra ins Auge gefasst hatte, eine halbe Stunde in Anspruch nehmen.

Um kurz nach zehn nahm Marlene den Schlüssel vom Hakenbrett an der Wand und versicherte sich, dass sie ihren Einkaufszettel eingesteckt hatte.

Da Ferien waren, schliefen Leandra, Lucy und Jonathan wie gewöhnlich um diese Uhrzeit noch. Um sie nicht zu wecken, hatte sie sich, nachdem sie aufgestanden war, in der Wohnung möglichst leise verhalten.

Marlene liebte ihre Nichte und ihren Neffen. Aber drei Teenager waren manchmal auch eine echte Herausforderung. Deshalb war sie insgeheim ein wenig froh, dass Franziska und Arthur am Montag aus dem Urlaub zurückkamen und die beiden Teenager wieder in ihr eigenes Heim zurückkehrten.

Als Marlene aus dem Tor auf die Straße fuhr, herrschte bereits dichter Verkehr. Ein paar Minuten später bog sie auf die Zufahrt des Discounters und parkte etwas weiter vom Eingang entfernt. Die Plätze rechts und links neben ihrem Wagen waren noch frei.

Tatsächlich schien es ihr gelungen zu sein, den größten Massen aus dem Weg zu gehen, denn es waren noch jede Menge freie Einkaufswagen übrig. Sie schob den mitgebrachten Metallchip in den Schlitz und löste einen Wagen von der Kette. Anschließend betrat sie das Geschäft und nahm ihren Einkaufszettel zur Hand, den sie schnellstmöglich abzuarbeiten gedachte.

*****

Sven Krasser hatte sich in der Morgendämmerung auf den Weg gemacht. Er hatte nur kurz in zweiter Reihe warten müssen, bis einer der Parkenden weggefahren war und er seinen Wagen in die frei gewordene Nische auf der gegenüberliegenden Straßenseite rangieren konnte.

Von seinem Platz aus hatte er das mehrstöckige Wohnhaus im Blick. Kurz vor halb acht kam ein Motorrad aus der Tiefgarage auf die Straße gerast. Er hatte sich hinter dem Lenkrad geduckt. Der Fahrer hatte einen Helm auf. Aber die Jacke hatte er wiedererkannt. Es war der Kommissar, der gegen ihn ermittelte. Fast hätte er gestern die Beherrschung verloren und vor ihren Augen die Flucht ergriffen, als sie vor seiner Haustür standen.

Der Verlust eines geliebten Menschen hatte die Zerstörungskraft einer Bombe. Sven wusste das nur zu gut. Der Kommissar würde diese Wucht, mit der das Leben aus der Bahn geschleudert wurde, bald am eigenen Leib zu spüren bekommen.

Zwei Stunden später rollte der Kleinwagen des Kommissars mit der hübschen blonden Frau am Steuer auf die Straße. Sven nahm die Verfolgung auf. Wenig später schon bog der Wagen auf den Parkplatz eines Discounters ab.

Er wartete, bis die Frau ausgestiegen und mit ihrem Einkaufswagen im Geschäft verschwunden war. Anschließend parkte er seinen Wagen neben ihrem. Es war schon fast zu einfach. Verstohlen blickte er sich um. Dabei stellte er nichts Ungewöhnliches fest. Woher hätte die Polizei auch wissen sollen, wen er sich als Nächstes auserkoren hatte, um sein Werk zu vervollständigen.

*****

Nach einer halben Stunde hatte Marlene den ersten Einkauf des Tages erledigt. Als sie durch die Schiebetür trat, war der Parkplatz bereits wesentlich voller als bei ihrer Ankunft.

Sie schob den halb vollen Einkaufswagen in Richtung ihres Autos, neben dem auf beiden Seiten nun jemand parkte.

Wenige Meter davor öffnete sie mit der Fernbedienung den Kofferraum, und die Klappe bewegte sich nach oben. Sie fuhr die Einkäufe nahe heran und begann auszuladen.

In dem Wagen rechts neben ihrem wurde die Fahrertür geöffnet. Sie hörte Schritte, die neben ihr zum Stillstand kamen. Sie sah zur Seite. Ein junger Mann lächelte ihr freundlich zu und hob den riesigen Kofferraumdeckel seines alten weinroten Mercedes nach oben. Marlene widmete sich wieder ihren Einkäufen.

Plötzlich schoss ein stechender Schmerz von ihrem Genick ausgehend in ihren Kopf bis hinunter in ihre Zehen. Bewegungslos erzitterte sie am ganzen Körper.

Ihr Bewusstsein trübte sich. Dennoch begriff sie, was geschehen war. Der Mann hatte ihr einen Elektroschocker an den Hals gedrückt. Die Nudelpackung, die sie in der Hand hielt, fiel zu Boden. Marlene knickte in den Knien ein und ihre gesamte Muskulatur versagte.

Sie kippte nach hinten und erwartete den ungebremsten Aufprall auf dem Asphalt. Ihre Stimmbänder waren ebenso gelähmt wie alle übrigen Fasern ihres Körpers. Starke Arme fingen sie auf und zogen ihren schlaffen Körper zu seinem Wagen. Ihre Absätze schleiften über den Asphalt. Alles ging sehr schnell.

»Hey, was machen Sie da!« Aus den Augenwinkeln registrierte Marlene einen anderen Mann, der auf sie zusprintete. Ihr Peiniger legte sie an Ort und Stelle auf dem Boden ab.

»Was soll das? Lassen Sie sofort die Frau in Ruhe«, rief der Mann, als er vor ihnen stand. Ohne darauf einzugehen, schlug ihr Entführer zu. Seine flache Handfläche traf zielgenau den Kehlkopf seines Gegenübers, der daraufhin auf die Knie fiel und sich röchelnd mit beiden Händen an den

Hals griff. Seine Augen traten hervor. Er kippte zur Seite und wand sich auf der Straße. Eine Frau, die weiter entfernt stand, schrie aus Leibeskräften. Eine andere Männerstimme brüllte von irgendwoher, dass er die Polizei alarmieren würde.

Marlene registrierte mit Entsetzen, dass ihr Angreifer davon völlig unbeeindruckt schien. Anstatt sie liegen zu lassen und die Flucht zu ergreifen, packte er sie grob unter den Armen und unter den Beinen, hob sie hoch und verfrachtete sie unsanft in den Kofferraum seines Wagens. Es waren seine Kaltschnäuzigkeit und Entschlossenheit, die ihr mehr Angst einjagten als der Einsatz des Tasers, der sie gelähmt hatte.

Sie starrte nach oben. Sein Oberkörper zeichnete sich über ihr vor dem blauen Himmel ab. Seine Hand tauchte auf. Darin befand sich ein Tuch. Ein ätzender Geruch schlug ihr entgegen. Er legte es auf ihr Gesicht. Es war feucht und sie spürte, dass ihre Muskeln langsam wieder aus der Lähmung des Elektroschocks erwachten. Doch es war zu spät. Der eingeatmete Äther macht ihre Lider schwer und ihre Augen schlossen sich.

Die Kofferraumklappe fiel zu. Der Wagen setzte aus der Parklücke zurück, fuhr mit quietschenden Reifen an und raste los. Marlene startete einen aussichtslosen Versuch, sich gegen die Müdigkeit zur Wehr zu setzen. Stattdessen sank sie in ein tiefschwarzes Nichts und verlor das Bewusstsein.

Kapitel 35

Das Haus der Krassers war über dreißig Autominuten vom LKA-Gebäude entfernt. Mit dem mobilen Blaulicht, das Bogner vor Fahrtantritt auf das Dach des Wagens gesetzt hatte, hofften sie, es in fünfundzwanzig Minuten bis dorthin zu schaffen.

Ihr Plan war, Sven Krasser, der nach ihrem gestrigen Besuch hoffentlich nicht mit ihrem so baldigen Wiederauftauchen rechnete, zu überrumpeln und den mutmaßlichen Mörder ohne Einsatz eines Sonderkommandos festzunehmen. Außerdem hofften sie darauf, dass er ihnen wie am Vortag selbst die Tür öffnen würde, weil er glaubte, sie wollten sich wieder nur nach seinem Vater erkundigen. In dem Fall würden sie das Überraschungsmoment für sich nutzen und ihm Handschellen anlegen, bevor er reagieren konnte.

Sie wollten unter allen Umständen vermeiden, dass die Festnahme eskalierte. Bei einem großen Polizeiaufgebot mit heulenden Sirenen und Blaulicht bestand die Gefahr, dass Krasser frühzeitig Lunte roch und er entweder die Flucht ergriff oder sogar bewaffnete Gegenwehr leistete.

Bogner raste in östliche Richtung. Die Sirene auf dem Dach erlaubte ihm, rote Ampeln zu ignorieren. Speer forderte unterdessen Verstärkung durch die Ermittler an, die ihnen für den Fall zur Unterstützung zugeteilt worden waren. Er gab die klare Anweisung, dass sie sich dem Haus auf allen verfügbaren Zufahrtswegen unauffällig nähern und auf Abruf in ihren Fahrzeugen bleiben sollten.

Tina hatte den Auftrag, formhalber einen richterlichen Durchsuchungsbeschluss für das Haus der Krassers zu besorgen. Auch wenn sie einen solchen wegen der gegenwärtigen Gefahrenlage nicht zwingend benötigten. Zudem sollte sie ein mobiles Einsatzkommando zu dem Haus schicken, das ebenfalls in der Nähe bleiben, aber in vom Haus aus nicht sichtbare Position gehen sollte.

Als Bogner nach dreiundzwanzig Minuten in die Straße mit der Zieladresse einbog, erhielt Speer die Kontaktdaten des Leiters des Einsatzkommandos. Er rief den Mann an und versicherte sich, dass dessen Team auf dem Weg war.

Bogner parkte etwa zehn Meter entfernt am Straßenrand auf der anderen Seite des Hauses. Speer behielt die Gardinen im Auge. Sie bewegten sich nicht. Auch konnte er keinen Schatten dahinter ausmachen. Drei Minuten später näherte sich der Van des Einsatzkommandos auf der Gegenfahrbahn und hielt gut hundert Meter von dem Haus entfernt.

Speer und Bogner stiegen aus und überquerten die Straße. Über einen mit Waschbetonplatten ausgelegten Weg begaben sie sich zum Haus. Als sie die Treppe zur Eingangstür hinaufgingen, zogen sie im Schutz der Außenwand ihre Dienstwaffen. Bogner atmete noch einmal durch, bevor er zunächst den oberen Klingelknopf betätigte. Als niemand öffnete, läutete er auch unten. Wieder tat sich nichts. Ihre Hoffnung, dass Krasser nichtsahnend die Tür öffnen würde, konnten sie begraben.

Bogner nickte Speer zu, der daraufhin ein paar Stufen die Treppe hinunterging und das Einsatzkommando herbeorderte. Er selbst drückte noch einmal auf beide Klingelknöpfe. Der schwarze Van rollte heran. Die Schiebetür öffnete sich und sechs bewaffnete Polizisten in schwarzen Kampfuniformen und schusssicheren Westen sprangen heraus.

Speer und Bogner zogen sich zurück und sahen von unten an der Treppe zu, wie die Beamten des Kommandos emporstiegen und einer von ihnen die mitgeführte Ramme gegen die Tür schleuderte. Mit einen lauten Krachen gab das Schloss nach und die Tür flog auf. Die Beamten stürmten ins Haus. Die Kommissare warteten, bis das Kommando die untere Etage durchsucht hatte. Sven Krasser fanden sie darin nicht vor.

Sie betraten die Diele und sahen sich um. Drei Polizisten rannten die Treppe nach oben zu der Wohnung von Hartmut Krasser. Speer und Bogner hörten das Geräusch der Ramme, die gegen eine Tür knallte, und die Schritte der Polizisten, die sich anschließend in der oberen Etage bewegten.

Der Einsatzleiter befand sich in der Küche und winkte sie zu sich. Offensichtlich wollte er ihnen etwas zeigen, das auf dem Tisch lag. Der Ausdruck des Bedauerns auf seinem Gesicht sprach Bände.

Ohne Vorwarnung ließ eine Explosion das Haus erbeben. Scheiben zersprangen und Splitter regneten nach draußen. Staub wirbelte von oben nach unten und durch die offene Wohnungstür. Schmerzerfüllte Schreie ertönten aus der Etage über ihnen.

Sie waren alle drei instinktiv in die Knie gegangen und hatten die Arme schützend über den Kopf gehoben. Speer brauchte einen Moment, um zu begreifen, was geschehen war. In seinen Ohren dröhnte ein lauter Pfeifton.

Der Einsatzleiter erhob sich als Erster und lief nach oben. Dabei rief er über Funk Notarzt und Rettungswagen. Zwei

Polizisten des Kommandos kamen die Kellertreppe heraufgestürmt und folgten ihm.

Bogner griff nach seinem Telefon und informierte die Kollegen, die in der Umgebung Stellung bezogen hatten. »Krasser war nicht im Haus. In der oberen Etage hat er vermutlich eine Sprengfalle installiert, die gerade detoniert ist«, brüllte er. »Es gibt Verletzte, vielleicht sogar Tote. Rettungswagen sind auf dem Weg. Wir brauchen jetzt eine Großfahndung nach Sven Krasser.« Abschließend bat Bogner die Kollegen, die Schutzpolizei zu alarmieren und die Absperrung des Areals um das Haus zu koordinieren.

Speer hielt sich Mund und Nase zu und baute durch Ausatmen Druck auf sein Trommelfell auf. Der Pfeifton ließ langsam nach.

»Was für eine verdammte Scheiße«, fluchte Bogner. »Lass uns nachschauen, ob wir helfen können«, rief er und marschierte aus dem Zimmer.

Speer sah hinüber zu dem Tisch, an dem der Einsatzleiter zuletzt gestanden hatte. Er ging näher heran und erstarrte. Die Welt um ihn herum verstummte, und er vernahm nur noch das dumpfe Trommeln seines Herzens.

Bogner war bereits im Flur und drehte sich nach ihm um. »Kommst du? Was ist denn?«

Speer zerrte sein Handy hervor und drückte eine Kurzwahltaste. Er atmete nicht, während er es läuten ließ. Bogner trat neben ihn und sah nun auch, was sein Kollege gesehen hatte. Für einen Moment herrschte Schweigen.

»Das kann nicht sein«, entfuhr es Bogner.

Beide starrten auf ein Foto vor ihnen auf der Tischplatte. Es zeigte eine Großaufnahme von Speers Schwester Marlene. Quer über dem Papierausdruck lag eine rote Rose.

Speer unterbrach seinen Anruf. »Marlene geht nicht ans Telefon.«

Im nächsten Moment klingelte das Gerät. Speer riss sich in der Hoffnung, es sei Marlene, das Display vor die Augen. Doch es war Tinas Name, der darauf aufleuchtete.

Voll dunkler Vorahnung nahm Speer das Gespräch entgegen. Kurz presste er sich das Telefon ans Ohr. Dann ließ er es sinken. Eine fürchterliche Angst zog sich wie ein eisernes Band immer enger um seine Brust. Mit versteinerter Miene sah er Bogner an. »Sven Krasser hat Marlene auf dem Parkplatz eines Discounters entführt.«

Kapitel 36

Von links kam kein Fahrzeug. So konnte er den Parkplatz des Discounters, ohne zu bremsen, verlassen. Die wenige Meter entfernte Ampel an der Kreuzung vor ihm war grün und er bog in die Gustav-Meyer-Allee. Rechts erhoben sich Bäume, die zu einer großen Parkanlage gehörten. Links standen zahlreiche Pkws in den dafür vorgesehenen Nischen.

In ein paar Minuten würden sämtliche Streifenwagen Berlins nach seinem Wagen Ausschau halten und bei einer Verfolgungsjagd würde er mit der alten Kiste nicht weit kommen. Er musste so schnell wie möglich den Wagen wechseln.

Sven hatte in Kauf genommen, dabei beobachtet zu werden, wie er die Frau außer Gefecht setzte und verschleppte. Aber er hatte schnell handeln müssen, und eine bessere Möglichkeit, sich ihrer zu bemächtigen, hätte sich ihm nicht mehr geboten.

Nach hundert Metern lenkte er in eine Einfahrt, die auf einen großen, fast leeren Parkplatz führte, der hinter einer Heckenreihe verborgen lag und zu einer Fachhochschule gehörte.

Er stoppte den Wagen in der Mitte des Platzes und ließ sein Seitenfenster herunter. In der Ferne hörte er die Sirenen mehrerer Polizeifahrzeuge.

Er hatte Glück, ein Mann, vielleicht Anfang zwanzig, steuerte auf einen silberfarbenen Kombi älteren Baujahrs zu. Sven fuhr quer über die weißen Stellplatzmarkierungen und hielt neben dem Wagen. Der Besitzer schloss bereits die Tür auf, um einzusteigen.

Er drehte den Kopf, als Sven ausstieg. Sicher kam es ihm seltsam vor, dass der einzige Fahrer außer ihm direkt neben ihm parkte.

»Entschuldigen Sie, ich habe eine Frage«, sprach Sven ihn an.

Der junge Mann, dem Aussehen nach vermutlich ein Student, wandte sich ihm ganz zu. Sven ließ ihm keine Chance. Blitzschnell nahm er ihn in den Schwitzkasten und drückte ihm mit dem Unterarm die Kehle zu. Als der Mann das Bewusstsein verlor, drehte Sven brachial seinen Kopf zur Seite. Das Genick brach mit einem lauten Knacken.

Sven verfrachtete den Leichnam in den geräumigen Kofferraum des Kombis und nahm die Autoschlüssel an sich. Er wuchtete die narkotisierte Frau aus seinem Wagen und schaffte sie ebenfalls in sein neues Fluchtfahrzeug. Damit sie nicht zu früh aufwachte, legte er ihr erneut den mit Äther getränkten Lappen vor Mund und Nase. Er zog das Rollo der Kofferraumabdeckung zu und schloss die Klappe. Bevor er einstieg, sah er sich nach allen Seiten um. Es hatte nicht den Anschein, dass ihn jemand bemerkt hatte.

Kurz darauf fuhr er den unscheinbaren Kombi vom Parkplatz und fuhr abseits der Hauptstraßen in östliche Richtung. Der Verkehr stockte und er kam nur langsam voran. Mehrfach begegneten ihm Streifenwagen. Die Stadt schien von Bullen zu wimmeln. Einmal überholte ihn sogar langsam ein Polizeiauto und der Beifahrer sah zu ihm herüber. Sven nickte ihm freundlich zu. Der Beamte verzog keine Miene und sah wieder nach vorne. Sicher waren die Polizisten auf einen roten Mercedes fokussiert, und ein Phantombild hatte offenbar noch nicht die Runde gemacht.

Vierzig Minuten später traf Sven am Rande von Karlshorst ein. Nachdem er das Tor zu dem Gelände des alten Kabelwerks verschlossen hatte und vor die Tür auf der Rückseite des Hauptgebäudes gefahren war, blieb er eine Weile sitzen und lauschte den Vögeln. Eile war nicht mehr geboten. Niemand konnte ahnen, wo sich sein Refugium und sein Hobbykeller befanden.

Kapitel 37

Nach der Explosion im Obergeschoss war rund um das Haus der Teufel los. Viele Anwohner rannten nach draußen, um zu sehen, was geschehen war. Leiernde Sirenen von Polizei- und Rettungswagen überlagerten sich.

Der Einsatzleiter und seine beiden unverletzten Leute kümmerten sich bis zum Eintreffen der Rettungskräfte um ihre Kollegen. Zwei von ihnen waren schwer verletzt. Einer war tot.

Adrian Speer hatte es nach draußen gezogen. Er war hinter das Haus in den Garten gegangen und hatte sich auf eine Bank gesetzt. Mit eingesunkenen Schultern und auf den Knien abgestützten Ellenbogen starrte er zu Boden.

Bogner kannte Speer gut genug, um zu wissen, dass sein Partner versuchen würde, sich seine Verzweiflung nicht anmerken zu lassen. Er konnte nachvollziehen, wie Speer sich gerade fühlen musste. Bogners Frau Laura war vor ein paar Jahren in eine vergleichbare Situation geraten wie Marlene jetzt. Damals gab es allerdings ein Ultimatum des Entführers, das ihnen die Chance bot, Laura zu befreien. Sven Krasser hingegen ging es nur ums Töten. Von seiner Seite war nichts zu erwarten, dass ihnen helfen könnte, Marlene zu retten. Wenn er den Kollegen durchs Netz ging, hätten sie keinerlei Anhaltspunkte, wohin er sie verschleppt hatte.

Als die Notärzte und die Sanitäter mit Tragen ins Haus kamen, begab Bogner sich in die Küche, schloss die Tür und wählte Tinas Nummer. Speer hatte das Gespräch einfach abgebrochen, nachdem er von Marlenes Entführung erfahren hatte.

Bogner wollte sich nun von seiner Kollegin über die Details des Kidnappings und den Ermittlungsstand informieren lassen.

»Bitte sag mir, dass du eine Idee hast, wie wir Marlene finden können«, begann Bogner. Er versuchte, die Ruhe zu bewahren, aber es gelang ihm nicht. Haare raufend und mit gesenktem Blick marschierte er in der kleinen Küche auf und ab.

»Ich habe keinen blassen Schimmer, wo wir bei der Suche ansetzen können. Krasser könnte überall und nirgendwo mit ihr untergetaucht sein.«

Bogner warf einen Kaugummi ein und kaute schnell darauf herum. »Erzähl mir, was da bei dem Discounter passiert ist und wie die Fahndung läuft.«

»Krasser hat Marlene überwältigt und in den Kofferraum seines Mercedes gesperrt. Er hat einen Passanten, der ihn daran hindern wollte, niedergeschlagen und so schwer verletzt, dass er fast gestorben wäre. Die Zeugen haben übereinstimmend erklärt, dass der Kidnapper aussah wie der Mann auf unserem Phantombild. Krassers roter Mercedes wurde mit falschen Nummernschildern in der Nähe auf einem Parkplatz gefunden. Darin ist nichts, das uns seinen jetzigen Aufenthaltsort verraten würde. Offenbar hat er sich auf diesem Parkplatz ein anderes Fluchtfahrzeug besorgt. Vielleicht finden wir noch jemanden, der etwas davon mitbekommen hat.« Tinas Bericht verströmte wenig Hoffnung. Sie klang, als ob sie schon kapituliert hätte.

»Was ist mit Marlenes Handy? Können wir sie darüber vielleicht orten?«

»Nein, ihre Handtasche lag mitsamt dem Handy auf dem Boden neben ihrem Einkaufswagen. Er hat neben ihrem Auto geparkt und Marlene angegriffen, als sie gerade damit beschäftigt war, ihre Einkäufe einzuladen.«

Bogner überlegte fieberhaft, was sie noch tun konnten, ihm fiel aber nichts ein. Dabei drängte die Zeit. Niemand konnte vorhersagen, wie lange Krasser warten würde, bis er Marlene ... Er durfte es sich nicht vorstellen.

»Es tut mir leid, dass ich nichts Besseres zu vermelden habe«, sagte Tina mit niedergeschlagener Stimme. »Sobald ich etwas Neues habe, melde ich mich.«

»Ist gut«, sagte Bogner. »Halte dich bitte bereit. Es kann sein, dass ich dich auf Abruf brauche.«

»Klar doch«, erwiderte Tina.

Bogner wusste nicht, wonach er suchen sollte, als er die Räume im Erdgeschoss abschritt. Er öffnete alle Schränke und durchwühlte sämtliche Schubladen. Alles darin Befindliche war wohlgeordnet und es gab keinen überflüssigen Krimskrams.

Die zur Verstärkung eingeteilten Kollegen kamen herein und begannen ebenfalls, das Haus zu durchkämmen. Mit jeder Minute, die verging, wurde Bogner deprimierter.

Sven Krasser hatte ein Foto von Marlene mit einer Rose auf dem Tisch für sie platziert. Er wusste also, dass sie kommen würden. Wahrscheinlich hatte er alle Hinweise auf seinen jetzigen Aufenthaltsort aus dem Haus verschwinden lassen, wenn es überhaupt welche gegeben hatte.

Inzwischen waren die Verletzten und der tote Polizist aus dem Haus transportiert. Speer kam zu ihm. Bogner war sich sicher, dass sein Partner all seine Kraft zusammengenommen haben musste, um seine Starre zu überwinden und sich vor Augen zu führen, dass gänzliche Tatenlosigkeit seine Schwester nicht retten würde.

»Das Foto von Marlene hat Krasser am Dienstagabend gemacht«, sagte Speer. »Ich war mit ihr in der Nähe des Alexanderplatzes essen. Wir hatten einen Tisch an der Fensterfront. Vielleicht denkt er, Marlene sei meine Frau.«

Bogner nickte. »Er weiß, dass ihr ein persönliches Verhältnis habt. Das allein reicht ihm schon. Er wollte die Polizei von Anfang an herausfordern. Marlenes Entführung treibt das Ganze auf die Spitze.«

»Mehr Aufmerksamkeit, als er jetzt bekommt, ist kaum möglich. Warst du schon oben?«, erkundigte sich Speer.

»Kurz, gleich nach der Explosion.«

Gemeinsam gingen sie die Treppe hinauf in die Wohnung von Hartmut Krasser.

»Meinst du, er ist wirklich in der Natur auf Wanderschaft?«, fragte Speer.

»Ich schätze, wir dürfen nichts von dem, was Sven Krasser uns mitgeteilt hat, für bare Münze nehmen«, antwortete Bogner.

Eine dünne Schnur, die innen vor der Schlafzimmertür gespannt war, hatte beim Aufstoßen der Tür den Zünder eines selbstgebauten Sprengkörpers ausgelöst und den Raum größtenteils verwüstet. Die anderen Zimmer waren ebenfalls durch die Explosion stark gezeichnet, aber nicht in gleichem Ausmaß in Mitleidenschaft gezogen worden.

Ein paar der Kollegen waren bereits mit der Durchsuchung des Chaos beschäftigt. Speer und Bogner sahen sich um. Womit sollten sie anfangen? Es schien aussichtslos.

Schließlich begab sich Speer zu der Dachluke im Flur, die er entdeckt hatte, und zog sie herunter. Er entfaltete die Klappleiter und stieg nach oben.

Bogner wandte sich dem Wohnzimmerschrank zu. Alle Türen waren bereits von den Kollegen geöffnet. Ganz links standen einige Ordner. Er nahm einen nach dem anderen heraus und blätterte sie durch. Sie enthielten zum Teil uralte Rechnungen über alle möglichen Anschaffungen und über Reparaturen am Haus, Versicherungsunterlagen und Steuerbescheide. In einem Ordner fand Bogner gesammelte Lohnabrechnungen vieler Jahre.

Speer kam mit einem Pappkarton die Speichertreppe herunter. Sein Gesicht schien noch fahler als zuvor. Er stellte die Kiste wortlos auf den Esszimmertisch. »Da tun sich Abgründe auf«, murmelte er.

Bogner trat an den Tisch heran und klappte den Karton auf. Er nahm einen Stoß vergilbter Zeitungsartikel und Fotos heraus und breitete alles auf dem Tisch aus. Die Aufnahmen zeigten vier tote Frauen in verschiedenen Posen, erwürgt und misshandelt. Die bis zu dreißig Jahre alten Berichte aus mehreren Tageszeitungen befassten sich mit dem Verschwinden der Opfer und den polizeilichen Ermittlungen.

»Dafür dürfte Sven Krassers Vater verantwortlich gewesen sein«, sprach Speer Bogners Gedanken aus. »Wir müssen auch ihn umgehend zur Fahndung ausschreiben.«

Bogner verschlug es den Atem. Der Fund würde diese Vermisstenfälle einer späten Aufklärung zuführen. Das war ein großer Erfolg, aber im Moment völlig zweitrangig.

Speer sah sich die Fotos genauer an. Alle Opfer lagen auf einem Tisch aus Edelstahl. Er zeigte auf den Hintergrund.

»Das sind rote Backsteinwände. Es handelt sich um irgendein altes Gemäuer oder ein Industriegebäude.«

In Bogner löste diese Bemerkung etwas aus. Er drehte sich um und eilte in das Schlafzimmer, in dem die Explosion stattgefunden hatte. »Kommst du mal«, rief er Speer aufgeregt zu.

Er hatte es eben nur nebenbei wahrgenommen und dem keine Bedeutung geschenkt. Doch nun ergab es plötzlich einen Sinn.

Speer trat neben ihn und sie sahen auf das am Boden liegende Schwarz-Weiß-Foto, das die Druckwelle von der Wand geschleudert hatte. Der goldene Rahmen war zerbrochen und die Splitter der zugehörigen Glasscheibe lagen überall verstreut. Das Foto selbst war von der entstandenen Hitze angesengt, aber man konnte es noch gut erkennen. Es zeigte ein altes Fabrikgebäude, das aus roten Backsteinen erbaut war.

»Hartmut Krasser hat in einem Kabelwerk nahe Karlshorst gearbeitet, bis es vor einigen Jahren geschlossen wurde«, sagte Bogner.

»Woher weißt du das?«

»Ich hab Hartmut Krassers Lohnabrechnungen in einem der Ordner aus dem Wohnzimmerschrank gefunden.«

»Mir ist hier oben kein weiteres Wandbild aufgefallen«, stellte Speer fest.

»Und wer hängt sich ein gerahmtes Foto seines Arbeitsplatzes in sein Schlafzimmer?«

»Jemand, der etwas ganz anderes damit verbindet als seine Arbeit. Dort hat er seine Opfer getötet. Er genoss es, die Erinnerung an den Ort des Grauens vor dem Einschlafen vor Augen zu haben.«

Während sie die Treppe nach unten eilten, rief Bogner Tina an und bat sie, herauszufinden, ob das Gebäude des Kabelwerks noch existierte.

Es war nur eine vage Spekulation. Aber vielleicht hatte Sven Krasser die einstige Wirkungsstätte seines Vaters ebenso übernommen wie dessen Drang zu töten.

Für den Weg nach Karlshorst errechnete die Navigationsapp fünfzehn Minuten. Nach der Hälfte der Strecke meldete sich Tina zurück und informierte sie, dass das Fabrikgelände den Eigentümer gewechselt hatte und abgerissen werden sollte, derzeit aber ungenutzt leer stand. Das passte.

Kapitel 38

Als der Schleier vor Marlenes Augen verschwand, schossen ihre letzten Erinnerungen in ihr Bewusstsein.

Sie wollte sich ruckartig aufsetzen. Aber er hatte sie in Rückenlage auf einem Tisch fixiert und sie konnte sich nicht rühren. Das galt ebenso für ihren Kopf, der in einem Schraubstock eingeklemmt schien, wodurch ihr Blickfeld stark eingeschränkt war.

Sie sah die von Spinnweben und Rohren durchzogene sowie mit einer Neonröhre versehene Betondecke. Der Tisch stand an einer Backsteinwand, die mit transparenter Nylonfolie überzogen war. Links verdeckte ein grünes Tuch einen riesigen Quader.

In ihrem Mund steckte ein Knebel. Ihre Kehle war staubtrocken. Sie hatte fürchterliche Kopfschmerzen und ihr war speiübel. Das Adrenalin in ihrer Blutbahn ließ ihr Herz rasen.

Sie versuchte erneut, sich zu bewegen. Ohne Erfolg, ihr Entführer hatte sie im Bereich der Taille und an den Fußgelenken mit einem Seil umwickelt. Ihr war klar, dass der Mann der Killer sein musste, vor dem die Medien gewarnt hatten. Sie hatte blonde lange Haare und blaue Augen und passte vom Aussehen und ihrer Figur her in sein Schema. Niemals hätte sie damit gerechnet, dass es sie treffen könnte, bei helllichtem Tag auf einem belebten Parkplatz.

Nun waren Schritte zu vernehmen. Sie schloss die Augen und tat so, als sei sie noch nicht aus der Betäubung erwacht.

Jetzt stand er neben ihr. Sie hörte seinen Atem. Finger glitten über ihre Kehle. In ihr tobte ein Orkan. Sie konnte nur beten, dass er ihr die gespielte Ohnmacht abnahm. Sekunden vergingen. Dann entfernte er sich. Das metallische Knirschen zweier Riegel, die zur Seite geschoben wurden, schallte in dem Raum wider. Eine Tür öffnete sich quietschend, wurde wieder ins Schloss gezogen und abgesperrt. War er weg?

Marlene horchte. Es war totenstill. Nur ihr Blut rauschte in ihren Ohren und ihr Herz pochte rasend schnell in ihrer Brust. Sie wartete noch einen Moment. Noch immer blieb es ruhig. Niemand außer ihr schien mehr im Raum zu sein. Sie traute sich, die Augen wieder zu öffnen.

Sie bemerkte, dass sie hechelte. Furcht war kein guter Ratgeber. Sie musste die Panik, die sich in ihr breitgemacht hatte, irgendwie in den Griff kriegen. Sie schloss die Augen und konzentrierte sich darauf, tief ein- und auszuatmen. Dabei zählte sie in Gedanken die Sekunden.

Plötzlich fiel ihr etwas ein. Ihr Hände, die eng am Körper anlagen, lugten unter dem Seil hervor und waren ein wenig beweglich.

Marlene tastete an ihrer rechten vorderen Hosentasche. Als sie den länglichen schmalen Gegenstand darin erspürte, überkam sie ein Schimmer Hoffnung und ihr Herz machte einen winzigen Hüpfer. Dabei gab es dazu noch keinen Anlass. Doch angesichts ihrer Lage klammerte sich ihr Verstand an jede noch so kleine Chance.

Sie winkelte ihr Handgelenk an und schaffte es, den Zeige- und Mittelfinger in ihre Hosentasche zu stecken und wurde von einer Welle der Hoffnung erfasst, als sie das türkisfarbene Mini-Taschenmesser berührte. Sie trug es als

Talisman immer bei sich. Es war Leandras erstes eigenes Taschenmesser gewesen. Sie hatten vorher lange über Verantwortung und Sicherheit gesprochen, und Leandra war wahnsinnig stolz, als sie das Messer in ihren Händen gehalten hatte.

Marlene klemmte das schmale Teil zwischen die Finger und zog es mit aller Vorsicht nach oben. Als es aus ihrer Hosentasche herauslugte, konnte sie es mit dem Daumen und Zeigefinger ergreifen.

Was jetzt kam, stellte eine größere Herausforderung dar. Sie fixierte das Taschenmesser mit Mittel- und Ringfinger und schob den Nagel ihres Zeigefingers in die Kerbe an der winzigen Klinge. Es gelang ihr, diese ein Stück aufzurichten, dann rutsche ihr Finger ab und die Klinge schnappte nach unten.

Sie musste Ruhe bewahren und ihr Zittern unter Kontrolle bringen. Beim nächsten Versuch brach ihr Fingernagel ein Stück ab. Marlene wimmerte vor Aufregung, Angst und Schmerz. Im dritten Anlauf schaffte sie es, die Klinge bis zur Hälfte aufzurichten, sodass sie selbstständig in dieser Position verharrte. Mit dem Daumen gelang es ihr, die Klinge ganz nach oben zu schieben und in aufrechter Position einrasten zu lassen. Sie atmete die vor Anspannung angehaltene Luft aus.

Wenn sie es schaffte, das dicke Seil knapp oberhalb ihrer Handgelenke zu durchtrennen, könnte sie ihre Arme frei bewegen und sich von der Klemme um ihren Kopf und von dem Seil um ihre Fußgelenke befreien.

Marlene krümmte ihre Hand und hielt den Schaft des Messers mit ihren Fingerkuppen fest. Sie krümmte ihr Handgelenk, bis die Klinge das Seil berührte, und bewegte sie wie eine Säge hin und her. In dieser Handstellung konnte sie nur einen leichten Druck mit der Schneide ausüben. Sie befürchtete, dass es zu lange dauern würde, das tauartige Seil zu durchtrennen. Zudem musste sie äußerst vorsichtig vorgehen. Falls ihr das Messer aus den Fingern glitt, konnte es zu Boden fallen.

Nach ein paar Minuten schmerzte ihr Handgelenk, aber sie kam voran. Es fehlte nicht mehr viel, um das Seil durchzuschneiden. Sie stemmte sich dagegen, aber es war zweifach um sie geschlungen und zu stark, als dass sie es mit reiner Kraftanstrengung hätte zerreißen können.

Ihre Hoffnung erstarb, als sie hörte, wie von außen ein Schlüssel in das Schloss einer Tür hinter ihr gesteckt wurde. Sie schob das Messer unter ihr Gesäß und schloss die Augen, als die Tür aufging und jemand hereinkam. Sie hörte, dass Gegenstände hereingetragen und abgestellt wurden.

Er kam zu ihr, strich ihr übers Haar. Er tätschelte ihre Wangen. »Aufwachen, meine Liebe«, sagte er. Als sie auch auf leichte Ohrfeigen nicht reagierte, kippte er ihr etwas kaltes Wasser über das Gesicht.

Marlene konnte sich nicht länger schlafend stellen. Sie öffnete die Augen. Panisch ging sie ihre Optionen durch. Solange er neben ihr stand, konnte sie nicht weiter an dem Seil um ihre Taille schneiden. Und selbst wenn sie ihre Arme freibekam, konnte sie noch immer nicht aufstehen, da ihr Kopf und ihre Beine noch immer fixiert waren.

Sie musste an Leandra denken. Tränen perlten aus ihren Augenwinkeln. Der Killer stand neben ihr und strich ihr lächelnd und wie zum Trost mit der Hand durchs Haar. Sie sah es nicht, aber sie spürte, dass er ihr etwas unter ihrem linken Auge an die Schläfe hielt. Marlene zog die Nase hoch und hörte auf, zu weinen. Trotz und Wut erfüllten sie und gewannen gegen ihre Angst allmählich die Oberhand.

Seine Züge wurden streng. »Lass deinen Tränen freien Lauf. Zu weinen wird dich erleichtern.«

Marlenes Wangenmuskeln zuckten. Sie würde diesem Schwein nicht die Genugtuung geben, vor ihm zu weinen.

»Glaub mir, du wirst weinen«, sagte er. Er begab sich aus ihrem Sichtfeld und kam mit einer Hand voll Fotos zurück. Eines nach dem anderen hielt er ihr vor das Gesicht. Darauf waren die Frauen abgebildet, die er bereits getötet hatte. Augen und Zunge standen unnatürlich hervor.

Marlene war eiskalt und sie zitterte. Als er ihr die Bilder mit den abgetrennten Gliedmaßen zeigte, war ihr Widerstand gebrochen. Sie schluchzte und dann brachen bei ihr alle Dämme. Sie war sich sicher, dass sie sterben würde.

Qualvoller als der Gedanke an ihr eigenes Ende waren die Sorgen um Leandra. Sie würde ohne sie weiterleben müssen. Sie wimmerte, weinte und schrie in ihren Knebel. Ihre Tränen strömten ihre Wangen hinab. Und wieder drückte er ihr etwas Glattes, Kühles gegen ihre Schläfe.

Kapitel 39

Bogner trat, wo der Verkehr es zuließ, das Gaspedal voll durch, sodass sie von der Beschleunigung in ihre Sitze gedrückt wurden. Mit angeschaltetem Blaulicht und dröhnender Sirene rasten sie auf der Überholspur über die Treskowallee Richtung Karlshorst.

Zu beiden Seiten der Straße erhoben sich mehrstöckige gepflegte Wohngebäude, die an ihnen wie Schatten vorbeihuschten. Am Rand der zweispurigen Fahrbahn verlief ein schmaler Streifen, auf dem sich frisch ergrünte Bäume reihten.

Marlene mochte den Frühling am liebsten. Insbesondere an den Wochenenden unternahm sie in dieser Jahreszeit ausgedehnte Spaziergänge in den umliegenden Parkanlagen und um die Seen.

Speer dachte unablässig an seine Schwester. Bilder gemeinsamer Erlebnisse traten ihm wie im Zeitraffer vor Augen.

Es war Viertel nach zwölf. Marlene befand sich nun seit etwa zwei Stunden in der Gewalt des Serienmörders. Das war zu lange. Eine böse Vorahnung breitete sich in ihm aus.

In wenigen Minuten würden sie in dem Industriegebiet mit dem alten Kabelwerk eintreffen. Speers Angst wurde mit jedem Augenblick größer. Sie wussten, dass sie nur einer vagen Spur folgten, und konnten nur inständig hoffen, dass es sich um den Ort handelte, an den Sven Krasser seine Opfer gebracht hatte, und dass sie nicht zu spät kamen.

Etwas anderes als das Kabelwerk hatten sie nicht. Es gab nur diese eine Karte, auf die sie setzen konnten. Wenn sie Marlene dort nicht fanden, war sie verloren.

Sie waren sofort zum Wagen gestürzt und von Krassers Haus losgefahren. Jede Sekunde zählte. Sie konnten keine Zeit damit verschwenden, den Kollegen vor Ort zu erklären, wie sie auf Sven Krassers mögliches Versteck gekommen waren und dass sie vorhatten, auf dem schnellsten Weg dorthin zu fahren.

Erst unterwegs hatte Speer den Leiter des Einsatzkommandos informiert. Er würde umgehend mit dem Rest seiner Leute nachkommen und weitere Verstärkung organisieren. Speer bat darum, dass Bogner und er als Erste die Lage sondieren durften und sich das Einsatzteam lediglich auf Abruf bereithielt. Er wollte das Schicksal seiner Schwester nicht dem einstudierten und auf äußerste Sicherheit ausgelegten Vorgehen des Spezialkommandos überlassen. Er wusste, dass dies im Zweifel mehr Zeit in Anspruch nehmen würde als Bogners und sein entschlossenes und notfalls auch hochriskantes Einschreiten. Zudem konnten sie zu zweit unauffälliger agieren.

Als Bogner sich dem Industriegebiet näherte, schaltete er Blaulicht und Sirene aus. Nach einer Straßenbiegung tauchte das Kabelwerk umgeben von Bäumen und einer mit Stacheldraht überzogenen Mauer vor ihnen auf. Bogner hielt vor dem eisernen Haupttor. Speer versuchte, es zu öffnen. Es war abgeschlossen.

»Es ist ziemlich durchgerostet und die Flügel öffnen sich nach innen«, sagte Speer, als er wieder in den Wagen stieg.

Bogner setzte zurück. »Ich sehe nicht, wie wir auf die Schnelle anders auf das Gelände kommen sollten.«

Speer nickte zustimmend. Zeit zum Überlegen blieb ihnen nicht.

Aus etwa zwanzig Metern beschleunigte Bogner mit Vollgas aus dem Stand. Das Auto preschte vor und stieß frontal gegen das Tor. Das Schloss gab nach und die Flügel sprangen auf. Der Zusammenprall hatte sie durchgeschüttelt, aber die Airbags hatten sich nicht geöffnet.

Bogner fuhr, ohne anzuhalten, weiter auf das Hauptgebäude zu und ließ den Wagen langsam und leise daran vorbeirollen. Dabei sahen sie sich nach allen Seiten um. Das Areal war im Verfall begriffen. Doch nichts deutete auf Sven Krassers Anwesenheit hin.

Auch auf der Rückseite der Fabrik entdeckten sie auf den ersten Blick nichts Auffälliges.

»Halt mal hier an«, bat Speer. In der Nähe einer Stahltür stieg er aus. Wenige Meter daneben lagen eine Haarspraydose und ein Feuerzeug. Die Sachen wirkten deplatziert in dieser Umgebung. Sie sahen neu aus und wirkten, als seien sie noch nicht lange hier.

Bogner war ebenfalls ausgestiegen. Er hatte seine Waffe gezogen und blickte sich um. Plötzlich zeigte er in Richtung eines Schuppens. Dahinter blitzte die Motorhaube eines Wagens ein kleines Stück hervor. Es handelte sich um einen silbernen Kombi. Er war abgeschlossen. Speers Kehle war wie zugeschnürt, aber er schöpfte Hoffnung, dass Krasser mit Marlene hier irgendwo war.

»Kaum jemand sonst hätte einen Grund, auf dem abgeschlossenen Gelände sein Auto hinter dem Schuppen zu verstecken«, stellte Bogner fest. »Ich tippe auf das Fabrikgebäude.«

Sie liefen zu der Stahltür und stellten fest, dass diese abgeschlossen war. Bogner rüttelte daran.

»So wird das nichts. Der Türgriff und das Schloss sehen noch nicht so alt aus«, fluchte Bogner.

Er lief zum Kofferraum seines Wagens und holte das Stemmeisen heraus, das er sich vor Jahren privat zugelegt hatte. Es gehörte zu ihrer Standardausrüstung und hatte ihnen im Dienst oft gute Dienste erwiesen, wenn Gefahr im Verzug war und sie Wohnungstüren umgehend öffnen mussten. Speer folgte ihm und nahm die Ramme an sich, die das Sonderkommando in Krassers Haus eingesetzt und die er kurz entschlossen mitgenommen hatte. Mit dem zugehörigen Gurt hängte er sich das schwere Teil quer über den Rücken.

Da die Stahltür sich nach außen öffnete, war das Stemmeisen die bessere Wahl. Bogner setzte die flache Seite des Eisens zwischen Türblatt und Laibung und benutzte das lange Ende als Hebel. Mit einem lauten Krachen sprang die Tür auf. Zügig, jedoch vorsichtig begaben sie sich in die Halle.

Durch die zumeist eingeworfenen Fenster im oberen Teil der Außenmauern drang Tageslicht ins Innere. Auf dem von einer dünnen Schmutzschicht überzogenen Steinboden erkannten sie Schuhabdrücke und eine Reifenspur.

Rechts an der Wand stand in etwa dreißig Metern Entfernung eine Schubkarre. In der Lademulde fanden sie einen abgebrochenen Fingernagel und mehrere kreisförmige rote Flecke, die vermutlich von Blut stammten.

»Wir sind auf der richtigen Fährte«, sagte Bogner.

Es sollte aufmunternd klingen. Doch die Furcht in Speer wog so schwer, dass er kaum atmen konnte. Bogner hatte es nicht ausgesprochen. Aber er wusste, was sein Kollege dachte. Mit dieser Schubkarre hatte Krasser die Opfer hertransportiert und das, was von ihnen übrig blieb, fortgebracht. Falls Marlene etwas zustieß, würde er sich dies niemals verzeihen können.

Die Karre stand vor einem gewendelten Treppenabgang, der rundum mit einem Geländer gesichert war. Sie schalteten ihre Taschenlampen an und leuchteten in das finstere Loch, in das die Stufen hinabführten. Unten konnten sie einen Gang mit an der Wand verlaufenden Rohren ausmachen. Kein Laut war zu hören.

Bogner ging voraus, Speer dicht hinter ihm. Es roch modrig. Der Fußboden war noch schmutziger als in der Halle und es war spürbar kälter. Sie richteten ihre Lampen in einen langgezogenen Korridor. Mit vorgehaltenen Pistolen setzten sie sich in Bewegung.

Kapitel 40

Marlenes Tränen versiegten. Als ihr Entführer den Gegenstand anhob, den er an ihre Augen gehalten hatte, erkannte sie, dass es sich um ein Reagenzglas handelte, in dem er ihre Tränen aufgefangen hatte. Er brachte es in den Teil des Raumes, der für sie nicht einsehbar hinter dem Quader lag.

Marlene lief ein Schauder über den Rücken. Sie atmete abgehackt und stoßweise.

»Ich danke dir«, sagte er, als er zu ihr zurückkam. Er wirkte gelöst, als ob ihm eine schwere Last von den Schultern gefallen wäre.

Seine Hände näherten sich ihrem Kopf. Marlene schloss die Augen und spannte ihre Muskeln an in der Erwartung, dass er sie nun würgen würde. Doch er entfernte lediglich das Band von ihrer Stirn. Darauf vernahm sie ein Knirschen und ihre Schläfen entspannten sich. Sie öffnete die Augen. Er legte eine große Schraubzwinge neben sich auf einen Beistelltisch und nahm ihr den Stoff aus dem Mund. Marlene zwang sich, nicht zu schreien, da er ihr dann sicher wieder den Knebel verpasst hätte.

Anschließend verschwand er erneut aus ihrem Sichtfeld. Marlene schöpfte Hoffnung. Er hatte das kleine Messer, das sie unter ihrem Gesäß versteckt hielt, nicht entdeckt. Jedoch fragte sie sich, ob sie es mit ihren zitternden Händen greifen und benutzen konnte. Vielleicht würde er wieder den Raum verlassen. Das würde ihr, nun da ihr Kopf nicht mehr fixiert war, reichen, um sich zu befreien.

Gerade als sie nach dem Messer tasten wollte, kam er wieder zurück.

Er hielt ein Kopfkissen in die Höhe, sodass sie es gut sehen konnte. »Das ist für dich. Dein Gesicht soll schön bleiben.«

Was wollte er damit sagen? Marlene hatte erwartet, er würde ihr Haupt auf dem Kissen betten, doch er legte das Kissen auf den Beistelltisch. Sie hob den Kopf leicht an und sah, dass darauf außer der Schraubzwinge noch ein aufgeklappter Werkzeugkasten stand.

»Ich möchte dir etwas zeigen, von dem du bald ein Teil sein wirst«, verkündete er. In seiner Stimme lag etwas Triumphales. Er zog das Tuch von dem Quader. Starr vor unbeschreiblichem Entsetzen hielt Marlene den Blick auf das Innere des Glaskastens gerichtet. Er war bis zum Rand mit einer klaren Flüssigkeit gefüllt. Darin trieb eine fast vollständige Leiche, die aus den Körperteilen verschiedener Frauen zusammengenäht war. Lediglich der Kopf fehlte noch.

»Du wirst mir zu einem krönenden Abschluss verhelfen«, sprach er.

Es bestand kein Zweifel, dass er ihren Kopf wollte. Ihr Blick klebte noch immer an dem Inhalt des Behälters und sie fürchtete, den Verstand zu verlieren, hoffte es beinahe. Ein Blitzlicht zuckte durch den Raum. Er hatte eine Sofortbildkamera auf sie gerichtet und ein Foto gemacht. Wollte er eine Erinnerung an ihre Angst bewahren, um sich nach ihrem Tod noch daran zu weiden oder das Bild etwa der Presse zuspielen? Bei dem Gedanken, ihre Tochter könnte das Foto zu Gesicht bekommen, wurde ihr schlecht.

Langsam ging er in den Bereich hinter dem Quader und legte die Kamera auf einer Werkbank ab. Sie konnte nun sehen, dass sich daneben Regale, ein Schrank und Kleiderhaken befanden. Er schien dort noch mit etwas beschäftigt zu sein.

Ihre Fingerspitzen berührten das kleine Taschenmesser. Entgegen ihrer Befürchtung bekam sie es gut zu greifen. Sie fand die Stelle des Seiles, die sie schon zuvor bearbeitet hatte. Es fehlte nicht mehr viel, um es zu durchtrennen. Während sie sich panisch abmühte, beobachtete sie, dass der Mann, der sie gleich töten wollte, sich einen Regenponcho überzog und seine Schuhe gegen eine Anglerhose mit angeflanschten Gummistiefeln tauschte. Als er fertig war, begab er sich zu einer Musikanlage und im nächsten Augenblick ertönte eine ohrenbetäubende Mischung aus Trompeten und elektronischer Tanzmusik.

*****

Auf dem Weg durch den Korridor passierten Speer und Bogner mehrere leer stehende Räume. Nach ein paar Biegungen versperrte ein Geröllberg den Weg, der aus Betonbrocken und Steinen vermischt mit Gips und Dreck bestand. Als sie das Hindernis mit den Taschenlampen absuchten, trafen die Strahlen auf Kleidungsfetzen, die an scharfkantigem Gestein hängen geblieben waren. Die Luft knisterte vor Anspannung. Plötzlich durchbrach das Wummern einer Soundanlage die Stille.

Hastig kletterten sie über den Steinhaufen. Sie achteten nicht mehr auf den Lärm, den sie dabei verursachten. Nun folgte eine Weggabelung. Die Musik kam aus dem Trakt auf der rechten Seite. Die Kegel ihrer Taschenlampen tauchten das Ende des Ganges in etwa fünfzig Metern Entfernung in ein schummriges Licht.

Nach zwanzig Metern standen sie vor einer massiven Stahltür. Die von Trompeten, schnellen Beats und einer rauen Gesangsstimme dominierte Musik kam aus dem Raum dahinter.

*****

Endlich gelang es Marlene, das Seil, das um ihre Taille gewickelt war, mit dem kleinen Messer durchzuschneiden. Der Killer wandte sich ihr nun wieder zu und marschierte mit kaltem Gesichtsausdruck in ihre Richtung.

Sie hatte Mühe, stillzuhalten und sich nichts anmerken zu lassen. Das Seil um ihre Taille beließ sie lose an Ort und Stelle, um den Anschein ihrer Wehrlosigkeit zu wahren. Sie hoffte darauf, er würde sie noch einmal kurz alleine lassen, das würde ihr reichen, um sich auch von den Fußfesseln zu befreien.

Er stellte sich neben sie und sah ihr in die Augen. Ohne Vorwarnung nahm er das Kopfkissen von dem Beistelltisch und drückte es ihr in einer raschen Bewegung auf Mund und Nase.

Trotz ihrer Todespanik drängte sich ihr die Erkenntnis auf, dass er sie mit dem Kissen ersticken wollte, um keine hässlichen Würgemale an ihrem Hals zu hinterlassen. Er wollte, dass sein Leichenwerk im Glastank später möglichst makellos aussah.

Marlene rang vergeblich nach Luft. Sie bäumte sich auf. Ihre Hand umklammerte den Griff des Messers. Ohne dass er es bemerkte, zog sie den Arm unter dem losen Seil hervor. Mit Wucht schwang sie die kurze Klinge des Taschenmessers blind gegen den Körper ihres Widersachers und stieß, so fest sie konnte, zu. Er schrie auf, ließ das

Kissen zu Boden fallen und wich von dem Tisch zurück. Das Messer hatte das dünne Nylon seines Ponchos durchdrungen und steckte zwischen seinen Rippen.

Marlene richtete ihren Oberkörper auf und angelte mit der Hand nach dem Beistelltisch, der auf Rädern einen Meter von ihr entfernt stand. Das Seil an ihren Füßen hielt sie noch immer an Ort und Stelle gefesselt. Sie bekam den Rand des Tisches zu greifen und zog ihn hastig zu sich heran. Sie registrierte, dass der Killer das Messer aus seinem Oberkörper zog. Allzu tief konnte die Klinge nicht eingedrungen sein. Er warf es zu Boden und kam wieder auf sie zu. Der Beistelltisch knallte gegen die Metallplatte, auf der sie lag. Der Werkzeugkasten fiel hinunter und der Inhalt schwappte nach oben und ergoss sich anschließend klirrend über den Boden.

Marlene bekam den Griff der schweren Schraubzwinge in die Hand und schleuderte sie dem Mann, der sie umbringen wollte, entgegen.

Abwehrend hob er die Arme. Doch das Eisengestänge streifte seine Stirn. Er taumelte rückwärts gegen eine Reihe von Regentonnen, die unterhalb eines Lichtschachtes standen.

Marlene versuchte nun verzweifelt, das Seil zu lösen, mit dem ihre Fußgelenke zusammengebunden waren. Immer wieder blickte sie hinter sich.

Der Kerl raffte sich auf. Sie würde es nicht schaffen. Er war wieder neben ihr, drückte sie mit brachialer Gewalt auf den Tisch, legte seine Hände um ihren Hals und drückte zu. Plötzlich überlagerte ein lauter Knall aus der Richtung der Tür die Musik.

*****

Wenige Sekunden nachdem Speer und Bogner die Stahltür erreichten, drang von innen ein durch die Musik kaum wahrnehmbarer Schrei in den Gang. Kurz darauf folgten klirrende und polternde Geräusche, die auf einen Kampf hindeuteten.

Speer griff nach der Ramme auf seinem Rücken. Er flehte inständig, dass sie damit die stabile und sicher mehrfach verriegelte Tür würden aufstoßen können.

Mit aller Kraft schleuderte er die Ramme gegen das Türblatt, das unter dem Aufprall erbebte. Zement rieselte den Rahmen herab, der ins Mauerwerk eingelassen war. Beim nächsten Versuch gab das Blatt, in dem sich nun zwei tiefe Dellen abzeichneten, bereits etwas nach. Die Angeln verbogen sich deutlich sichtbar. Dennoch hielt die Tür stand. Dabei zählte nun jeder Augenblick, wenn Marlene sich dahinter einen Kampf mit Krasser lieferte.

*****

Der Mörder blickte irritiert in Richtung der Tür. Marlene versuchte, seine Hände von ihrem Hals wegzuzerren. Erneut donnerte es gegen das Türblatt.

Sein Griff lockerte sich ein wenig. Sie röchelte nach Luft. Gleich darauf würgte er sie umso stärker.

Kräftemäßig war sie ihm einfach nicht gewachsen. Sie hatte nicht den Hauch einer Chance, sich aus seinem Griff zu befreien. Der Impuls, einfach loszulassen und aufzugeben, gewann langsam die Oberhand, als sie einen dünnen länglichen Gegenstand auf dem Tisch zwischen ihren Oberschenkeln spürte. Sie versuchte, mit einer Hand danach zu greifen, ohne eine Ahnung, um was es sich handelte. Da sie nun eins seiner Handgelenke freigegeben hatte, konnte er ihr die Kehle noch brutaler zudrücken. Als der Schmerz in ihrer nach Sauerstoff gierenden Lunge übermächtig wurde und sie drohte, das Bewusstsein zu verlieren, ertastete ihre Hand den Griff eines Schraubendrehers. Er musste aus dem Werkzeugkasten auf den Tisch gefallen sein. Sie sah dem Monster über sich in die kalten Augen. Obwohl er im Begriff war, ihren Kehlkopf zu zerquetschen, war seinem Mienenspiel keine Kraftanstrengung zu entnehmen.

So fest sie noch konnte, stieß sie ihm den Schraubendreher in den Hals. Er blies die Backen auf. Seine Augen traten hervor und er lief rot an. Blut floss in einem dünnen Rinnsal aus der Einstichstelle. Seine Hände drückten weiter zu. Nicht mehr so stark. Doch Marlene war am Ende. Ihre Muskeln erschlafften und ihr Blick trübte sich. Ihre Zunge quoll hervor. Der Schmerz in ihrer Brust verschwand. Schließlich tauchte sie hinab in die Dunkelheit.

*****

»Lass mich es versuchen!«, schrie Bogner und nahm die Ramme an sich. Er war ebenso verzweifelt wie sein Freund. Hinter dieser Tür geschah Grausames. Es war nur eine Stahlplatte, die sie daran hinderte, es zu beenden.

Anders als Speer richtete er die Ramme nicht auf die Seite der Verriegelung, sondern auf die mit den Türangeln. Er holte weit aus und gab seine ganze Kraft in den Hieb. Die Angeln gaben nach und rissen aus dem Rahmen.

Speer trat die Tür mit dem Fuß auf. Bogner sprang mit vorgehaltener Waffe als Erster in den Raum.

Die Musik dröhnte ihnen nun in voller Lautstärke entgegen. Speer meinte, seine Schwester zu erkennen. Sven

Krasser holte unter seinem Regenmantel eine Pistole hervor und machte eine fließende Armbewegung in ihre Richtung.

Bogner und Speer schossen fast zeitgleich. Beide Kugeln trafen Krasser in die Brust. Die Wucht der Geschosse ließ ihn nach hinten fallen.

Speer stürzte zu Marlene, die sich auf einem Edelstahltisch befand. Bogner bewegte sich vorsichtig auf Krasser zu, der regungslos auf dem Boden neben dem Tisch lag. Dabei hielt er seine Pistole weiterhin auf den Killer gerichtet. Erst als er keinen Pulsschlag mehr feststellen konnte, steckte er sie zurück ins Holster.

Marlene atmete nicht mehr. Während Speer versuchte, seine Schwester wiederzubeleben, schrie er verzweifelt ihren Namen.

Kapitel 41

Drei Tage danach.

Das Haus, in dem Sven Krasser und sein Vater gelebt hatten, war noch immer als Tatort gesperrt, ebenso das zugehörige Grundstück.

Leichenspürhunde hatten alles systematisch abgesucht. Speer und Bogner gingen die Treppe hinunter in den Keller.

In einem Vorratsraum hatte einer der Hunde vor einer Wand mit einem Regal angeschlagen.

Eine Testbohrung ergab, dass es sich um eine nachträglich errichtete zweite Wand handelte. Dahinter befand sich ein Hohlraum, in dem die Kollegen von der Spurensicherung menschliche Überreste entdeckten.

Eine Gerichtsmedizinerin aus dem Team von Dr. Eisenbeiß hatte die Knochen und den Schädel nebenan in einem Waschraum auf dem Boden zu einem kompletten menschlichen Skelett zusammengelegt. Sie kniete vor dem Skelett und untersuchte die Knochen. Als Speer und Bogner eintraten, erhob sie sich.

»Haben Sie schon etwas, das uns verrät, um wen es sich handelt?«, fragte Bogner, nachdem sie sich vorgestellt und begrüßt hatten.

»Das sind eindeutig die Überreste einer Frau. Mehr kann ich im Moment nicht sagen. Die Todesart dürfte nicht mehr feststellbar sein. An den Knochen und am Schädel sind keine Frakturen zu finden.«

»Können Sie einschätzen, seit wann sie tot ist?«

»Ich schätze, dass es über zwanzig Jahre sind.«

Auch diese Angabe untermauerte ihre Vermutung, dass es sich bei dem Skelett um die vor vierundzwanzig Jahren verschwundene Mutter von Sven Krasser handelte.

Als sie von dem grausigen Fund erfahren hatten, waren sie zunächst davon ausgegangen, Sven habe seinen Vater getötet und seine Leiche eingemauert.

Doch wenig später war in einem der mit Säure gefüllten Regenfässer ein künstliches Hüftgelenk entdeckt worden, dessen Seriennummer Hartmut Krasser zugeordnet werden konnte.

Warum Sven Krasser seinen Vater umgebracht hatte, würden sie vermutlich niemals mit Sicherheit klären können. Sie vermuteten aber, dass er den Tod seiner Mutter rächen wollte. Die Leiche seines Vaters hatte er in einem der Säurefässer im Kellerraum der alten Fabrik entsorgt. Es stand außerdem zu vermuten, dass Hartmut Krasser in den gleichen Fässern die Leichen der Frauen aufgelöste hatte, die ihm vor mehr als zwei Jahrzehnten zum Opfer gefallen waren.

Speer stellte die Frage in den Raum, ob es so etwas wie ein Killer-Gen gab und der Vater dem Sohn die Veranlagung zum Morden vererbt hatte oder ob die Erziehung und die Umgebung maßgeblich für eine solche Entwicklung waren. Wie bei vielen bestialischen Verbrechen blickte er voll Unglaube auf die Gräueltaten.

Sven Krasser hatte nachweislich vier Frauen getötet. Weiterhin gingen auf sein Konto: sein Vater, ein Polizist des mobilen Einsatzkommandos und der Halter des silbernen Kombis, den Krasser als Fluchtwagen gebraucht hatte. Er hatte dem Studenten, den sie auf dem Gelände des

Kabelwerks im Kofferraum seines Wagens gefunden hatten, das Genick gebrochen.

Wie war jemand zu solchen Taten fähig? Diese Frage würde Speer auch nach so vielen Dienstjahren nicht beantworten können, das spürte er.

Dennoch vermutete er, dass Sven Krasser, ohne sich dessen bewusst zu sein, von der Polizei gestoppt werden wollte. Er hatte nicht wie sein Vater im Verborgenen getötet, darauf bedacht, die Leichen verschwinden zu lassen und auch sonst alles zu tun, um eine Aufklärung zu verhindern. Seine Morde glichen einer öffentlichen Inszenierung.

Fotos von Elisabeth Krasser belegten eine starke Ähnlichkeit mit den Frauen, die Sven Krasser entführt hatte. Alles deutete darauf hin, dass er, indem er die Leichenteile verband, ein perfektes Imitat seiner Mutter erschaffen wollte.

Gefehlt hatte ihm dafür noch der Kopf. Marlene war dafür von ihm als sein letztes Opfer auserkoren worden. Und fast hätte er es geschafft. Er hatte sie gewürgt. Selbst mit einem Schraubendreher in seinem Hals ließ er nicht von ihr ab.

Marlene hatte aufgehört zu atmen. Aber in buchstäblich letzter Sekunde hatte die Herzdruckmassage Wirkung gezeigt und Speer hatte sie wiederbeleben können. Seine Erleichterung, dass sie wenigstens diesen Mord hatten verhindern können, war unbeschreiblich. Zugleich lastete die Vorstellung vom Schicksal der anderen Frauen auf ihm und Bogner.

Seine Schwester war nach drei Tagen im Krankenhaus heute Mittag wieder heimgekehrt. Sie hatte Glück gehabt und würde zumindest körperlich keine bleibenden Schäden davontragen. Die Blutergüsse um ihren Hals und die Schmerzen des gequetschten Kehlkopfs würden vergehen. Ob die seelischen Wunden und die Erinnerung an das erlebte Grauen mit der Zeit auch verblassen würden, war hingegen mehr als fraglich.

»Wie hat Leandra es aufgenommen?«, fragte Bogner, als sie das Haus der Krassers verlassen hatten und wieder im Wagen saßen.

»Morgen wird sie achtzehn. Sie hat sich so sehr darauf gefreut. Vergangenen Samstag wollte Marlene nach den Lebensmitteleinkäufen mit ihr für die Geburtstagsparty ein schickes Kleid kaufen. Stattdessen wird ihre Mutter entführt und um ein Haar umgebracht. Daran wird sie noch lange zu knabbern haben. Leandra ist ziemlich fertig und hat viel geweint.«

»Das ist nur allzu verständlich. Vielleicht solltet ihr mal mit einem Therapeuten sprechen, damit sie selbst keine Ängste aufbaut und die Geschehnisse irgendwann wegsteckt. Die Welt ist schließlich insgesamt ein guter Ort.«

»Da bin ich mir nicht mehr so sicher«, widersprach Speer. »Marlene ist wegen mir ins Visier eines Mörders geraten. Er wollte mich als Polizist mit dem Mord an einem Menschen treffen, der mir nahesteht. Solange wir Familie haben, sind wir immer angreifbar, die Erfahrung machen wir beide nicht zum ersten Mal. Ich habe Marlene gesagt, dass ich den Job an den Nagel hängen werde.«

Bogner wandte sich seinem Freund zu. Ein Ausdruck von Entrüstung hatte sich auf sein Gesicht gelegt. »Das kann nicht dein Ernst sein! Du bist ein hervorragender Ermittler.«

»Das hat Marlene auch gesagt. Sie meinte, wenn ich aufhöre, Polizist zu sein, werden die Bösen nicht weniger, nur die Guten, die dank mir gerettet werden. Ich war wirklich entschlossen, meine Dienstmarke abzugeben. Aber das hat mich zum Umdenken gebracht.«

Bogner setzte ein breites Grinsen auf. »Und ich dachte schon, du lässt Tina und mich allein für die Gerechtigkeit in dieser Stadt weiterackern.«

»Vorerst nicht.« Speer lächelte.

»Da bin ich nun wirklich beruhigt. Außer dir will ich mir aus unserer Truppe keinen anderen Partner vorstellen.«

»Ein bisschen Mitleid mit dem Kollegen, der künftig an meiner Stelle das Büro mit dir geteilt hätte, hat bei meiner Entscheidung natürlich auch eine Rolle gespielt«, sagte Speer trocken.

Bogner machte ein eingeschnapptes Gesicht und ließ den Wagen an. »Ich hatte vor, dich zum Mittagessen bei meinem Lieblingschinesen einzuladen. Aber jetzt ist mir gerade eingefallen, dass ich das doch nicht will.«

Speer musste herzhaft lachen. Einiges von dem Druck der letzten Tage fiel von ihm ab. »Weißt du, das trifft sich ganz gut. Denn das Essen geht heute auf mich. Und ich hatte ohnehin mehr Lust auf Italienisch.«

Nachwort

Liebe Leserin, lieber Leser,

ein Manuskript mit dem Wort Ende abzuschließen ist immer wieder ein zutiefst ergreifendes Gefühl. Bei *Der Tränenjäger* war ich danach besonders aufgewühlt. Vielleicht lag dies auch daran, dass ich beim Schreiben intuitiver als sonst üblich vorgegangen bin und immer wieder selbst darüber erstaunt war, welche Wendungen die Geschichte nahm. Es glich einer Entdeckungsreise, bei der ich vorher nicht ahnte, was mich hinter der nächsten Abbiegung erwartete. Und so nahm sogar das Finale noch einen anderen Verlauf, als ich es ursprünglich ersonnen hatte.

Nach einer langen Zeit, in der ich mit den Figuren gebangt, gelitten und gehofft hatte, musste ich mich am Ende traurig und gerührt von diesen verabschieden. Falls die Geschichte Sie beim Lesen ebenso in ihren Bann gezogen hat, wird es Ihnen nach den letzten Zeilen vielleicht auch so ergangen sein. In diesem Fall habe ich gute Neuigkeiten für Sie. Das Team um Speer und Bogner ist mir so sehr ans Herz gewachsen, dass ich die Reihe unbedingt fortführen möchte. Das Ende dieses Buches stellt also nur einen Abschied für eine gewisse Zeit dar.

Ihnen, liebe Leserin und lieber Leser, möchte ich an dieser Stelle noch einmal meinen allerherzlichsten Dank aussprechen.

Ohne Sie gäbe es meine Bücher nicht. Den zahlreichen Rückmeldungen, die mich bisher zu meinen Romanen erreichten, konnte ich entnehmen, dass Sie sich durch meine Romane spannend und gut unterhalten fühlen, und dies verleiht mir die Energie und die Motivation, mir weiterhin spannende Geschichten für Sie und natürlich auch für mich selbst auszudenken. Denn zugegebenermaßen bin ich ein wenig süchtig danach, mich in meinem Kopf in spannungsgeladene Welten und scheinbar ausweglose Situationen zu manövrieren. Für mich gibt es daher keine schönere Tätigkeit, als mich in meiner Fantasie in einen selbst kreierten Thriller zu begeben. Vielen Dank, dass Sie mir in diese Welten folgen, indem Sie meine Bücher lesen, diese weiterempfehlen und mir Ihre Zeit und Ihr Vertrauen schenken.

Falls das vorliegende Buch Ihnen gefallen hat, würde ich mich sehr freuen, wenn Sie dies mit einer positiven Kundenbewertung in dem Online-Shop, in dem Sie das eBook erworben haben, kundtun würden. Sie wissen ja: Fünf Sterne bedeuten für uns Autoren den Himmel. Zeigt es doch, dass unsere Arbeit geschätzt wird, anderen geneigten Lesern geben die Kundenrezensionen eine erste Orientierung und je höher die Anzahl der Rezensionen ist, desto mehr weiteren potenziellen Lesern wird das Buch im Shop angezeigt.

Wenn Sie möchten, können Sie mir gern auch eine E-Mail schreiben oder mich per Facebook kontaktieren. Ich bemühe mich, Ihnen zeitnah darauf zu antworten.

Per E-Mail erreichen Sie mich unter:
karlden@chriskarlden.de

Per Facebook wie folgt:
www.facebook.com/chriskarlden.de

Wenn Sie bis hierher weitergelesen haben, Hut ab! Den Rest schaffen Sie auch noch.

In unserer immer schnelllebigeren Zeit bewahrheitet sich mehr und mehr der Spruch: Aus den Augen aus dem Sinn. Damit uns dies nicht passiert, möchte ich abschließend noch eine sehr wichtige Bitte an Sie richten:

Lassen Sie uns in Kontakt bleiben und melden Sie sich für meinen kostenlosen Newsletter an!

Sie werden dann per E-Mail von mir über das Erscheinen meiner neuen Romane sowie über mein Schriftstellerleben auf dem Laufenden gehalten. In meiner Newsletter-Liste versammeln sich meine treuesten Leserinnen und Leser, und ich würde mich sehr freuen, wenn auch Sie dabei wären.

Sie finden mich selbstverständlich auf Facebook und Instagram, wo ich mich über jede Freundschaftsanfrage, jeden neuen Follower und jedes „Gefällt mir" von Ihnen freue.

Falls Sie aber wirklich sichergehen wollen, dass wir in Verbindung bleiben und wir uns nicht aus den Augen verlieren, lege ich Ihnen meinen exklusiven und selbstverständlich kostenlosen Newsletter wärmstens ans Herz.

Eintragen können Sie sich auf meiner Homepage unter
https://www.chriskarlden.de/newsletter
schnell und einfach per Eingabe Ihrer E-Mail-Adresse.

Mit diesen Worten verabschiede ich mich von Ihnen. Wer weiß, vielleicht schon bis bald. Ich würde mich jedenfalls freuen, wenn wir uns demnächst wiederlesen würden.

Herzliche Grüße

Ihr Chris Karlden

Weitere Bücher des Autors

DAS MEDIKAMENT: Psychothriller

Ein Medikament, dessen Nebenwirkungen unvorhersehbar sind. Eine Entscheidung, die einen wahren Albtraum heraufbeschwört.

Aufgrund einer seltenen Erkrankung verschwimmen für den jungen Anwalt Jan Flemming zunehmend die Grenzen zwischen Realität und falscher Wahrnehmung. Seinen Job in einer renommierten Hamburger Kanzlei musste er deshalb bereits aufgeben. Zudem droht seine Ehe unter der Last der immer schlimmer werdenden Symptome zu zerbrechen. Da er seine Frau nicht verlieren will, stellt er sich als Testpatient für ein Heilung versprechendes Medikament zur Verfügung. Kurz darauf passieren schreckliche Dinge, in die Jan verstrickt zu sein scheint. Um seine Unschuld zu beweisen, ermittelt er auf eigene Faust. Dabei stößt er auf Erkenntnisse, die ihn zutiefst schockieren und eine Wahrheit, die alles verändert.

DER TOTENSUCHER
(Ein Speer-und-Bogner-Thriller, Band 1)

Ein Serienmörder. Eine verschwundene Tochter. Ein Wettlauf gegen die Zeit.
Adrian Speer hat alles verloren: Seit ihrer Entführung vor zwei Jahren ist seine Tochter verschwunden und von seinem Job wurde er suspendiert. In einer Abteilung für

besonders grausame Gewaltverbrechen wagt er einen Neubeginn. Der erste Fall führt ihn und seinen Partner zu einer alten Fabrikhalle, in der sie eine bestialisch zugerichtete Leiche finden. Schon am nächsten Tag taucht ein weiteres Opfer auf, das nach demselben Muster getötet wurde. Auf dem Handy des Toten entdecken sie ein aktuelles Foto von Speers Tochter. Die fieberhafte Jagd nach dem Serienmörder beginnt.

DER TOTENSÄER

(Ein Speer-und-Bogner-Thriller, Band 2)

Ein Vater auf der verzweifelten Suche nach seiner Tochter. Ein Mörder, der verhindern will, dass er sie findet. Wie weit werden beide gehen?

Über zwei Jahre ist es her, dass Lucy, die Tochter von Hauptkommissar Adrian Speer, entführt wurde. Unverhofft finden sich im Zuge der Aufklärung einer Mordserie erstmals Hinweise auf ihren Verbleib. Ein ominöser Unbekannter mit dem Decknamen Sammler hat Lucy zusammen mit zwei weiteren Mädchen in seiner Gewalt. Mit Hilfe seines Partners Hauptkommissar Robert Bogner stürzt Speer sich in eine atemlose Suche. Gleichzeitig zieht ein eiskalter Mörder eine blutige Spur durch die Stadt. Als die beiden Ermittler einen Zusammenhang mit Lucys Entführung herstellen können, geraten plötzlich auch Speer und seine Familie ins Visier des Killers. Schon bald können Speer und Bogner nur noch wenigen Menschen trauen, während sich die Ereignisse gnadenlos zuspitzen und der Sammler das Schicksal der Mädchen besiegeln will.

DER TOTENRÄCHER

(Ein Speer-und-Bogner-Thriller, Band 3)

Wer Gewalt sät, erntet den Tod.

Zwei Todesfälle, die von der Polizei als Selbstmorde eingestuft wurden, geben Hauptkommissar Speer und seinem Partner Bogner Rätsel auf. Ausgerechnet der inhaftierte Auftragskiller Hauser, der einst Speer und seine Familie umbringen wollte, behauptet, es handle sich um vorsätzliche Tötungen. Bei ihren Recherchen stoßen die Ermittler auf Gemeinsamkeiten der vermeintlichen Selbstmörder. Beide waren in der Unterhaltungsbranche tätig und ihre Angehörigen wurden Monate zuvor kaltblütig erschossen. Zudem weist noch ein anderer Fall Parallelen auf. Nach und nach verdichten sich die Hinweise, dass tatsächlich ein skrupelloser Serienmörder am Werk ist, der seine Taten als Suizide tarnt. Können Speer und Bogner weitere Morde rechtzeitig verhindern? Und welche Fäden hält Gefängnisinsasse Hauser bei dem tödlichen Spiel in der Hand?

VERTRAU DIR (NICHT): Psychothriller

Ein verlorenes Gedächtnis. Eine schockierende Erinnerung. Eine grausame Wahrheit. Manchmal lässt man die Vergangenheit besser ruhen!

Vor Jahren verlor Vincent sein Gedächtnis. Plötzlich glaubt er, sich wieder daran zu erinnern, den Mord an einer jungen Frau beobachtet zu haben. Doch schon bald kann er nicht mehr ausschließen, dass diese Erinnerung trügt und nicht der dafür Verurteilte das schreckliche Verbrechen begangen hat, sondern er selbst. Ein weiterer Mord geschieht. Als die Polizei Vincent verdächtigt, ermittelt er auf eigene Faust. Dabei stößt er auf immer mehr Puzzleteile seines früheren Lebens und auf einmal wird die Wahrheit zur tödlichen Bedrohung für ihn und alle, die ihm nahestehen.

DER TODESPROPHET: Thriller

Ein Mörder mit einer grausamen Botschaft.
Ein Mann, der ihn aufhalten muss, um nicht alles zu verlieren.

Ein Jahr ist es her, dass der Journalist Ben Weidner in Äthiopien Grausames erlebte. Seitdem leidet er unter Panikattacken und Erinnerungslücken. Auch seine Beziehung zu Nicole, der Mutter der gemeinsamen Tochter Lisa, ist am Ende. Als Ben die Leiche einer Frau findet, deuten erste Hinweise auf ihn als Mörder. Bei dem Versuch, seine Unschuld zu beweisen, gerät Ben mehr und mehr in ein Netz aus unglücklichen Verstrickungen. Schon bald beginnt ein gnadenloser Wettlauf gegen die Zeit, bei dem ihn seine Vergangenheit einholt und weit mehr auf dem Spiel steht als nur der Verlust seiner Freiheit.

Printed in Poland
by Amazon Fulfillment
Poland Sp. z o.o., Wrocław

78717496R00167